Hongerwebben

Ingrid Verhelst

HONGERWEBBEN

1996   Prometheus   Amsterdam

© 1996 Ingrid Verhelst
Omslagontwerp Marten Jongema
Foto achterplat Patrick de Spiegelaere
ISBN 90 5333 485 8

*'Les champignons, ma biche, c'est comme les hommes,
rien ne distingue les bons des mauvais'*
(Gavarni, 1850)

*'Les hommes, mon amour, c'est comme les champignons,
rien ne distingue les mauvais des bons'*
(Verhelst, 1995)

Proloog

Serpula Lacrimans

Dat vernietiging dikwijls gepaard ging met zelfvernietiging, was nooit bij hen opgekomen, zou ook nooit bij hen opkomen. Daarvoor waren ze te beperkt in hun denken.

Louter toevallig waren ze gestrand op deze paradijselijke plek, vijfhonderd vierkante meter slecht verlichte en zelden geluchte ruimte met houten rekken vol voedsel, en water dat gratis uit roestige kranen druppelde. Aan de reis die hen hier had gebracht, bewaarden ze geen enkele herinnering. Vanwaar ze kwamen, wisten ze evenmin. Soms, als de zware toegangspoort werd opengeschoven om daglicht en een koele luchtstroom binnen te laten, werden ze gedwongen hun activiteiten te staken. Dan doodden ze de tijd met het oproepen van het verleden. Verder dan honger kwamen ze meestal niet. Honger beheerste hun leven en vrat aan hun geheugen.

Eén keer waren ze bijna dood geweest. Vier opeenvolgende dagen had de gehate poort van licht en kou opengestaan. Een legertje arbeiders, gewapend met zagen, tangen en breekijzers had zich op hun voedselvoorraad gestort en die op ijzeren karren afgevoerd. Hoewel de toestand er op dat moment niet rooskleurig had uitgezien, was er geen sprake geweest van levensgevaar tot een vrouwelijke officier tijdens haar inspectieronde een paar van de jongeren had ontdekt. Ze had onmiddellijk alarm geslagen en het leger aangemaand de brandend-zuurkanonnen te gebruiken. Aan de massaslachting die daarop volgde, waren slechts de alleroudsten, de diepst ingegravenen ontsnapt. Machteloos hadden ze moeten toezien hoe hun bovengrondse netwerk werd vernield, hoe de vruchten van hun schoot gillend in elkaar schrompelden, desintegreerden, verdwenen, hoe alle sporen werden uitgewist. En nog was die kenau niet tevreden. Nadat ze de kanonnen had weggestuurd, had ze de branders laten aanrukken. Gelukkig was het leger moe geweest en dorstig en weinig gemotiveerd, zodat de vlammen vooral werden gericht op wegschietende pissebedden en op hol geslagen spinnen. Toch was op een bepaald moment het vuur zo dreigend dichtbij geweest dat ze meenden dat hun laatste uur was aangebroken. In dat ene tergend lange ogenblik was alles wat ze ooit hadden geweten omgezet in alles wat ze ooit zouden moeten weten. Woordeloze, redeloze wijsheid die instinct werd genoemd.

Hoewel ze zich de naam van hun verwekkers niet konden herinneren en zeker nooit gehoord hadden van Leviticus, wisten ze dat ze afstamden van een oeroud geslacht, even gevreesd en gehaat als lepra. Honger interpreteerden ze als een behoefte aan groei, aan rijping, een proces dat sterk beïnvloed werd door hun levensomstandigheden. Iedereen kreeg bij de geboorte een enkele reis cadeau. Degenen die zo onfortuinlijk waren een verkeerde bestemming te kiezen, gingen dood. De gezegenden settelden zich en groeiden.

Toen had de kenau een fout gemaakt. Ze had de met huid en weefsel gebrandmerkte muren weggestopt achter een wand van polyvinylchloride, waardoor ze ongewild de overlevenden een exquise schuilplaats had verschaft. Illegaliteit lag immers in de aard van hun natuur. Ze gedijden het best in een schemerzone ver van het daglicht. Hun behoeften waren minimaal. Zolang ze maar met rust werden gelaten, namen ze genoegen met elke ruimte, hoe onaanzienlijk ook.

Onmiddellijk gingen ze aan de slag. Gebruik makend van het raamwerk waarop de kunststofbekleding was vastgemaakt en profiterend van het gebarsten pleisterwerk waardoorheen houtvezels naar buiten staken, begonnen ze aan de uitbouw van een nieuw netwerk dat hen in staat zou stellen het in de omgeving aanwezige voedsel binnen te halen en te verdelen. Zonder elkaar te hinderen, werkten ze ieder voor zich. Aan communicatie hadden ze geen behoefte. Ze kenden noch eendracht, noch naijver. Niemand had hen ooit onderricht. Het kwade was hen onbekend, het goede eveneens. Alles wat ze wisten, alles wat ze hoorden te weten, lag opgeslagen in hun cellen. Dat ze gezamenlijk een levensgevaarlijk doel nastreefden zou hen pas duidelijk worden op het moment dat ze het hadden bereikt. Tot zolang leefden ze uitsluitend voor de kringloop van honger en groei.

Ze bouwden kunstige trappen en bruggen waarlangs ze moeiteloos alle hoeken en kanten van hun woning konden bereiken. Geen centimeter lieten ze onbenut. Onzichtbaar voor degenen die hen wilden verdelgen, namen ze hun huis in bezit. Ze beten er zich in vast, holden het uit, zogen het in zich op, tot het leeg en krachteloos was en zich kreunend en krakend tegen hen begon te keren. Ze gaven zich niet gewonnen. Wanhopig gingen ze op zoek naar nieuwe mogelijkheden om ongeëxploiteerde voedselbronnen in bezit te krijgen. Honger ontaardde in vraatzucht. Ze werden onvoorzichtig en namen ongeoorloofde risico's, met als enig resultaat dat hun verblijfplaats langzaam verviel tot een ruïne. Huilend van woede om dit verraad maakten ze zich op voor de finale.

Ze hadden de keuze tussen doden of doodgaan. Vluchten was uitgesloten. Hun weke lichamen waren zodanig vergroeid met de omgeving dat zich losscheuren gelijk stond met zelfmoord. Afwachten konden ze evenmin. Stukje bij beetje zou het huis terugeisen wat het gegeven had en hen achterlaten als verschrompelde mummies. Er restte hen geen andere uitweg dan in de tegen-tegenaanval te gaan. Vernietigen om niet vernietigd te worden.

Ze hadden geleefd voor de kringloop van honger en groei. Niemand had hen ooit onderricht. Hun isolement was zo absoluut geweest dat de eenvoudigste natuurwetten hen vreemd waren, maar ook als ze wel hadden geweten dat ze parasieten werden genoemd en dat doden bestraft werd met doodgaan, zouden ze met die wetenschap niets hebben kunnen aanvangen. Het ontbrak hen aan taal om gedachten in goede banen te leiden. Ze misten het vermogen om het nooit geziene te voorzien, om het nooit beleefde te overleven.

Hongerig naar groei vraten ze zich een weg naar de ondergang.

De ontdekking van de steunbalk kwam net op tijd.

Het voedselgebrek in het centrum was zo nijpend geworden dat de jonge randbewoners zich verplicht hadden gezien een uitval naar buiten te wagen. De meesten onder hen bekochten deze vermetelheid met de dood. Tegen de afwisselend warme en koude luchtstromen bleken hun tere, onvoldoende verankerde lichamen niet bestand. Even kleurloos als ze hadden geleefd, gingen ze de weg van alle stof. Onverschillig keerden de ouderen hen de rug toe om zich nóg verbetener een weg te vreten doorheen hun kreunende huis.

De balk verspreidde een geur van gevaar, een weeë stank van onbekende oliën die hem steeds voor aanranding had behoed. De jonge onwetende tentakel die zich, aangetrokken door een flauwe onderliggende voedsellucht, als eerste in zijn buurt had gewaagd, was rillend van afschuw op de vlucht geslagen. De ouderen hadden ongeïnteresseerd toegekeken. Zolang hun eigen belangen niet werden gediend of geschaad, achtten ze het overbodig om in te grijpen.

Toen de hongerpijn dwingender werd, probeerden steeds meer randbewoners de balk te benaderen. Met de vastberadenheid eigen aan de verdoemden sloegen ze keer op keer hun tentakels uit om te pletter te slaan tegen de zurige, ondoordringbare stankmuur.

Niemand had hen ooit onderricht. Ze kenden noch eendracht, noch macht. Het was dan ook louter toeval dat ze tot de ontdekking kwamen dat twee verstrengelde grijparmen sterker waren dan één enkele, maar omdat ze niet in staat waren daar conclusies uit te trekken, zou het nog ettelijke hongerdoden kosten vooraleer ze, als een zwetend, wollig kluwen, beschermd door de veelheid van hun eigen muffe uitwasemingen, hun tijdelijke reddingsboei bereikten.

Hun vraatzucht kende geen grenzen. Met duizenden tegelijk stortten ze zich op hun gastheer. Zelfs de ouderen hielden zich niet langer afzijdig. Ze vraten tot hun witte buiken barstten van nieuw leven dat zich op zijn beurt een weg naar binnen vrat. Diep. Dieper. Diepst. Tot diepte leegte werd die verging in donderend geweld.

Hoewel dat geweld hun rust had verstoord, bleek het niet bij machte hen fundamenteel te beroeren. De doden waren vergeten nog voor ze goed en wel gestorven waren, de verdwenenen werden niet gemist; de overblijvenden trokken zich terug in de duisternis en wachtten.

De koude luchtstroom die vanuit de leegte op hen afkwam, beroerde hen wél. Ze reageerden erop door zich zo klein mogelijk te maken en niet meer te bewegen. Het verleden had hen geleerd dat hun onuitputtelijke geduld garant stond voor de eeuwigheid. Dat er aan de kringloop van honger en groei misschien wel een eind kon komen, drong niet tot hen door. Dat gebrek aan voedsel in combinatie met verlammende kou hun dood kon betekenen, kwam niet bij hen op. Wat nooit eerder gebeurd was, kon ook niet vermoed worden.

Dag na dag werden ze zwakker. Ze beseften het niet. Met het verval van hun krachten verloren ze ook hun weinige herinneringen. Soms, wanneer de koude luchtstroom om ongekende redenen even plaats maakte voor een bijna warme bries die hun sappen deed stromen en de wereld weer zichtbaar maakte, leek het hen of hun aantal was afgenomen. Ze stonden er niet bij stil. Van de rillingen die door hun lijf trokken toen reusachtige ijzeren bollen hun huis aan stukken sloegen, waren ze zich niet bewust. Net zoals ze lang geleden het niet-zijn hadden geruild voor het zijn, ruilden ze nu het zijn voor het niet-zijn. Van sterven was er geen sprake. Wat altijd was geweest, kon niet verdwijnen.

Verankerd en begraven in het puin van wat eens hun woning was geweest, werden ze afgevoerd. Zonder morren lieten ze zich overgieten met benzine. Enkel de stenen gilden toen het vuur de wijde omtrek verlichtte.

Deze keer namen de arbeiders hun taak ter harte. Ze zouden het kwaad voor eens en voor altijd uitroeien. Geen draad, geen web, geen lichaam kon aan de vlammen ontsnappen. Toen de avond viel en de wind kwam opzetten, was het voorbij.

Niemand lette op het spoor van bruinrood stof dat zich vermengde met de lucht en aan een eindeloze zwerftocht begon.

Voor wat altijd geweest was, betekende elk einde een nieuw begin.

I

Sporen

Nick

augustus '94

Vanachter zijn zonnebril hield Nick de kelners in de gaten. Hoewel het terras door een haag van potplanten middendoor werd gesneden en elke helft viel op te splitsen in een luifel- en een parasolgedeelte met nagenoeg evenveel stoelen, liepen ze elkaar voortdurend voor de voeten. Als ze er al een systeem op na hielden, was het zeker niet gebaseerd op territoriumdrift. Van een beurtrol was er evenmin sprake. Het ene moment slalomden ze gezamenlijk op hetzelfde doel af, een ogenblik later stonden er drie op hun gemak een sigaretje te roken, terwijl de vierde met bladen vol koffie en frisdrank tussen de tafels door laveerde. Momenteel hadden ze er allemaal de brui aan gegeven. De jongste, een donkere krullenbol, stond te flikflooien met een langbenig grietje, de anderen hielden zich onledig met rommelen in bestekbakken, zich schijnbaar onbewust van het mimespel waarmee een roodverbrande, uit zijn bermuda puilende toerist hun aandacht poogde te trekken.

Nick hoopte dat de man dorstig genoeg was om een scène te maken. Hij besefte maar al te goed dat de nonchalante houding van de kelners gespeeld was, dat ze met hun vieren het terras volledig onder controle hadden. Zolang hun aandacht niet werd afgeleid, kon er van ontsnappen geen sprake zijn. Aan een halve minuut had hij voldoende. Dertig onbewaakte seconden om via de zij-uitgang te verdwijnen achter de tribunes die stonden opgesteld voor de Palio.

De rode kleur van de dikkerd had zich inmiddels verdiept tot donkerpaars. Hij zag eruit of hij elk moment kon ontploffen. Zo onopvallend mogelijk schoof Nick zijn stoel achteruit. Bij de fontein kreeg een tienermeisje het aan de stok met een stel opgeschoten jongens. De bestek-rommelaars hadden het ook gezien. Eensgezind strekten ze hun nekken en slenterden, het keelgeschraap van de getergde dikzak openlijk negerend, in de richting van het plein. De bom barstte. Een vloedgolf van Duitse scheldwoorden overspoelde het terras. De manier waarop de obers reageerden, bewees dat ook zij de uitbarsting hadden verwacht. Breed glimlachend draaiden ze zich om, sloten de Duitser in en trokken hem aan zijn armen overeind. Hun aanpak verbaasde Nick, hij betreurde het bijna dat hij geen tijd had om tussenbeide te komen. Abrupt wendde hij zich af, nam zijn map van tafel en stond op.

'*Frettoloso, signore?*'

Een koele, droge hand dwong hem weer op zijn plaats.

Verdomme! Dat was natuurlijk Krullenbol. Die was hij compleet uit het oog verloren. De stem schakelde over op Nederlands gefluister.

'Niet doen, jongen. Zulke geintjes worden hier niet getolereerd.'

'Gerard!'

Opgelucht liet Nick zich onderuit zakken. Om zich een houding te geven, zette hij zijn bril af en begon de glazen op te poetsen.

'In eigen persoon. Mag ik?' Zonder op antwoord te wachten, ging Gerard zitten. 'Vergis ik me of was je van plan ervandoor te muizen?'

Hij had wel lef. In plaats van zich te verontschuldigen voor het feit dat hij meer dan een uur te laat was, opende hij onmiddellijk de aanval. Nick hield zich op de vlakte.

'Waarom zou ik? We hadden toch afgesproken. Ik wilde even...'

'Naar het toilet?' Gerard lachte. 'Je zal iets beters moeten verzinnen, jongen. Hoeveel heb je nog op zak? Duizend lire? Voor jou kwam die dikke hufter precies op het juiste moment uit de hemel vallen. Heb je gezien hoe ze hem te grazen namen?'

'Niet erg fair. Ze hadden het zelf uitgelokt.'

'Vanzelfsprekend. Ze kennen hem. Ik ook trouwens. De rattenvanger. Brengt zijn vakantie door met het jagen op minderjarige jongens.'

Nick besloot van onderwerp te veranderen. Gerard zelf was ook niet vies van een malse achttienjarige. Een discussie met hem over seksuele ethiek kon beter worden uitgesteld tot de zakelijke onderhandelingen achter de rug waren.

'Niet benieuwd naar de foto's? Het zijn pareltjes.'

'Eerst iets drinken. Nog een biertje voor jou? Ik betaal.'

Zijn vingerknip werd opgevolgd als een mobilisatiebevel. Alle vier schoten ze op hem af.

'*Signore* Vynckier! *Come sta?*'

'*Benissimo. Grazie.*'

Met een half oor luisterde Nick naar de wederzijdse pluimstrijkerij. De buiginkjes en knipoogjes vertelden hem meer dan de woorden.

'Zie je,' zei Gerard nadat hij een slok had genomen van zijn lichtparelende Chianti, 'mij mogen ze wel. Ik respecteer mijn jongens, ik hou van hen. Zeg maar niets. Het stond daarnet duidelijk op je gezicht te lezen. Waarom houdt hij zijn mond niet, dacht je. Hij is geen haar beter. Je hebt ongelijk. Ik hoef niet op jacht te gaan. Ze komen mij zelf opzoeken. Ik heb geld, ik heb klasse en als ik het wil, kan ik best beminnelijk zijn.'

Nick sprak hem niet tegen. Hoewel Gerard minstens vijftien kilo te zwaar was, zaten zijn kleren hem als gegoten. De vouw in zijn broek was onberispelijk, het hemd smetteloos wit, zijn schoenen blonken. Klasse had hij, vast en zeker. Dat hij er warmpjes bij zat, stond ook buiten kijf. Alleen over die beminnelijkheid had Nick zijn twijfels. Daar had hij in elk geval nooit iets van gemerkt. Gerard stond bekend als een ongenadig zakenman en een veeleisend werkgever, beroemd omwille van zijn commercieel inzicht en zijn neus voor talent, berucht om de nietsontziende manier waarop hij te werk ging om dat talent in huis te krijgen. Met de advocaten die hij had versleten kon je een behoorlijke torenflat bevolken. Charme was iets dat hij pas de laatste jaren had ontdekt, een nieuw wapen dat hem niets kostte, zijn naam uit de roddelrubrieken hield en uitermate effectief bleek te zijn. Vier jaar geleden had Nick zichzelf gezworen geen woord meer met Gerard te wisselen, nu zat hij met hem op een terras in Siena.

'De foto's,' probeerde hij opnieuw. 'Als je ze nu uitkiest, schrijf ik vanavond de teksten. Dan kan je die nog nalezen voor ik vertrek.'

'Blijf je niet voor de Palio?'

'Nee.'
'Hou je niet van Italië?'
'Ik ben er gek op, maar...'
'... je mag je werk niet verwaarlozen?'
'Zoiets, ja.'
'Vier jaar geleden zou je er niet aan gedacht hebben deze kans te laten voorbij gaan.'
'Vier jaar geleden zou ik dit bier in je gezicht gegooid hebben.'
'Je bent veranderd, jongen.'
'Jij ook.'
'We zijn allebei wijzer geworden. Ik heb geleerd zaken en pleziertjes te scheiden en jij hebt je temperament onder controle gekregen. Nu nog je ogen. Die verraden je. Het zit je dwars dat je deze opdracht hebt aangenomen, nietwaar? Ik vraag me af waarom. De meesten vinden het een eer voor mij te mogen werken. Vertrouw je me niet? Of twijfel je aan jezelf? Je weet toch waarom mijn keus op jou is gevallen?'
'Ik veronderstel dat ik de beste koop was.'
Gerard straalde.
'Kijk, daar hou ik nu van. Kerels met lef en een gezonde dosis zelfkennis. Dáárvoor heb ik je gekozen. Je doet het niet in je broek wanneer er iets mis gaat en je durft me van repliek te dienen. Zo wil ik het hebben.'
Na die trap tegen je ballen piepte je wel anders, dacht Nick. Een opgeblazen, fel overschatte lul, noemde je me toen. Je wil me gewoon voor je kar spannen. Je hebt ergens een beerput met goud ontdekt en je zoekt iemand om de stront weg te scheppen. Ik weet verdomd goed waarom ik het winnende lot heb gekregen. Omdat ik meer dan drie jaar niets gepresteerd heb en totaal aan de grond zit. Omdat ik niet kán weigeren. Kom op de proppen met je voorstel. Zolang die gemanicuurde vingers van jou uit de buurt van mijn kruis blijven, is alles in orde. Glimlachend zette hij zijn bril weer op. Gerard had gelijk. Hij was inderdaad veranderd.
'Je bent een snelle leerling. Ik zal op mijn tellen moeten passen. Jammer dat je trucje alleen bij zonlicht werkt... tenzij je afziet van contactlenzen en getinte glazen neemt... zonde met die ogen van

jou. Je ziet er trouwens helemaal goed uit. Nog altijd hetero?'

'Zo is het welletjes, Gerard.' Tot zijn ergernis voelde Nick zich blozen. 'Bekijk die foto's en zeg me wat je te zeggen hebt. Ik ben niet van plan hier de hele dag te blijven zitten.'

'Sorry, jongen. Wees maar niet bezorgd. Van deze ouwe kater heb je niets te vrezen. Laten we spijkers met koppen slaan. Wat vond je van Paolo's werk?'

'Schitterend!' Hierover hoefde hij tenminste niet te liegen. 'Als je erin slaagt hem naar België te halen, is je broodje gebakken. Die man maakt gegarandeerd furore. De vraag zal groter zijn dan het aanbod.'

'Er is geen aanbod.'

'Wat!?' Nick snapte het niet.

'Alles wat je gezien hebt, is al verkocht. Paul Rose, zegt die naam je iets?'

'Rose? Is dat niet die Amerikaan die...'

'Dat is hem. Paolo Rossi.'

'Wil je beweren dat ik op bezoek was bij...'

'Ik beweer niets. Het is zo.'

Nick schaamde zich. Even dacht hij er over zich te verontschuldigen voor zijn onwetendheid, een opwelling die hij krachtig onderdrukte. Met Gerard moest je oppassen. Wie zich zwak opstelde, werd finaal onder de voet gelopen. Hij nam een slok van zijn lauw geworden bier, zette zijn bril af, borg hem weg. Van nu af aan streed hij met open vizier.

'Ik laat me niet voor aap zetten, Gerard. Je wist dat ik uit de circulatie ben geweest. Waarom heb je me niet vooraf op de hoogte gebracht?'

'Je werk zou er onder geleden hebben. Laat me die foto's eens zien.' Nick schoof ze over de tafel naar hem toe. '*Cameriere! La stessa.*' Pas nadat de drankjes waren gearriveerd, opende Gerard de map. Op zijn gemak bestudeerde hij de inhoud. 'Kijk, ik zal je laten zien wat ik bedoel,' glimlachte hij. 'Deze bijvoorbeeld. Bij de kennel. Meesterlijk! Enorme impact. Dank zij jouw bizarre enscenering. Zeg nu eens eerlijk of je dat gedurfd zou hebben als je geweten had dat het om een echte Rose ging?'

Het was een steekhoudend argument. Die man was werkelijk zo glad als een aal. Nick kon niet anders dan bewondering voelen voor Gerards handigheid. Terzelfdertijd drong het komische van de situatie tot hem door.

'Ik heb ze hem zelf laten verhuizen,' zei hij droog.

'Je hebt wat!?'

'Hij dribbelde voortdurend achter me aan en werkte me rijkelijk op de zenuwen. 'Voorzichtig, signore. Niets beschadigen. Alstublieft!' Uiteindelijk werd het me te veel en heb ik geweigerd nog iets aan te raken.'

Gerard verslikte zich.

'Jij brutale opdonder! Nu ja, 't is mijn eigen schuld. Bovendien ís het een miezerig ventje, hij kost me handenvol geld.'

'Wat bedoel je?'

'Dat vertel ik je later wel. Als we het eens zijn geworden.'

Nu kwam het. Trucagefoto's? Smokkel? Diefstal? Het stond als een paal boven water dat Gerard hem niet naar Toscane had gehaald om een catalogus samen te stellen. Daarvoor had hij een beroep kunnen doen op Arnold, zijn vaste medewerker. Die mocht dan misschien niet creatief zijn, gewillig was hij zeker. Op elk gebied. Met verbazing stelde Nick vast hoe nuchter hij de zaak opnam. Voor één keertje was het Gerard die zich niet op zijn gemak leek te voelen. Op miraculeuze wijze scheen de wijn uit zijn glas rechtstreeks naar zijn oksels te zijn gevloeid.

'We waren het toch eens. Twintigduizend plus onkosten.'

'Volstaat dat om je schulden af te betalen?'

'Welke schulden?'

'Ik heb me laten vertellen dat je nogal in de penarie zit.'

'Er wordt zoveel verteld.'

'Luister, jongen.' Gerard herpakte zich, schoof zijn stoel dichterbij en legde samenzweerderig zijn hand op Nicks pols. 'Je hoeft er geen doekjes om te winden, ik heb zo mijn bronnen. Jij zit in vieze papieren en daar kan ik iets aan doen. Wil je Niki houden, dan heb je werk nodig. Krijg je van mij. Om je schuldeisers tevreden te stellen, heb je tweehonderdduizend frank nodig...'

'Tweehonderdtwintigduizend.'

'Akkoord. Tweehonderdtwintig. Wordt volgende week op je rekening gestort. Als voorschot op je loon. Je hoeft maar te knikken en je bent uit de zorgen.'

Zonder zijn hoofd te bewegen, bevrijdde Nick zijn pols uit Gerards greep. Omdat hij niet wilde dat het gebaar zou worden opgevat als een afwijzing, stak hij een sigaret op. Hij nam er ruimschoots de tijd voor. Als hij te happig overkwam, speelde hij signore Vynckier alleen maar in de kaart. Dat zwijgen het verstandigste was, merkte hij aan de zich uitbreidende kringen op Gerards hemd. Er moest wel veel op het spel staan. Voor minder dan een bedrag met zes nullen zou een kouwe kikker als Gerard geen druppel zweet laten.

'Moeilijkheden met het gerecht kan ik me niet permitteren,' zei hij ten slotte. Duidelijker wilde hij zijn toestemming niet formuleren.

Gerard begreep het.

'Geef me de vijf, jongen. Ik hou ervan een overeenkomst formeel te bezegelen. Je loopt geen enkel risico. Behalve wat routineklusjes — kwestie van de schijn ophouden — heb je maar één taak: zo spoedig mogelijk Katherina Notelaers verleiden.'

Met zijn zoomlens haalde Nick Maria dichterbij. De verlegen glimlach die de ernst op de gezichten van de profeten relativeerde, beviel hem. Hij hield de fraai gebogen mond gevangen tot een stomp tegen zijn elleboog de camera bijna op de grond deed belanden. De gevel van de kathedraal van Siena was werkelijk spectaculair, de triomf van de tierlantijntjes. Daar konden ze zelfs in Firenze niet aan tippen. Nick grinnikte.

'Kijk niet zo benauwd. Er zijn weinigen die aan jou kunnen tippen,' had Gerard gezegd. 'Zelfs je naam speelt in je voordeel. Hooghenboom versiert Notelaers. Kan het mooier? De details krijg je vanavond. Ik ben al drie kwartier te laat voor mijn volgende afspraak. Om negen uur in mijn hotel? Ze hebben daar een fantastische kok. Hier, je loon. Betaal jij maar. En vergeet die teksten niet!'

Vooraleer Nick had kunnen protesteren, was Gerard verdwenen.

De enveloppe bevatte twee miljoen lire. Nick had afgerekend en was de stad ingetrokken om een cadeau te zoeken voor Niki. Een etalage vol kunstig gesneden houten vogelkooien had zijn aandacht getrokken. Zijn dochter zeurde al maanden om een huisdier, maar omdat ze alleen in de weekends bij hem was, had hij haar aan het lijntje gehouden met vage beloftes. Nu er een reële kans bestond dat ze voor altijd bij hem zou kunnen blijven, besloot hij om haar het eerstvolgende weekend op de vogelmarkt een kanarie te laten uitzoeken. Een betere rechtvaardiging voor de aankoop van het waanzinnig dure stuk ambachtswerk waarmee hij een kwartier later de winkel verliet, had hij niet kunnen bedenken.

Toen hij op het Piazza del Duomo was gearriveerd, waren de stenen banken tegenover de hoofdingang van de kathedraal vrijwel leeg geweest, wat hem de kans had geboden in alle rust te genieten van Pisano's meesterwerk. Ondertussen had er een Japanse invasie plaats gevonden en was hij geklemd komen te zitten tussen twee bebrilde jongemannen, die over zijn hoofd heen onafgebroken zaten te kwebbelen. Nick stond op en stak het plein over. Toen hij zag dat het al over vijven was, besloot hij zijn bezoek aan het interieur van de Dom uit te stellen. Zijn ouders, zowat de enigen die hem de laatste jaren niet in de steek hadden gelaten, zaten ongetwijfeld te wachten op een telefoontje. Ze zouden in de wolken zijn als ze hoorden dat het tij leek te keren. In het postkantoor veranderde hij van gedachten. Wat kon hij hen eigenlijk vertellen? Dat hij er serieus over nadacht als gigolo aan de slag te gaan? Nee, een gesprek kon hij beter uitstellen tot hij precies wist wat Gerard van hem verlangde. Hij vroeg een telegramformulier en schreef in duidelijke drukletters: HEB ZOJUIST EEN BAAN AANGENOMEN. STOP. UITLEG VOLGT. STOP. Een fractie van een seconde schrok hij terug voor het definitieve karakter van de boodschap. De handdruk van daarstraks was niet meer geweest dan een formaliteit, weg te wassen met water en zeep. Een schriftelijke bevestiging zou hij nooit meer ongedaan kunnen maken. Uiteindelijk was het deze overweging die hem de knoop deed doorhakken. Wat Gerard ook van hem eiste, Niki was het waard. Hij schoof het papier over de balie en sneed zichzelf met tienduizend lire de terugweg af.

Het liefst van al was Nick naar de pinacotheek gegaan, een wensgedachte die hij maar beter kon vergeten nu hij voor negen uur een dozijn schilderijen van commentaar moest voorzien. Het was een klus waar hij enorm tegenop zag. Hoeveel zinnigs hij ook wist te vertellen over zijn onderwerp, wanneer het erop aan kwam zijn mening neer te schrijven, raakte hij hopeloos in de knoei. Ook nu weer. Toen hij na een uur zijn stylo uit het raam keilde en zijn doorweekte T-shirt onder het bed schopte, stond hij nog helemaal nergens.

Het was tijdens zijn tweede jaar op de academie dat hij voor het eerst zodanig gefrustreerd was geraakt over de onwil van woorden dat hij zijn pen, toen nog een dure Parker, het raam had uitgegooid. Blijkbaar had het gebaar de ene of de andere blokkade in zijn hersenen doorbroken, want nog geen twee minuten later zat hij weer achter zijn bureau en schreef in één ruk de verhandeling waar hij dagenlang vruchteloos op had gezwoegd. Sindsdien was het 'pensmijten' uitgegroeid tot een ritueel, eentje dat hem bijna de kop had gekost. Zijn vrouw had zich er mateloos aan geërgerd en zijn schoonouders hadden het gebruikt als argument om hem de voogdij over zijn dochter te betwisten. Wat hij 'het offer aan de Goden' had genoemd, was door Greet bestempeld geworden als 'vernielzucht' en door haar vader als 'gesublimeerde moorddadigheid'. Een onvervalste slapstick. Zolang je er tenminste niet middenin zat. Werd je gepromoveerd tot hoofdrolspeler, dan bleek al gauw dat er bitter weinig te lachen viel.

Hij had Greet leren kennen op een uit de hand gelopen fuif. Ze waren letterlijk tegen elkaar opgebotst, waarbij meer dan de helft van zijn pils in haar decolleté was terechtgekomen.

'Sorry, mijn fout,' had ze gezegd. 'Ik haal je wel een andere. Klein momentje.'

Hij vond haar terug in de toiletruimte, waar ze aan de lavabo haar bloesje stond uit te spoelen.

'Neem mijn trui maar,' had hij aangeboden.

'En jij dan?'

'Ik heb mijn hemd nog.'

Met de rug naar hem toe had ze haar bh uitgetrokken en die samen met het bloesje in haar tas gepropt. Nick was op slag verliefd geworden.

Greet was negentien, Nick achtentwintig en bepaald niet aan zijn proefstuk. Toen hij haar tegen de morgen bij hem thuis uitnodigde om samen te ontbijten, was dat met heel bewuste bijbedoelingen. De afloop had hij niet voorzien. Rond de middag waren ze samen in slaap gevallen en het was alweer bijna avond toen hij wakker werd in een roze mist die pas een dik jaar later zou optrekken. Tijdens die roes waren ze getrouwd, ergens halverwege het verkenningsstadium, een fase waarin de fysieke experimenten zoveel energie vergen dat er voor mondelinge disputen nauwelijks tijd overblijft, een fase waarin meningsverschillen op een aangename manier worden uitgevochten in bed, een fase die duurde tot Greet een maand of twee na het huwelijk haar baan kwijt raakte.

Nick had het altijd zo weten te regelen dat hun vrije dagen samenvielen. Het was dus niet verwonderlijk dat Greet weinig of niets afwist van zijn job. Voor haar was een fotograaf een toerist die de stad afschuimde op zoek naar mooie plaatjes. Omdat ze zich had voorgenomen hem daarbij te vergezellen, viel het haar knap tegen dat hij zoveel tijd binnenshuis doorbracht. Uit verveling begon ze hem gezelschap te houden in de studio en de donkere kamer. Als vanzelf tuimelden ze het ontdekkingsstadium binnen, de fase waarin verzadigde lichamen op zoek gaan naar een spiritueel houvast en waarin de goddelijkheid van de partner niet langer buiten discussie staat.

Hoewel Nick zich meende te herinneren dat de meeste van zijn vroegere relaties in die periode ter ziele waren gegaan, maakte hij zich geen zorgen. Op enige barstjes na leek het beeld dat opdook uit de nevel, onbeschadigd. Haar armen om zijn middel, haar adem in zijn nek en de druk van haar borsten tegen zijn rug compenseerden ruimschoots haar gebrek aan interesse voor belichtingstijden en fixeerbaden.

Nick werkte bijna uitsluitend voor musea en galerijen. Zijn voorliefde voor de schone kunsten was hem met de paplepel ingegeven. Zijn moeder had naam gemaakt als costumière bij de opera en zijn vader stond bekend als een van de meest getalenteerde moderne beeldhouwers. Hijzelf had zich een schilderscarrière gedroomd, maar toen het hem duidelijk werd dat hij nooit zou uitstijgen boven de middelmaat, had hij die ambitie aan de kant gezet om kunstfotograaf te worden. Het fotograferen van kunstobjecten is een tijdrovende bezigheid, waar een leek vlug op uitgekeken raakt. Toen Greet hem na een week of drie vroeg waar 'dat gedoe' nu eigenlijk goed voor was en hem en passant vertelde dat ze hoofdpijn kreeg van alles wat naar techniek rook, was hij niet verbaasd. Wat hem wel verraste was de agressie in haar stem.

'Al die flauwekul! 't Is gewoon pervers zoals jij daar staat te zwijmelen voor die doeken. Kun je geen pasfoto's maken, zoals iedereen?'

'Dat interesseert me niet, liefje. Ik zou er trouwens niet geschikt voor zijn. Portretfotografie ligt me niet.'

Zijn volgehouden weigering om de rest van zijn leven filmrolletjes te verkopen en snotterende kleuters te vereeuwigen, inspireerde Greet tot een woedende monoloog waarin ze de grenzen van het toelaatbare ver overschreed. Hij had haar stelselmatig genegeerd, voelde zich kilometers boven haar verheven, degradeerde haar tot huissloof, behandelde haar als een goedkope hoer, maakte haar voortdurend belachelijk en had meer oog voor het wrattenzwijn van de heilige Zebedeus dan voor zijn eigen vrouw.

'Antonius, liefje. Zebedeus hield niet van varkens,' had hij haar onderbroken. 'Kun je mij misschien ook vertellen waarom je met zo'n walgelijk creatuur getrouwd bent?'

Haar antwoord had hem de lust tot vragen stellen voorgoed ontnomen. Het nauwelijks begonnen ontdekkingsstadium stierf een ontijdige dood.

'Ik was verliefd,' had ze hem toegebeten. En na een veel te lange pauze. 'Dat dacht ik tenminste.' Toen was ze huilend de kamer uitgelopen.

Hij had de fout gemaakt haar achterna te gaan voor een verzoeningsritueel zonder woorden, om zich vervolgens te laten misleiden door het gemak waarmee hun lichamen zich versmolten. Kreunend waren ze het berustingsstadium binnengerold, een fase die hoofdzakelijk gekenmerkt wordt door geheugenverlies.

De volgende morgen verzekerden ze elkaar dat er niets was gebeurd, een stelling die zes weken later werd tegengesproken door de blijde boodschap van dokter Van Damme. Greets zwangerschap verloste hen van de noodzaak de schijn op te houden. Waar ze zich na hun pijnlijke confrontatie hadden geconcentreerd op het in stand houden van bestaande patronen, konden ze met een gewijzigde hormonenspiegel als excuus, het stramien van hun huwelijk aanpassen aan de opgelopen desillusies. Tegen de tijd dat Niki werd geboren, waren ze, geholpen door hun aftakelende geheugen, ongemerkt het eufemismestadium binnengegleden. Seks heette liefde, sleur werd rust, onverschilligheid tolerantie. In sneltreinvaart passeerde het woordenboek de revue.

Tot ze, met de eindmeet in zicht, te pletter vlogen tegen een boom.

Op een heldere novemberdag was Nick, op uitnodiging van Gerard, naar diens kantoor gereden om te onderhandelen over een contract voor een reeks catalogi. Tegen de middag was de zaak beklonken. Ze hadden samen gegeten en na afloop waren ze met een paar vage kennissen naar Gerards stamcafé getrokken. Toen Nick rond een uur of tien afscheid nam, was hij behoorlijk in de olie geweest. Het weer was omgeslagen. Wodkaregen en geflambeerde wind. De muren voelden aan als mos. De stoeptegels speelden haasje-over. Zijn auto, witgewassen en gekrompen, dobberde rond in een vuilgele plas. Nick werd zeeziek. Hij liet zich meetronen naar Gerards appartement, waar het hem al gauw duidelijk werd dat hij van de regen in de drop terecht was gekomen. Een poosje slaagde hij erin Gerards verbloemde voorstellen af te wimpelen, maar toen zijn redelijke argumenten waren opgebruikt en bloemetjes plaats maakten voor handtastelijkheden, had hij zich met een welgerichte kniestoot uit zijn netelige positie bevrijd en was de deur uitgelopen. De rest van de nacht had hij misselijk op de achterbank van zijn wagen gelegen.

Het eerste wat hem was opgevallen bij zijn thuiskomst, waren de koffers onderaan de trap. Verontschuldigingen en rozen in de aanslag, was hij naar boven gestormd.

Hij stond nog steeds bij het raam toen er werd geklopt.
'*Avanti.*'
Het was een van de kamermeisjes, een jong ding met ondeu-

gende ogen en een koperkleurige paardenstaart.

'*Si?*'

Omdat ze geen aanstalten maakte binnen te komen, ging hij naar haar toe. Ouder dan twintig kon ze onmogelijk zijn.

'*Si?*' vroeg hij nog eens.

'*E la sua penna, signore?*'

Stomverbaasd staarde hij naar de goedkope bic die ze uit de zak van haar schortje te voorschijn haalde. Toen schoot hij in de lach. Het meisje lachte eveneens.

'*Prenda, signore.*'

'*Come ti chiami?*'

'Laura.'

'Hou hem, Laura,' zei hij. 'Het is een zoenoffer.'

'*Scusi?*'

Er was maar één manier waarop hij haar kon uitleggen wat het betekende. Niettegenstaande het risico verkeerd begrepen te worden, kuste hij haar.

Klokslag negen trof hij Gerard in de lobby.

'Nick?!'

'In eigen persoon.'

Gerard hapte naar lucht.

'Geld,' beantwoordde Nick de onuitgesproken vraag.

'Maak dat de kat wijs. Ik mag hangen als hier geen vrouw achter zit.'

'Je paragnostische gave is bepaald griezelig. Is het zo duidelijk te zien?'

'Luister, jongen. Van vrouwen weet ik niet veel af, maar ik weet wel dat ze het leuk vinden af en toe van look te veranderen. Zomaar. Zonder reden. Omdat hun spiegelbeeld hen niet meer aanstaat. Jij bent een man en mannen zijn anders. Als jij je, totaal onverwachts, in een vreemde stad door een vreemde kapper laat kortwieken, dan ben je daartoe gedwongen. Zullen we aperitieven? Dat praat makkelijker.'

'Graag.'

'Ik neem het dat vrouwtje helemaal niet kwalijk,' vervolgde Gerard, nadat ze hadden plaatsgenomen. 'Je hebt verrukkelijke oren. Heeft zij dat hemd gekozen?'

Nick glimlachte.

'Nee. Heb ik zelf gedaan. Helemaal alleen. Gewapend met mijn *Italiaans voor op reis* ben ik een winkel binnengestapt om me in het nieuw te laten steken. Van het een kwam het ander. Eigenlijk wou ik alleen dat staartje kwijt, maar met mijn beperkte woordenschat bracht ik het niet verder dan *corto, per favore*. Het resultaat zie je.'

'Die kapper verdient een standbeeld.'

'Laura verdient het. Ik heb haar gekust en de vogels zijn niet uit de bomen gevallen.'

'Welke vogels? Heb je haar gevogeld?'

'Niet vulgair worden, Gerard. Ze lachte zo lief en ze zag er zo mooi uit met dat ovale gezichtje en die grote ogen. Het ging als vanzelf. Braaf en broederlijk. Op de wang. Ik heb geluk gehad. Ze had gillend kunnen weglopen, maar in plaats daarvan giechelde ze en zoende me op de mond. Haar lippen smaakten naar kersen en zaten boordevol inspiratie. Mijn artikel is af.'

'En verder?'

'Niets.'

'Je bent niet met haar...'

'Nee. Straks misschien. Of morgen. Ik ben er klaar voor, denk ik. Het is vier jaar geleden. Gechoqueerd? Daar kan ik inkomen. Een gigolo engageren en worden opgescheept met een verstokt celibatair. Een verdomd zware tegenvaller, als je het mij vraagt.'

'Ik geloof je niet.'

'Zal ik je een verhaal vertellen, Gerard?'

'Nee jongen, de grap heeft lang genoeg geduurd.'

'Veel te lang. Het begon in Antwerpen, in jouw appartement. Ik heb die nacht in de auto geslapen. Toen ik thuis kwam, was Greet in alle staten. Ze wilde bij me weg. We zijn er allebei hard tegenaan gegaan, vrees ik, maar van die ruzie is me weinig bijgebleven. Het enige wat ik me duidelijk herinner, zijn de koffers onderaan de trap en hoeveel moeite het kostte om ze in de wagen te krijgen. Zeven stuks. Haar en Niki's spullen, de cd's, mijn videobanden, het pijpenrek van haar grootvader en de kerstboomversieringen. De ramptoeristen moeten de dag van hun leven hebben gehad. Onze overbuurman die was gestopt omdat hij mijn auto had herkend, vertelde me later dat het wel een braderie leek. Slipjes op de stoep, engelenhaar in de goot en Pink Floyd op het zebrapad. Mijn Golfje stond, deuren en kofferdeksel wijd open, schuin rechtop tegen een boom. Net of het erin wilde klimmen. Tegen de tijd dat de ambulance arriveerde, was meer dan de helft van onze spulletjes, samen met het publiek, verdwenen. Hallucinant noemde Paul het. Misschien had hij beter gezwegen. Ik vermijd de Munichstraat, maar als ik er toch eens een keertje doorheen rijd, zit ik me constant af te vragen wie van de vrouwen 's avonds met Greets roodzijden pyjama loopt te pronken en welke schoft mijn Fellini-collectie heeft ingepikt. Greet was op slag dood. Ik kwam ervan af met een zware hersenschudding, een schedelbarst en een bekkenbreuk. Niki mankeerde niets. Het heeft vier dagen geduurd voor ik helemaal bij mijn positieven was, voor ik gespreksflarden, beeldfragmenten en gewaarwordingen aan elkaar begon te knopen, voor het gebeurde begon door te dringen, en alsof die bewustwording nog niet gruwelijk genoeg was, koos mijn schoonvader net dat moment uit om als een wrekende engel mijn kamer binnen te vallen en mij te beschuldigen van moord.'

'Moord!'

Gerards ongeloof was bepaald hartversterkend.

'Wist je dat niet? Dan moeten die bronnen van jou serieus droog hebben gestaan.'

'Moord,' herhaalde Gerard hoofdschuddend. 'Belachelijk!'

'Misschien.'

Nick viste de olijf uit zijn glas, legde ze op zijn bord en liet ze langzaam heen en weer rollen.

'In normale omstandigheden zou ik die beschuldiging hebben herkend als de overemotionele reactie van een man die zijn enige dochter had verloren, maar de omstandigheden waren niet normaal. Ik had pijn, ik was moe en ik voelde me zo schuldig als de pest. Binnen de kortste keren had ik bekend.'

'*Signori?*'

'Ondermaats. Noteer dat, jongen,' zei Gerard nadat hij hun bestelling had opgegeven. 'Patiënten moeten beschermd worden.

Zoals je erbij lag, als een mislukte plastiek van je vader, had je helemaal geen bezoek mogen hebben. Je had de ziekenhuisdirectie een proces moeten aandoen.'

'Je zult wel gelijk hebben, maar iemand die met veel moeite aan de beklaagdenbank is ontsnapt, denkt er gewoonlijk niet aan vrijwillig een rechtszaal binnen te stappen, zelfs niet als aanklager. Gestimuleerd door mijn reactie, zette mijn schoonvader door. Hij stapte naar de politie en diende een klacht in. Vreselijk was het. Al die vragen, al die verdachtmakingen, al die verkeerd geïnterpreteerde details. Tegen de tijd dat de zaak werd geseponeerd wegens gebrek aan bewijs, was ik een wrak.'

De olijf rolde over de rand van het bord en belandde op het tafelkleed. Zonder acht te slaan op de toeschietende kelner, knikkerde Nick haar op de vloer en goot de rest van zijn martini naar binnen.

'Maak het af, jongen. Ik hou niet van onafgeronde verhalen.'

'Zware depressie, opname in een instelling, eervol ontslag, de verwoede pogingen van schoonpapa om Niki van me af te nemen, sociale werkers aan de deur, veel te veel dorst, een tweede depressie. Kortom, het gewone scenario.'

'Probeer je me nu wijs te maken dat je vier jaar lang de zielepoot hebt uitgehangen, dat je al die tijd bent blijven treuren om een vrouw waarvan je toch zou gescheiden zijn?'

'Het was de enige manier om mezelf te overtuigen dat ik geen moordenaar was.'

'Hallelujah! Troost je jongen, de verlossing is nabij.'

Gerard gaf de kelner een teken dat de kreeft kon worden opgediend.

'Bewaar de rest maar voor straks. Dit beestje verdient een respectvolle stilte.'

'Weet je...' begon Nick toen het laatste pootje was uitgezogen.

'Laat maar. Bij nader inzien...'

Nick verstrakte.

'... blijk ik minder geschikt te zijn dan verwacht?'

'Integendeel. Je scrupules sieren je. Houden zo. Die trieste hondenblik waarop je me vergastte tijdens je verhaal is echt onweerstaanbaar. Ik werd er voorwaar week van, maar bespaar me de rest.

Een moderne versie van *Schuld en boete* interesseert me niet. Kunnen we het misschien over Katherina Notelaers hebben?'

'Met het grootste genoegen.'

Tot zijn niet geringe verwondering merkte Nick dat hij het meende.

Als je op het balkon stond, werd de illusie verbroken door de gestreepte markies die je blik deed uitwijken naar de aanlegsteiger. Keek je gewoon door het raam, dan zou je zweren dat je óp het water zat. Nick stapte achteruit, fixeerde het glinsterend deinende oppervlak en genoot van de sensatie het hotel te voelen wegdrijven. *Albergo l'Ombretta* was een ontdekking. Rustig, comfortabel en niet tegenstaande zijn ligging aan een van de mooiste Italiaanse meren, verwonderlijk goedkoop.

Aanvankelijk was hij van plan geweest na het avondeten Luganocentrum te gaan verkennen, maar de twee amaretti bij de koffie hadden hem loom gemaakt. Bovendien had hij die dag bijna vijfhonderd kilometer gereden en de idee weer achter het stuur van zijn Renaultje te moeten kruipen, lokte hem niet erg aan.

In plaats daarvan opende hij zijn koffer en haalde de foto te voorschijn die Gerard hem gisteravond had overhandigd.

'Ik heb hier een primeurtje, jongen. Om duim en vingers naar af te likken. Zou ik graag je mening over horen.'

Het eerste wat Nick was opgevallen, was de belabberde kwaliteit van de afdruk. Zijn opmerking hierover werd achteloos weggewuifd.

'Een amateurkiekje. Aan jou om het beter te doen. Daar zullen we het later over hebben. Concentreer je maar op het schilderij. Enig idee van wie het zou kunnen zijn?'

'Rose natuurlijk. Wie anders?'

'Ben je zeker?'

Geïntrigeerd door de spottende ondertoon in Gerards stem, had Nick uitgebreid de tijd genomen om de afbeelding te bestuderen. Een gestileerde vrouwenfiguur, net buiten de omheining van een goor stadspark dat ze ostentatief de rug had toegekeerd, staarde in gedachten verzonken naar een reusachtige etalageruit die louter dromen reflecteerde. Dagdromen waarvan de pure regenboogkleuren in schril contrast stonden met de vermodderde tinten van de realiteit achter haar.

'Als dit een vervalsing is, dan is het in elk geval een hele goeie,' zei hij ten slotte.

'Niks vervalsing. Het is een authentieke Notelaers. Op jullie idylle, jongen!'

Het was de eerste van een serie toosten die Nick zich nog lang zou heugen, een serie die afgerond zou worden met een bloody mary, gekruid met alka seltzer en paracetamol. Een heilzaam besluit. De kater was uitgebleven.

Eind vorig jaar was Gerard bij de toekenning van de provinciale prijs voor amateuristische schilderkunst gebombardeerd tot juryvoorzitter. Het was in die functie dat hij voor het eerst had kennis gemaakt met het werk van Notelaers. De gelijkenis met Rose was zo opvallend geweest dat hij nauwelijks had kunnen geloven dat het ingestuurde doek geen kopie was. Hij had er zijn naslagwerken en catalogi op nagekeken en was tot de verbluffende vaststelling gekomen dat die totaal onbekende vrouw geen navolgeling, maar eerder een voorloper van Rose was.

'Dat kind is amper vierendertig en schildert zoals Rose het zal doen over een jaar of vijf.'

Nick had dit een vrij stupide opmerking gevonden.

'Net of je kan voorspellen hoe iemands werk zal evolueren.'

'Normaal gezien niet, bij Rose wel,' had Gerard geantwoord. 'Als je zijn hele collectie op een rij zou zetten, en dat is precies wat ik heb gedaan, dan zou je zien dat hij het aan zichzelf verplicht is om binnen afzienbare tijd fotomateriaal te gaan verwerken.'

'Waarover heb je het eigenlijk?'

'Frustrerend, nietwaar? Zeker voor een fotograaf. Kijk eens goed naar die kinderwagen, naar dat fietsende joch en die dobermann. Bijgekleurde foto's. Troost je, er mankeert niets aan je ogen. Zelfs op het origineel merk je het nauwelijks. Perfect, die overgangen! Die meid is steengoed. Mij kon ze uiteraard niet voor de gek houden, maar mijn geachte confraters hadden niets in de gaten. Noch het inlassen van het fotomateriaal, noch de gelijkenis met Rose. De hemel zij geprezen! Het gaf me de kans haar dood te zwijgen, iets wat me met een competente jury nooit gelukt zou zijn, de rest van de inzendingen was gewoon flauwekul.'

Gerard pauzeerde even om zijn zoveelste toost uit te brengen en Nick wist dat hij zat te wachten op een intelligente vraag die hem in staat zou stellen uitgebreid in te gaan op de ergerniswekkende nonchalance waarmee jury's tegenwoordig werden samengesteld. Dat plezier zou hij hem niet gunnen.

'Waarom gaf je haar de prijs niet?'

'Ach! Je weet toch hoe het eraan toegaat. De schepen van milieu wou een stilleven bekronen. Meunier, die van sociale zaken, zat te wauwelen over het belang van publieke toegankelijkheid. De directeur van Gregorius was blijven steken bij de Vlaamse Primitieven en Cesar van de Gazet was gedesillusioneerd door het gebrek aan bloot. Uiteindelijk is de eer gegaan naar een puisterig joch dat er op de een of andere manier in geslaagd was een vrouwenborst te verwerken in een boeket viooltjes.'

Nick lachte.

'Je bent onverbeterlijk, Gerard. Vooruit, hou me niet aan het lijntje. Waarom kreeg ze die prijs niet?'

'Omdat ik iets beters voor haar in gedachten had.'

'Ik begrijp niet waar je op aanstuurt.'

Dat was een leugen geweest. Nick snapte het maar al te goed. Gerard broedde op de grote ontdekkingstruc. Hij zou Rose in huis halen en met behulp van de media heel kunstminnend Vlaanderen op zijn kop zetten. Gewapend met posters, postkaarten en catalogi zou hij een ware Rosenoorlog ontketenen die de kleine Italiaan, momenteel enkel bekend bij een select publiek, tot gemeengoed zou maken, waarna Gerard hem met tranen in de ogen uitgeleide zou doen naar het vliegveld om vervolgens, nog voor de kandidaatkopers het kwijl van hun lippen hadden gelikt, met Notelaers op de proppen te komen. Totaal onbekend fenomenaal talent van eigen bodem.

Nick legde de foto op zijn nachtkastje en ging op het balkon een sigaret roken. De woede van gisteren was verdwenen, maar als hij eraan dacht welke rol hij zou spelen de eerstvolgende weken of

maanden kon hij een vage misselijkheid niet onderdrukken.
'Maak kennis met haar, sluit vriendschap en introduceer haar bij mij. Meer vraag ik niet. Het is een knappe brunette, een tikje te mager. Neem haar eens mee uit eten.'
'Waarom doe je het zelf niet?'
'Ik ben te bekend. Ze zou lont ruiken en haar prijzen opdrijven. Ze moet mij toevallig ontmoeten. Arrangeer maar iets. Ik weet dat ik een reuzeslag kan slaan, ik voel het. Dat kind gaat het maken, maar je moet wel opschieten, de Rose-expositie is gepland voor begin februari. Tegen eind december wil ik al het werk van Notelaers in mijn bezit hebben.'
'Dat meen je niet!'
'En of ik het meen!'
'Maar dat is oplichterij!'
'Waarom?'
'Hoeveel wil je haar betalen?'
'Tienduizend. Vijftien maximum.'
'Wat ga je ervoor vragen?'
'Honderdvijftig minimum.'
'En dat noem jij eerlijk?'
'Waarom niet? Van Gogh was veel slechter af. Die was verplicht zijn eigen oor af te snijden om beleg op zijn brood te hebben.'
'Je bent walgelijk.'
'Nu moet je eens goed naar me luisteren, jongen. In zaken is er maar één stelregel: met zoveel mogelijk winst verkopen wat je voor een prikje hebt gekocht. Al de rest is flauwekul. Als Rose niet aanslaat — het zou me verbazen, maar helemaal zeker ben je nooit — dan slaat dit juffertje ook niet aan en dan kan ik het hele zootje opbergen in de kelder. Mijn investering is dus niet geheel vrij van risico's. Slecht voor mijn bloeddruk en nefast voor mijn slaappatroon. Kost me minstens een half jaar van mijn leven. Mag ik toch iets aan overhouden! Wordt Rose wel een succes, dan zal Notelaers daarvan profiteren. Vijftienduizend mag dan een aalmoes lijken, het is beter dan niets. Momenteel bestaat ze niet eens en zonder Rose zal ze ook nooit bestaan. Het is dus niet meer dan fair dat zij die expositie betaalt. Ze heeft nog alle tijd om zich een fortuin bijeen te schilderen.'

'Waarom ik? Met Arnold ben je veel goedkoper af.'
'Zou te veel opvallen. Wanneer ik hem op haar afstuur, zal niemand ooit geloven in een toevallige samenloop van omstandigheden. Wat mankeert je trouwens? Waar ben je bang voor?'
'Ik ben niet bang. Ik ben gechoqueerd.'
'Maak dat de kat wijs. Als telg van een artistieke familie ben je volkomen op de hoogte van de corruptie in het milieu. Is het omdat ik gezegd heb dat je haar moet verleiden? Neem dat niet te letterlijk op. Doe gewoon waar je zin in hebt. Het is me alleen om haar oeuvre te doen.'

Uiteindelijk had Nick toegegeven. Gerard was toch niet te stuiten en voor hemzelf was het de enige mogelijkheid om uit de financiële zorgen te raken, zijn enige kans om Niki probleemloos onder zijn hoede te krijgen. Over Notelaers eerbaarheid hoefde niemand zich zorgen te maken. Hij hield toch niet van brunettes.

Jean-Pierre
september '94

Jean-Pierre Dujardin — J.P. voor de vrouwtjes, Jean voor de vrienden, Pierre voor zijn echtgenote en 'meneer' Jean-Pierre voor zijn ondergeschikten — voormalig commercieel directeur bij K&B, huidig directeur commercial bij C&P en toekomstig personnel manager bij CPI, verveelde zich. Hij hield niet van vergaderingen, behalve wanneer hij die zelf voorzat en ze kon laten volgen door een uitgebreide lunch. Onopvallend schoof hij zijn manchet omhoog. Kwart over twaalf. Hij hoorde aan tafel te zitten nu, om zichzelf te verwennen met een glaasje bourgogne. Wedden dat ze straks weer van die kleffe sandwiches zouden laten bezorgen. Hoe kón zijn geest functioneren op een dieet van koffie met tonijnsla?

'Wat denkt u ervan, meneer Dujardin?'

'Ik ga akkoord met meneer Croonens.'

Heel even bracht de verbazing op het gezicht van Callier, voormalig, huidig en toekomstig algemeen directeur én droogstoppel eerste klas, hem in verwarring. Had hij iets verkeerds gezegd? Volgens zijn uurwerk moesten ze nog steeds bezig zijn met de budgetten, een onderwerp dat hem niet interesseerde zolang ze maar van zijn loon afbleven. Hij had het laatste half uur zelfs niet de moeite genomen de discussies te volgen, die fusie met CPI had al veel te veel inspanning gevergd. Waren ze soms van de agenda afgeweken en had hij een onvergeeflijke flater begaan? Een snelle blik op Croonens stelde hem gerust. Die leunde achterover en lurkte vergenoegd aan zijn sigaar.

'U bent dus bereid om het met twee procent minder te proberen?'

'Het zal mijn populariteit niet ten goede komen, maar er zijn andere prioriteiten. Ik wil de nieuwe aandeelhouders niet voor het hoofd stoten. Meneer Croonens en ik zijn tot een overeenkomst gekomen en daar wil ik me aan houden.'

'Dank u. Uw begrip siert u.'

Jean-Pierre beantwoordde het compliment met een minzaam knikje. Met een zucht van verlichting zag hij hoe Callier zijn bril afzette en de secretaresse teken gaf zijn aantekeningen weg te bergen. Tien minuten later zaten ze aan de tonijn.

Het telefoontje van Fabienne kwam stipt op tijd.

'Voor u, meneer Dujardin.'

Jean-Pierre excuseerde zich bij Laurent die zich tussen hem en Croonens had gewrongen om met volle mond de voordelen van een statistische aanpak te benadrukken en liep met het toestel in de hand naar de vensterbank.

'Hallo.'

'Ben ik niet te laat?'

'Nee, je stoort niet. We zaten net aan de lunch.'

'Tonijn of filet américain?'

'Trans-Express? Kan het niet wachten?'

Aan de andere kant van de lijn klonk gegiechel.

'Vertel hem maar dat ik eraan kom. Het contract...'

'... zit veilig en wel in mijn handtas. Hoeveel personen?'

'Drie ton? We maken er vier van.'

'Waar?'

'Doet er niet toe. De zaken gaan voor. Tot zo dadelijk.'

Jean-Pierre knipoogde naar Croonens en wendde zich vervolgens tot Callier die in druk gesprek was met de hoofdboekhouder, een uitgemergelde veertiger met spetters mayonaise op zijn kin. Vijf minuten later verliet het duo Dujardin-Croonens de vergaderzaal.

'Nemen we jouw wagen of de mijne?'

'Rijd jij maar.'

'Waarheen? Mère Fernande?'

'Nee. Naar Mario. Fabienne is gek op pasta.'

'Heb je haar meegevraagd?'
'Uiteraard. De beste manier om haar het zwijgen op te leggen.'
'Heb jij iets met haar?'
'Nee. Niet dat ik er geen zin in heb. Ze heeft de mooiste benen die ik ooit heb gezien en...'
'Het rondste kontje.'
'Inderdaad. Om in te bijten. Zou ze nooit toelaten. Hoe uitdagend ze zich ook gedraagt, in wezen is ze hondstrouw. Verder dan een beetje geflirt gaat ze niet. Misschien nog het beste. Ze is heel competent, ik mag haar graag en zij mij ook. Het zou zonde zijn die goede verstandhouding op te offeren voor een kortstondige affaire. Trouwens, tegenwoordig moet je opletten. Voor je het weet, heb je een proces aan je broek wegens seksuele intimidatie. Heb jij Jeanine er graag bij?'
'Ben je soms vergeten dat we moeten inleveren?'
'Niet op representatie! Jeanine of iemand anders? Officieel gaan we aan tafel met Vertongen van Trans-Express en met Leo.'
'Versmissen?'
'Ja. Vandaag halen we eindelijk dat contract binnen.'
'Welk contract?'
'Dat van zaterdag op de beurs. Die wegenverf voor de Vlaamse gemeenschap.'
'En wat doe je met de datum?'
'Dat heb ik aan Fabienne overgelaten. Ik heb het haar wel makkelijk gemaakt. Haar nullen en haar zessen lijken toch op elkaar.'
'Ooit loop jij nog eens in je ongeluk, Jean.'
'Kan zijn. Maar niet met een lege maag.'
'Jeanine dan maar.'

'Ik heb van de heer Croonens begrepen dat het nog heel wat overtuigingskracht gevergd heeft.'
'Viel wel mee.'
'We hadden jullie eerder terug verwacht.'
'Vijftien miljoen is geen peulenschil.'
'Nee, maar de onderhandelingen waren al minstens twee maanden aan de gang.'

'Vertongen speelde het spel volgens de regels. Scepsis bij het aperitief, interesse bij het voorgerecht, wantrouwen bij de soep... U weet hoe dat gaat.'

'Uw regels. Misschien start u voortaan beter met het digestief. Het zou uw onkostennota's positief beïnvloeden.'

Jean-Pierre forceerde zich tot een moeizame glimlach. Het gesprek verliep heel anders dan hij zich had voorgesteld. Het leek wel een kruisverhoor.

'Wat ik niet begrijp, is dat de heer Versmissen die toch bekend staat als een man met ervaring, er niet in slaagt...'

Het wás een kruisverhoor.

'Versmissen deed het prima. De aanwezigheid van Croonens en mij was gewoon een vorm van public relations. U kunt toch niet ontkennen dat persoonlijke contacten...'

'Uw stokpaardje.'

Dit liep verkeerd. Wist hij nu maar wat Croonens allemaal verzonnen had. Hoe haalde Droogstoppel het in zijn hoofd om hen elk apart op het matje te roepen?

Zijn ergernis verbijtend, toverde Jean-Pierre zijn meest amicale glimlach te voorschijn.

'Zullen we ter zake komen, meneer Callier? Zonder omwegen? Kunt u me niet gewoon vertellen wat u op de lever hebt?'

Als Droogstoppel al verrast was door die rechtstreekse aanval, dan liet hij dat in elk geval niet merken.

'Misschien is dat inderdaad het eenvoudigste. Kent u mijn zoon?'

'Ik geloof niet dat ik al het genoegen had met hem kennis te maken.'

'Een ontmoeting met Alexander is geen genoegen. Alexander is een nietsnut. Toch is het noodzakelijk dat hij bij ons in de firma komt. Waarom? Daar kan ik u geen antwoord op geven. Laat ons zeggen dat het tijd wordt dat hij leert hoe de wereld in elkaar zit.'

Jean-Pierre deed zijn best de stilte zo verwachtingsvol mogelijk te laten klinken.

'Ik heb besloten hem aan uw departement toe te voegen.'

'Juist, ja.'

Er werd meer van hem verwacht, hij voelde het, maar de woorden waarmee hij uitdrukking diende te geven aan zijn geveinsde enthousiasme weigerden te komen.

'U moet me niet verkeerd begrijpen, meneer Dujardin. Dit is geen strafmaatregel. Ik sta niet zo negatief tegenover u als u schijnt te denken. Integendeel. Als ik mijn zoon aan u toevertrouw, dan komt dat omdat ik diep in mijn hart uw persoonlijke aanpak wel appecieer, zelfs al kost die mij handenvol geld.'

'Neemt u mij niet kwalijk, maar ik zie niet in hoe ik twee procent inlevering kan combineren met extra personeel en eerlijk gezegd weet ik ook niet goed wat ik met hem moet aanvangen. Alle posten zijn bezet.

'Daar ben ik me van bewust. Ik heb het organigram van uw afdeling grondig bestudeerd en alle mogelijkheden afgewogen. Hier op de binnendienst valt er inderdaad niets te regelen. Gelukkig maar, ik wil Alexander toch niet bij mij in de buurt. Volgens mij is er maar één oplossing, u moet mevrouw Notelaers ontslaan.'

Even zat Jean-Pierre perplex. Toen barstte hij los.

'Wat? Katherine? Geen sprake van. Zoiets belachelijks heb ik in geen jaren gehoord. Mijn meest competente filiaalverantwoordelijke laten vervangen door een stuk onbenul! Nee. Daar werk ik niet aan mee.'

'Zoudt u misschien zo vriendelijk willen zijn uw taal te matigen. Ik hou er niet van mijn zoon te laten beledigen.'

'U noemde hem een nietsnut.'

'Mijn positie laat dat toe. Ik ben zijn vader en uw meerdere.'

'Wat probeert u eigenlijk te insinueren? Dat u de macht heeft mij te ontslaan?'

'Misschien.'

'U doet maar. Met mijn ontslagpremie red ik het wel tot mijn pensioen.'

'Daar zou ik maar niet te zeker van zijn, meneer Dujardin.' Callier opende de linkerla van zijn bureau en haalde er een dikke, bruine dossiermap uit. 'Hiermee kan ik het u behoorlijk lastig maken. Met een beetje geluk hoef ik u geen cent te betalen. Ik zou zelfs een schadevergoeding van u kunnen eisen.'

'Dat ruikt verdacht veel naar chantage.'

Het klonk minder zelfverzekerd dan hij had gewenst en uit de manier waarop Droogstoppel de enveloppe van zich afschoof en zijn vingertoppen tegen elkaar plaatste, kon Jean-Pierre opmaken dat het de tegenpartij niet was ontgaan.

'Het ís chantage. We zullen er nu niet dieper op ingaan. U krijgt van mij... laat eens kijken... zesentwintig uur de tijd om dit dossier door te nemen en uw zonden te betreuren. Morgenavond, klokslag acht, verwacht ik u bij mij thuis. Dan kan u mij onder het genot van een goed glas wijn, u prefereert bourgogne geloof ik, vertellen voor wie u hebt gekozen. Voor uzelf of voor mevrouw Notelaers. U kunt gaan, uw echtgenote zal zich ongetwijfeld afvragen waar u zo lang blijft. Tot morgen.'

Op het matje geroepen als een tienjarige kwajongen, afgescheept als een obscure handelsreiziger, buitengezet als een goedkope colporteur, en hij had niet eens tegengestribbeld!

Jean-Pierre voelde zich én ongerust én beledigd én beschaamd, maar omdat dergelijke gevoelens ver beneden zijn waardigheid waren, zat er niets anders op dan kwaad te worden.

In de hoop de conciërge op de een of andere onregelmatigheid te betrappen, bleef hij een poosje in de hal rondhangen. Toen dat niets opleverde, begaf hij zich naar de losplaats. Misschien trof hij daar nog een slome chauffeur of een overijverige magazijnier waarop hij zijn woede kon botvieren. De goden waren hem niet welgezind. Het complex leek compleet uitgestorven. Jean-Pierre vloekte. Als die verdomde rotzakken dachten dat hij met zich liet spelen, dan hadden ze het mis. Het minste wat je van ondergeschikten kon verwachten, was dat ze er waren wanneer je ze nodig had. Hij vertikte het kwaad te worden op zichzelf!

Tot overmaat van ramp begon het ook nog te regenen. Instinctief stopte Jean-Pierre het dossier tussen zijn overjas en zijn colbertje en spoedde zich naar de parking. Halverwege bedacht hij zich. Het zou wel uitermate stom zijn om niezend ten onder te gaan. Hij haalde de map weer te voorschijn en hield ze met beide handen boven zijn hoofd. Gebukt onder zijn zonden gleed hij even later achter het stuur van zijn Volvo en zette koers naar *Tropical*.

Hij had het al lang geleden afgeleerd om nukken en grillen af te reageren op zijn vrouw. De laatste keer dat hij het had geprobeerd, ongeveer vijfentwintig jaar geleden, was ze de deur uitgelopen om sigaretten te kopen. Ze was een maand weggebleven. Uiteindelijk had hij haar via een gepeperd Visaspoor weten te lokaliseren in Zwitserland, waar ze hem een halve Mont Blanc hijgend en zwetend achter zich aan had laten klauteren vooraleer in te gaan op zijn dringende bede hem niet in de steek te laten. Hand in hand waren ze aan de afdaling begonnen en terwijl ze hem voorzichtig over steenklompen, door stekelig struikgewas en langs duizelingwekkende dieptes gidste, had ze haar eisenpakket uit de doeken gedaan. Op zijn aarzelende protesten had ze geen antwoord willen geven, ze had gewoon zijn hand losgelaten en hem aan de rand van een zuigende afgrond vaarwel gezwaaid. Jean-Pierre, die al misselijk werd op een trapladdertje, had zich plat op zijn buik laten vallen om voor dood te blijven liggen. Een half uur later had ze hem overeind geholpen. Hij had haar vragend opgetrokken wenkbrauwen beantwoord met een beverig knikje, zij had hem een zoen op zijn neus gegeven en sindsdien leefden ze samen in de beste verstandhouding. Hij kwam onveranderlijk welgemutst naar huis, zij trok nooit zijn overwerk in twijfel. Hij negeerde de opgeklapte toiletbril, zij luchtte zonder commentaar zijn naar diverse parfums ruikende pakken. Aan tafel bespraken ze hun zakelijke successen en zwegen over de blunders. Naar buiten toe vormden ze één front. Hun stopwoord was verdraagzaamheid.

In tegenstelling met zowat alle andere klanten parkeerde Jean-Pierre zijn wagen nooit aan de achterkant. Evenmin gedroeg hij zich als een gesjeesd geheim agent. Geen schichtige blikken, geen gebogen hoofd, geen nonchalant geslenter tot bij de leveranciersingang. Met hetzelfde gemak waarmee hij 's zaterdags bij de slager een malse rosbief bestelde, informeerde hij bij de diverse 'madams' naar de kwaliteit van de meisjes. Waar zijn leeftijdsgenoten hun heil zochten bij een golfclub, de Rotary of een psycholoog, zocht hij een toevlucht in *Tropical*, *Quatre Fleurs* of *Amaryllis*. Even duur, maar stukken aangenamer.

Marie-Thérèse had hem zien arriveren. Nog voor hij de kans kreeg aan te bellen, zwaaide de deur open. Ze gaf hem een klapzoen op de mond waarvoor hij haar beloonde met een kneepje in haar omvangrijke derrière. Het vaste ritueel.

'Cognac?'

'Nee. Calva.'

'Ik zal u moeten teleurstellen, Andrea is er niet. Haar moeder is gisteren gestorven. Toch maar Cognac?'

'Nee verdomme!'

Marie-Thérèse legde een kalmerende hand op zijn arm.

'Niet nu,' vervolgde hij zachter. 'Vandaag heb ik behoefte aan iets verfijnds, iets verkwikkends, iets sprankelends.'

'Problemen?'

'Niet te overzien.'

'Wat dacht je van Wodka?'

'Met alle respect, Thérèse. Myriam is een schat van een meid. Vurig temperament, kozakkenbloed, alles wat een man zich wensen kan, maar er komt geen zinnig woord over haar lippen. Ze kreunt zelfs in het Russisch. Wat ik nu nodig heb, is...'

'Champagne!'

Fronsend hees Jean-Pierre zich op een barkruk.

'Champagne?

'Ja. En u moet niet zo kwaad kijken, ik wéét dat ik mijn boekje te buiten ga, ik wéét dat u liever op uw gemak proeft en keurt vooraleer... hoe zal ik het zeggen... tot consumptie over te gaan, maar daar ontbreekt de tijd voor. Het is een stagiaire. Profiteer ervan voor het te laat is. Over een week of drie is ze weer weg.'

'Ik stel je persoonlijk verantwoordelijk voor...'

'Dacht u dat ik risico's zou nemen? De zaken lopen al slecht genoeg. Ik kan het me niet veroorloven een habitué te verliezen. Nee, ik ben er absoluut zeker van dat ze u zal bevallen. Jong, fris, verstandig.'

'Verstandig! Gewiekst zal je bedoelen.'

'Geslepen? Dat weet ik niet. Daarvoor is ze hier nog niet lang genoeg. Nee, écht verstandig. Ze studeert economie.'

'Niet overdrijven, Thérèse.'

'Het is de zuivere waarheid. Hoe de vork nu precies in de steel zit, zou ik niet kunnen zeggen. Ze is nogal gesloten. Van meneer Gaston weet ik dat ze blijft tot het begin van het nieuwe schooljaar. Vanaf dan zal ze ergens in het centrum werken, dichter bij huis. Kwestie van vervoer, geloof ik. Ze heeft niet eens een auto.'

'Maar waarom...'

'Doet dat ertoe? Vertrouw me nu maar. Haal ik haar naar beneden of gaat u rechtstreeks naar boven?'

Zuchtend gaf Jean-Pierre zich gewonnen.

Ze droeg een nauw aansluitend kastanjebruin mini-jurkje met lange mouwen, zwarte kousen met jarretelles en hooggehakte zwarte veterlaarsjes. Geen ondergoed. Dat had hij haar in de badkamer laten uittrekken terwijl hij de champagne ontkurkte. Ze zat op haar gemak in de wijnrode fauteuil en elke keer als ze zich vooroverboog om haar glas te nemen of om de as van haar king size-sigaret te tippen, kroop de zoom van het jurkje iets verder omhoog. Ze leek het niet te merken.

'Ik denk niet dat ik het nog veel langer uithoud,' zei Jean-Pierre, starend naar een minuscuul, rozig stukje bovenbeen.

'Nee,' antwoordde ze rustig, 'dat denk ik ook niet.'

'Ik zou hem kunnen vermoorden! Hij stelt mij voor een onmogelijke keuze en ik heb een hekel aan kiezen. Waarom vertel ik je dit allemaal?'

'Omdat je hoopt dat ik de knoop zal doorhakken.'

'Kun je dat?'

'Misschien wel. Hangt ervan af of je lef genoeg hebt om het lot te laten beslissen.'

'Welk lot?'

'Het mijne. We gaan een spelletje spelen.'

Ze stond op en schoof het salontafeltje opzij, waarbij minstens vijf centimeter welvoeglijkheid verloren ging.

'Zelfbeheersing,' glimlachte ze. 'Daar draait het om. Nooit je zelfbeheersing verliezen.'

Ze reikte hem zijn halflege glas en vulde het bij.

'Niet drinken,' waarschuwde ze hem. 'Jij blijft waar je bent en houdt het glas stevig vast. Ik kom op je schoot zitten. Als je er in slaagt het volgende kwartier door te komen zonder ook maar één druppel te morsen, dan ben je sterk genoeg om directeur te blijven. Zo niet...'

Ze aarzelde even.

'Zo niet?' Jean-Pierre verzamelde al zijn wilskracht en verlegde zijn blik naar haar gezicht.

'Zo niet... Niet. Klaar?'

'Zijn er nog andere mogelijkheden?'

'Vast en zeker. Je kunt me uitmaken voor zottin, me bespringen als de eerste de beste patattenboer en je vervolgens in dat dossier verdiepen. Tijdverlies natuurlijk, want hoewel je weigert om er de verantwoordelijkheid voor te dragen, staat je besluit toch al vast.'

'Ik zou ook kunnen morsen en Katherine wel ontslaan.'

'Raad ik je ten stelligste af. Je zou je slecht voelen en ik zou je nooit meer willen ontvangen. Ik hou niet van woordbrekers.'

'Is het zo simpel?'

'Zo simpel is het.'

Ze zette de fles op het tafeltje en bukte zich om haar sigaret uit te drukken. Van welvoeglijkheid was er nu helemáál geen sprake meer.

'Je kwartier gaat nu in,' zei ze.

Ze kroop op zijn schoot en haakte een vinger achter zijn broeksband.

Jean-Pierre zette zich schrap en probeerde wanhopig zijn zwellende kruis te negeren. Al te best lukte dat niet. Omdat hij kramp voelde opkomen, liet hij zich onderuit zakken en ontspande zijn knieën. Het resultaat was spectaculair. Het jurkje kroop nog een laatste centimeter omhoog, aarzelde bij de rondste ronding van de billen, wipte er overheen en begon zichzelf op te rollen. In minder dan vijf seconden kromp het ineen tot een truitje dat nauwelijks de navel bedekte.

Net op tijd dacht hij aan de champagne. Hij verstevigde zijn greep en fixeerde zijn hand tot die ophield met trillen zodat de storm in zijn glas tot bedaren werd gebracht. Hij haalde diep adem, sloot de ogen en bad.

Vijftien minuten later was het pleit beslecht. Katherine zou de twijfelachtige eer genieten om de geschiedenis in te gaan als eerste slachtoffer van het schokvrije orgasme.

Katherine
oktober '94

De vlugste, de mooiste, de liefste, de tofste, de meest gemotiveerde getalenteerde.
Moederlijk, intelligent, ondernemend, verdraagzaam, geduldig.
Klokvast.
Schokvrij.
De bovenste-bovenste-beste.
Niet te evenaren.
Met waarborg.
Bullshit!
De enige status die ze nog niet had weten te veroveren, was die van heilige en als ze Geert mocht geloven, zou ook die onderscheiding niet lang meer op zich laten wachten.
Katherine drukte haar duim op de bel en hield die daar tot de verpleegster haar hoofd om de deur stak.
'Ik wil hier weg. Nu meteen. De portier kan me naar beneden dragen, zo zwaar ben ik niet. Als je me niet onmiddellijk helpt met wassen en aankleden en als je niet stante pede een taxi belt, dan begin ik zo hard te gillen dat ze het tot in de materniteit kunnen horen, dan gil ik alle baby's wakker zodat niemand, maar dan ook niemand nog een oog kan toedoen, dan sleep ik me met bed en al naar het raam en schreeuw ik dat de dokter me wil verkrachten. Dan bega ik een ongeluk, versta je me, dan bega ik een ongeluk!'
De verpleegster trok schielijk het hoofd terug. Een onderdeel van een seconde aarzelde Katherine. Toen zette ze het op een gillen.
Haar jarenlang opgekropte frustraties overspoelden het ziekenhuis en alle moedermelk stremde. Net-niet-geborenen wrongen zich ijlings terug in de schoot, bijna-doden gaven opgelucht de

geest, en alles wat daar tussenin zat: zenuwbonken, weekharten, kankeraars, brekebenen, ledemaatlozen, hijgbalgen, bierlevers, gezichtsverliezers en leeftijdlijders, kroop jankend onder de lakens. De simulanten kozen het hazenpad, het personeel verbleekte.

Katherine gilde en gilde.

Tot de dokter arriveerde, haar de pols voelde, de kakelende verpleegsters de deur uitzette en haar stevig tegen zich aan drukte. Toen begon ze te huilen.

Wil je? Kun je? Begrijp je?
Natuurlijk. Waarom niet? Volkomen.
En wat had het haar opgebracht?

Gipsverbanden, een stuk of wat slijmerige versierders, een kamer vol kunstzinnige, onverkoopbare schilderijen, twee kinderen die haar de les lazen, een aangetekende ontslagbrief en een buikig, kalend, impotent curiosum: André. Bij haar weten de enige echtgenoot die erin slaagde zijn tijd tot op de seconde nauwkeurig te verdelen onder twee vriendinnen, drie kaartclubs, een twaalftal stamkroegen en, ruw geschat, zevenendertig barmeiden.

De vlugste, tot ze dit blok aan haar been kreeg.

De mooiste, de liefste, de tofste voor het verkeerde soort mannen.

De meest gemotiveerde, getalenteerde eenoog in het land der blinden.

Moederlijk zolang ze niet aan het opvoeden ging.

De meest intelligente, meest ondernemende oneervol ontslagene sinds mensenheugenis.

Verdraagzaam, geduldig, klokvast en schokvrij aan de buitenkant.

Niet te evenaren wanneer het erop aankwam zich voor gek te laten zetten.

Bovenste-bovenste-best zolang er geen concurrentie in de buurt was. Nooit.

Net voor de heiligverklaring onder de superlatieven bezweken.
Zonder waarborg.
Bullshit!

'Wat doet hij daar eigenlijk?'

Het hemd van de dokter rook vaag naar appeltjes. Een half uur geleden had het er nog fris en gesteven uitgezien. Nu was het verfrommeld en besmeurd met mascara. Had zij dat op haar geweten? Een beetje verlegen probeerde Katherine de plooien glad te strijken, iets waar ze abrupt mee ophield toen ze zich bewust werd van de bijna doorschijnend fijne textuur van het weefsel en van de warmte van de huid eronder.

'Wie?'

'André. Wat heeft een impotente vent te zoeken bij andere vrouwen?'

'Ik wil hier weg.'

'Ken je het verschil tussen impotentie en slechte smaak?'

'Onmiddellijk.'

'Slechte smaak is ongeneeslijk.'

'Nu!'

'Luister eens. Als je erop staat, wil ik morgen het gips om je voet vervangen door een gewoon verband, zodat je kan lopen.'

'U zou me krukken kunnen geven.'

'Niet combineerbaar met een gebroken pols. Dat snap je toch wel.'

'Garandeer je me dat ik morgen naar huis mag?'

'Ik zal persoonlijk een taxi voor je bellen, maar als je die voet te veel beweegt voor de wonde goed dicht is, ga je er een lelijk litteken aan overhouden. De rest is geen probleem. Over een week of zes ben je weer...'

'Potentieel potent?'

De dokter lachte.

'Je onderschat me. Omnipotent!'

'Vergeet die taxi maar,' zei Katherine.

'*You can fool people some of the time, but you can't fool yourself all of the time*,' had hij gezegd. 'Blijf je nog een weekje hier, dan sla je twee vliegen in één klap. André is verplicht thuis te blijven om voor de kinderen te zorgen en jij krijgt de tijd om jezelf weer onder controle te krijgen. Als het allemaal waar is wat je me hebt verteld...'

'Ik ga weg.' Steunend op zijn bureau was ze moeizaam overeind gekomen.

'Er is telefoon in de recreatieruimte,' had hij gezegd. 'Tot ziens, Juffertje Lichtgeraakt.'

Juffertje.

Juffertje Ongeduld, Juffertje IJdeltuit, Juffertje Nooittevree, Juffertje Babbelkous, Juffertje Veeltegroot. Nooit had haar vader haar een standje kunnen geven zonder het af te zwakken met een gemonkeld Juffertje. Zijn manier om haar duidelijk te maken dat, wat ze ook mispeuterde, ze altijd zijn oogappel zou blijven.

'U mag me écht!'

'Wat dacht je dan?'

'Dat u puur professioneel was.'

'Alleen maar als het over gebroken botten gaat.'

'Mijn vader noemde me ook altijd juffertje. Later ben ik hem meneertje gaan noemen. De eerste keer, ik zal toen een jaar of tien geweest zijn, moest hij daar vreselijk om lachen. Mijn moeder niet. Die was gechoqueerd.'

'Typisch moeders.'

'Als ik blijf, komt u me dan opzoeken?'

'Voor minder hoef je het niet te doen.'

'Dat zijn er dan drie in één klap... meneertje.'

En hier lag ze dan. In die zonnige, ruime eenpersoonskamer waaruit André amper tien minuten geleden briesend was vertrokken.

'Wat!' had hij verontwaardigd uitgeroepen. 'Nog een week! Besef je wel hoe moeilijk het is om kinderen en werk te combineren?'

'Roep je aanhang ter hulp. Leert men in de nood zijn vriendinnen niet kennen, dan...'

Rood aangelopen was hij op het bed afgestevend.

'Wacht maar,' had hij gezegd, zijn bieradem in haar gezicht stotend. 'Wacht maar.'

En daar was ze nu volop mee bezig. Ze wachtte. Op meneertje.

'Bent u Katherina Notelaers?'

'Katherine. Katherina klinkt zo geschiedkundig.'

'Ik ben gek op geschiedenis.'
'Dat ruikt naar Konsalik. Zou u zich niet beter voorstellen in plaats van de versierder uit te hangen.'
'Nick Hooghenboom, kunstfotograaf. Dat van die geschiedenis was geen versiertruc, het was de waarheid, maar u heeft mij wel op een idee gebracht. Ik hou namelijk ook bijzonder veel van brunettes.'
'Dan heeft u pech. Eigenlijk ben ik blond, maar dat oogt zo goedkoop.'
'Ik geef het op. Niets mee aan te vangen, met die vrouwen van tegenwoordig. Veel te intelligent. Blijven je steeds een stap voor. Laten we ons dus maar beperken tot datgene waarvoor ik gekomen ben. Ik wil een schilderij van u kopen.'

'... en hij was zo gecharmeerd van dat doek dat hij het per se wilde hebben, maar de organisatoren wilden hem mijn adres niet geven, dat bleek tegen de regels te zijn. Het enige wat ze hem wilden vertellen, was dat mijn inzending deel uitmaakte van een pakket van de weekendacademie. Nu had hij natuurlijk wel wat anders te doen dan jacht te maken op amateurschilders, en daarom zette hij de hele affaire uit zijn hoofd. Tot vandaag! Kent u Van Beversluys? Hij woont in dat kleine, knalgeel geschilderde villaatje aan de rand van het park. Hij is beeldhouwer. Er loopt momenteel een tentoonstelling met werk van hem. Oorlogsslachtoffers. Nog niet bezocht? Vrouwelijke naakten met kapotgeschoten gezichten, zonder benen, met een bajonet in de buik... Nogal luguber. Wel, Nick moest er zo eentje fotograferen. Voor de cover van een of ander tijdschrift, geloof ik. Oorlog ligt goed in de markt tegenwoordig. Soit. Hij besloot een kijkje te gaan nemen in de academie en, geloof het of niet, de eerste die hij daar tegen het lijf liep, was Theo Smismans, de grootste praatvaar van de stad en toevallig mijn leraar. Die man tatert je gewoon de oren van het hoofd. Was hij niet zo'n uitzonderlijk goed lesgever, dan was ik al lang van klas veranderd. Meestal erger ik me dood aan dat oeverloze gezwets en geroddel. Enfin, ik vergeef het hem. Nog goed dat ik hem verwittigd had dat ik een poosje uit de roulatie zou zijn, anders had Nick vandaag bij André op de stoep gestaan en dan had ik hem nooit te zien gekregen. Nee, Theo verdient een beloning. Niet alleen heeft hij me de hemel ingeprezen, hij heeft Nick ook verteld dat ik in het ziekenhuis lag. "Ga maar direct," schijnt hij te hebben gezegd. "Dat meiske is op sterven na dood. Het heeft meer dan een uur geduurd eer ze haar hadden uitgegraven." Ik kwam niet meer bij van het lachen. Waar haalt hij dat nu vandaan! Het resultaat was dat Nick onmiddellijk hiernaar toe is gekomen. Puur eigenbelang waarschijnlijk, dode schilders zijn meestal onbetaalbaar. Tussen haakjes, hij vond me de levendigste stervende die hij ooit had gezien. Volgende week mag ik hem opbellen. Hij wil dat doek bij mij thuis komen halen en tegelijkertijd mijn andere werk eens bekijken. Als André weg is uiteraard. Weet u wat hij me wil betalen? Achtduizend frank. Achtduizend! Als dat geen wonder is, dan weet ik het ook niet. Zullen we er samen eentje op drinken? Een glaasje ether of zo? Had u me niet voorgesteld nog even te blijven, dan had ik hem waarschijnlijk nooit ontmoet.'

'Is hij knap?'

'Heel erg.'

'Dacht ik al.'

'U zit er volkomen naast. De man zelf interesseert me niet. U bent trouwens ook knap.'

'Is dat een elegante manier om me te vertellen dat ik je ook niet interesseer, Juffertje Welbespraakt?'

'Nee. Ik wil alleen maar zeggen...' Met een zucht liet Katherine zich in de kussens zakken. 'Begrijpt u het dan niet?'

'Natuurlijk wel. Ik plaag je maar een beetje. Word maar gerust verliefd op die man. Het zal je deugd doen. Maar laat je niet in de luren leggen. Achtduizend frank is geen wonder.'

'Ik ben helemaal niet van plan om verliefd te worden, maar ik heb ook geen zin om de boekhouder te gaan uithangen. Het liefst van al zou ik hem dat doek gewoon... geven. Gratis. U kan niet geloven hoe blij ik ben dat iemand iets van me wil. Hij vindt het mooi, hij heeft er moeite voor gedaan, hij wil er zo verschrikkelijk graag elke dag naar kunnen kijken. Ik weet niet goed hoe ik het moet uitleggen, maar... als hij van mijn schilderijen houdt, dan kan het bijna niet anders of hij houdt ook van mij, want al mijn dromen, al mijn nachtmerries, al mijn zielen zitten erin. André lacht me ermee uit. 'Je bent maf,' zegt hij altijd. 'Wie wil er nu zoiets in huis?' Hij niet, dat is wel duidelijk, en ik zou dan ook niet willen dat er iets van mij bij hem aan de muur hing. Hij heeft er geen recht op. Beroemd zou ik ook niet willen zijn. Ik zou het afschuwelijk vinden als mensen mijn doeken gingen beschouwen als een goede investering. Het geld doet er niet toe. Weet u wat er wel toe doet? De wetenschap dat ik niet abnormaal ben, dat er nog mensen zijn die kijken zoals ik, die zijn zoals ik. Het lijkt wel uitverkoop, hier in dit ziekenhuis. Twee begrijpende mannen in minder dan drie dagen! Had ik geweten dat gebroken botten meer geluk brachten dan scherven, dan had ik me tien jaar geleden al van die ladder laten vallen. Het zou me ettelijke soepborden bespaard hebben.'

'Ik mag dus ook een doek van jou aan de muur?'

'Natuurlijk. Wat dacht u dan? Geeft me meteen de kans om te bewijzen hoe goed ik naar u luister. Ik zal me niet meer in de luren laten leggen. Tienduizend frank. Zwart. Precies de prijs van een patent gespalkte pols.'

1) Eerst en vooral: Telefoon aanvragen!!!
2) Geert bellen → dossier correspondentie (roze dubbels)
3) Afspraak verzekeringsagent
4) Afspraak J.P.
5) Advertentie werkvrouw → opstellen en doorbellen (Geert om het nummer vragen)
6) Navraag doen bij Johan i.v.m. te volgen procedure
7) Dienst Toerisme bellen (nummer via Geert) → folders Ardennen → hotel boeken

'Aan het werk?'

'Ja. Ledigheid...'

'... is des duivels oorkussen. Mijn moeder zei dat ook altijd. In uw geval schijnt het waar te zijn. Ge ziet er een stuk opgewekter uit dan eergisteren.'

'Was u er ook bij? Daar kan ik me niets van herinneren.'

'Dat verwondert me niet. Ge waart volledig over uw toeren. De hele gang troepte samen voor uw deur. De patiënten omdat ze dachten dat ze gekeeld werdt en wij omdat we meenden dat er brand was uitgebroken. Als ons noodcircuit het ooit begeeft, kunt gij voor sirene komen spelen. Van sirenes gesproken, dokter Van Steen is een schat, niet waar? Maak ik u verlegen? Dat is niet de bedoeling, hoor.'

Katherine lachte. Ze hield wel van die directe aanpak. Na de omzichtigheid waarmee de twee andere verpleegsters haar benaderd hadden, werkte dit optreden bepaald verfrissend.

'Nee. Ik ben blij dat u niet doet of er niets gebeurd is. Uw collega's behandelen mij alsof ik een vulkaan ben die op het punt staat om uit te barsten. Werkt u halftijds?'

'Omdat ge mij twee dagen niet hebt gezien, bedoelt ge? Nee. Ik draai veel nachtdienst. Dat geeft mij het recht om er af en toe tussenuit te knijpen. Laat eens kijken. Schitterende temperatuur. Valt niets aan te verbeteren. Kan ik nog iets voor u regelen? Water? Frisdrank? Een stichtend woordje van de pastoor?'

'Spaar me. Die heb ik al op bezoek gehad. Waar u me wel een plezier mee zou kunnen doen, is een telefoon. Kan dat?'

'Geen enkel probleem. Straks. Samen met de boterhammetjes. Of is dat te laat?'

'Nee hoor, da's prima. Dank u wel.'

Met een rode stift streepte Katherine punt 1 door en overliep nog eens wat ze had opgeschreven.

Er ontbrak iets.

Er ontbrak veel.

Als ze komaf wou maken met alle rotzooi die ze zichzelf op de hals had gehaald, dan had ze beter om een rol behangpapier gevraagd in plaats van om een blocnoteblaadje.

8) André voor een paar voldongen feiten stellen!!!!

Schitterend! Het understatement van het jaar. Mens, doe niet zo stom. Hoe wil je vat krijgen op je leven als je nog niet eens durft te schrijven waar je zin in hebt? Vooruit! Bovenaan. Mooi in het midden. En kijk. Ineens stond het er. Bovenaan. Mooi in het midden. Met een vette streep eronder en zonder koppelteken.

Doelijst

Wee degene die het waagde haar daarmee uit te lachen. Wee André! Jaren aan een stuk had hij haar op nieuwjaar een luxe-agenda cadeau gedaan, een veel te groot kalfslederen exemplaar dat in geen enkele handtas paste en dat tegen eind januari ergens in een lade werd weggemoffeld. Jaren aan een stuk had hij haar systeem van her en der rondslingerende doelijstjes belachelijk gemaakt en nadat hij haar twee jaar geleden had 'verrast' met een digitale agenda die Jinglebells speelde wanneer je hem opende — wat ze nooit had gedaan — waren zijn opmerkingen zo venijnig geworden dat ze haar toevlucht was gaan nemen tot steno-notities op sigarettenpakjes, wat haar een constant gevoel van opgejaagdheid had bezorgd vermits haar rooktempo omgekeerd evenredig bleek te zijn aan haar doetempo.

Vanaf nu was het uit met die flauwekul. Deze spiksplinternieuwe doelijst zou een verrukkelijk onbekend tijdperk inluiden, het ik-vertik-het-tijdperk.

'Weet je wel zeker dat het onbekende verrukkelijk is?'
'Die vraag heb ik mezelf ook gesteld. Ik weet het niet, ik wil het ook niet weten. Het moet nu maar eens uit zijn met al dat gepieker.'
'Wat een voornemens!'
'Om trots op te zijn, nietwaar?'
Dokter Van Steen antwoordde niet. In plaats daarvan schoof hij zijn stoel achteruit en kwam bij haar op bed zitten.
'Pas maar op. Straks brengt u de verpleegsters nog op slechte gedachten.'
Er kon niet eens een lachje af.
'Wat scheelt er u eigenlijk vandaag? Verveel ik u?'
'Integendeel.'
'U gaat toch ook niet onnozel beginnen doen? Voor het geval u van plan bent om te zeggen dat u op brunettes valt, dat heb ik gisteren al gehoord.'

Deze keer glimlachte hij tenminste.

'Wees maar niet bang. Voor doktersromannetjes zijn we alle twee te oud. Gisteren liep ik toevallig André tegen het lijf.'

'En nu heeft u wijselijk besloten uw handen van mij af te trekken?'

'Doe niet zo cynisch, Juffertje Slamaarraak. Het staat je niet. Morgen om halftien verwacht ik je in mijn spreekkamer. Voor de middag heb ik geen consultaties. Tijd zat om de zaken op een rijtje te zetten. Als André komt, doe je maar alsof je slaapt. Tot morgen?'

Als het zo zat, kon ze net zo goed meteen de rol van Doornroosje op zich nemen. Met een theatrale zucht liet Katherine zich in de kussens zakken en deed of ze sliep.

Zolang het bezoekuur duurde, had ze zich slapende gehouden en daar was ze zo moe van geworden dat ze bij de bel die het einde van het bezoekuur aankondigde, prompt in slaap was gevallen.

'Ik geloof niet dat ik je kan volgen,' zei dokter Van Steen de volgende morgen. Hij had niet alleen voor koffie gezorgd, maar had zich zelfs bereid getoond het raam open te zetten zodat zij een sigaret kon roken. 'Waarom sliep je niet als het zoveel moeite kostte om wakker te blijven?'

'Omdat je jezelf niet onder controle hebt terwijl je slaapt. Ik wou niet het risico lopen wakker te worden terwijl André er was.'

'Zou je het gewaagd hebben te slapen waar hij bij was?'

'Even mijn sigaret aftikken.'

Katherine hinkte naar het raam en leunde naar buiten.

'Nee,' zei ze na een lange stilte.

André

oktober '94

Hoe haalde die teef het eigenlijk in haar hoofd hem dik te noemen? André spoelde de zurige kotssmaak weg, stopte een pepermuntje in zijn mond en bekeek zichzelf kritisch in de manshoge spiegel. Negenentachtig kilo, droog aan de haak. Niets teveel voor een man van zijn lengte, voorzien van een zwaar beendergestel. Zijn buikje, door dat rosse kreng betiteld als pens, gaf hem het vaderlijke, goedmoedige uitzicht dat hem al heel wat problemen had bespaard en de liefdeskussentjes rond zijn middel vormden, nu die meiden steeds magerder werden, een prima buffer tegen uitstekende heupbeenderen. Nee, die nieuwe moest zo snel mogelijk de deur uit, ze had geen manieren. Waar moeide ze zich mee? Had hij haar soms iets gevraagd? Waarom beperkte ze zich niet tot de zaken die er wél toe deden? Een zichzelf respecterende hoer hoorde het kruis te dienen in stilte, tenzij ze de kunst verstond datgene te vertellen wat de vent die boven of onder haar lag, wilde horen. Christiane was daar heel bedreven in. Hoewel ze al tien jaar in het vak zat en half België bij haar naar binnen was geweest, raakte ze nooit uitgepraat over zijn fabuleuze snelheid en diepgang.

Met een verbeten trek om zijn mond kamde hij de losgeraakte haarslierten over zijn kalende kruin en plakte ze voor alle zekerheid vast met een beetje zeepwater. Dat nieuwe wondermiddel uit het postorderpakket had hem dagenlang een tintelend gevoel in zijn schedel bezorgd, maar daar was het bij gebleven. De rui ging gewoon door, elke morgen plukte hij de onrijpe vruchten van zijn hoofdkussen, en de frisse, jonge knoppen die hem in het vooruitzicht waren gesteld, lieten op zich wachten.

Hij stopte zijn hemd in zijn broek, trok zijn das recht, controleerde zijn gulp, rechtte zijn schouders en liep op de deur af. Pas toen hij in ademnood kwam, viel het hem op dat hij samen met zijn broekriem ook zijn buikspieren had aangespannen.

'Die rosse deugt niet.'
'Nee?'
'Nee. Ik zal er morgen met Gaston over praten. Ze moet weg. Voor ze de commerce naar de kloten helpt.'
'Het gewone recept?'
'Ja.'
André ramde de pil in zijn keelgat, spoelde hem door met een slok bier en boerde.
'Je maakt je maag nog kapot.'
'Godverdomme Chrissie, als jij nu ook begint te zagen!'
Christiane legde een kalmerende hand op zijn dij.
'Rustig maar. Wat is er mis? Te mager? Te koel? Te smal? Hou er wel rekening mee dat we hier voor elk wat wils moeten hebben. Onze klanten zijn tenslotte niet allemaal zo goed bedeeld als jij.'
'Hoe vind jij mij eigenlijk?'
'Je bent de meest índringende persoonlijkheid die ik ooit heb ontmoet.'
Die klemtoon op ín bezorgde hem meteen een stijve. Chrissie viel werkelijk niet te evenaren. Op en top vrouw van de wereld. Hij besloot haar niet te hard aan te pakken. Bij het engageren van die rooie was ze waarschijnlijk alleen op de buitenkant afgegaan en daar was niets op aan te merken geweest. Stevige tietjes, dito billen...
'Wat zit je daar nu te grijnzen. Wat mankeert er aan Adèle?'
'Adèle? Heet ze zo? Jezus, wat een bekakte naam. Net iets voor haar. Ze ís bekakt. Veel te grote bek. Geen manieren. Dom.'
'Dom? Het is een studente.'
'Dat is eraan te zien. Ze heeft nog alles te leren.'
'Kun je me vertellen wat...'
'Nee. Ontsla haar.'
'Kan niet, André. Het is een protégé van Gaston. Hij heeft haar aangenomen. Ze doet het trouwens niet slecht. Je bent de eerste die zich over haar beklaagt. En zal ik je eens iets vertellen? Ik ben blij dat

ze je niet bevalt. Zo kom ik tenminste ook nog eens aan mijn trekken.'

'Wat bedoel je met...'

'Alleen maar dat het tijd wordt dat wij nog eens naar boven gaan.'

Uiteindelijk had hij het haar toch verteld. Ze had hem bij de hand genomen en samen waren ze voor de spiegel gaan staan.

'Ben ik te dik?' had ze gevraagd.

'Doe niet zo stom!'

'Trek je ogen open, André. Ik weeg twee keer zo veel als Adèle en dat is duidelijk te zien. Probeer het maar niet te ontkennen. Ben ik te dik?'

'Ja en nee. Ik hou wel van die kwabbigheid. Het is misschien niet elegant, maar het ligt lekker.'

'Zo denk ik er ook over. Probeer jezelf dus geen complexen aan te praten. Als Adèle van kapstokken houdt, dan is dat háár zaak. Ik zal haar aan het verstand brengen dat ze haar mond moet houden en jij van jouw kant moet maar zo slim zijn vrouwen uit te kiezen die je weten te waarderen. Deze discussie is trouwens flauwekul. Zal ik je eens vertellen waarom onze rosse je niet bevalt? Omdat ze op je vrouw lijkt. Omdat ze je veel te veel doet denken aan Katherine. Daarom. En berg nu eerst dat geld weg, vóór je het vergeet!'

Verdomd als het niet waar was! Ze had gelijk. André zette de wagen aan de kant, knipte de binnenverlichting aan en bestudeerde aandachtig de familiefoto op het dashboard. Dezelfde haarkleur, dezelfde snit, hetzelfde ovale gezicht en alle twee even truttig, even bekakt. Het type dat niet kon verkroppen dat een man aan één vrouw niet genoeg had! Hoe haalde Gaston het in zijn hoofd om zo'n Vestaalse Maagd binnen te halen? Welke hoer droeg er nu een strontbruine jurk met lange mouwen? Welke griet wrong haar voeten nog in veterlaarzen? Het kostte godver meer tijd om die dingen los te knopen dan om een nummertje te maken! Christiane had hem op een prima ideetje gebracht. Katriens ontslag uit dat klote ziekenhuis zou gevierd worden met een lekker heet nachtje. Hij zou dat vrouwtje van hem trakteren op alles wat hij in gedachten had gehad voor die troel van een Adèle.

Toen hij bij *Les Fleurs du Mal* arriveerde, liep het tegen halfvier. Madame Cécile was er niet, kreeg hij te horen van de puistenkop achter de bar, maar ze had een verzegelde enveloppe achtergelaten en hem gevraagd meneer attent te willen maken op de lekkende dakgoot.

'Zeg haar maar dat ze de pot op kan met haar dakgoot,' schamperde André terwijl hij de omslag openscheurde en de duizendjes in zijn binnenzak propte. 'Denkt ze soms dat het geld ons op de rug groeit?'

'Nee, meneer. Volgens haar gedijt geld het best op een vrouwelijke voedingsbodem, op voorwaarde dat die voldoende geïrrigeerd wordt, maar ik geloof dat ze van plan is de irrigatie te laten stopzetten tot de afvoer gerepareerd is.'

'Jij godverdomse brutale aap! Daar zul je spijt van krijgen.'

'Excuseert u mij, meneer. Ik heb hier niets mee te maken. Ik breng alleen een boodschap over, en zoudt u me nu willen verontschuldigen? Nummer vijf heeft mij nodig.'

André boog zich over de toog om zich ervan te vergewissen dat hij niet belazerd werd. Puistenkop had niet gelogen. Het lampje van nummer vijf brandde.

'Volgende maandag kom ik weer,' bromde hij, 'en als ik jou was, zou ik ervoor zorgen uit de buurt te blijven. Anders zou je wel eens een hoogst onplezierig uurtje kunnen beleven.'

'Tot uw dienst, meneer, maar u bent mij niet. Goedemiddag.'

Met een klap trok André de voordeur achter zich dicht.

Kwart voor vier. Over pakweg dertig minuten moest hij de kinderen ophalen. Een onmogelijke opdracht. Zelfs als hij nu onmiddellijk vertrok, haalde hij het nooit voor halfvijf. Er zat niets anders op dan de buurvrouw te bellen om haar te vragen Stef en Saar op te vangen. Hij stapte de kroeg naast *Les Fleurs du Mal* binnen, bestelde een pilsje en vroeg om de telefoon. Tegen de tijd dat hij dikke Bertha omstandig had uitgelegd hoe druk hij het had, dreef hij van het zweet. In één teug sloeg hij zijn pint achterover, legde twee briefjes van honderd op de toog en stapte naar buiten.

Terwijl hij zat te wachten om in te voegen, verscheen plots Cécile in zijn blikveld. Als een slagschip zeilde ze over de stoep naar de voordeur. André draaide zijn raampje naar beneden en stond op het punt haar aan te roepen toen hij zijn maag voelde samenkrimpen. De pijn was zo hevig dat de tranen hem in de ogen sprongen. Hij grabbelde in zijn broekzak naar zijn pillen, duwde er twee diep in zijn keel, kokhalsde, slikte, haalde diep adem, legde zijn hoofd op het stuur en wachtte.

'Voelt u zich niet wel, meneer?'

Het leek wel of die agentjes steeds jonger werden. Het exemplaar dat het portier had geopend en hem op de schouder had getikt, zag eruit alsof hij zich pas gisteren voor het eerst geschoren had. Met moeite onderdrukte André de neiging hem een opdoffer te verkopen. Die snotneuzen bemoeiden zich werkelijk met alles. Ze roken een scheet nog voor je ze kon laten vliegen.

'Dank je, jongen. Alles gaat opperbest. Ik wou alleen de zaken even op een rijtje zetten. Soms is dat nodig, weet je wel. Als je moeder wordt begraven terwijl je vrouw ligt te wippen met de buurman, wiens oudste zoon je jongste dochter heeft verleid, kan het je opeens allemaal teveel worden. Begrijp je dat? Geef me nog vijf minuutjes. Dan ben je een goeie knul.'

'Hebt u gedronken, meneer?'

Een dienstklopper. Dat ontbrak er nog aan.

'Eén pilsje. Daarnet. Wil je het controleren?'

'Nee, mijn dag zit erop, maar mijn collega's zouden wel eens gemotiveerder kunnen zijn. Het lijkt me het beste dat u linea recta op huis afgaat. Vergeet uw gordel niet. Tot ziens.'

Aan de overkant van de straat draaide hij zich nog eens om. André knikte hem vriendelijk toe, startte de motor en manoeuvreerde naar links. Op een haar na miste hij de bumper van de wagen voor hem. Hij kon bijna voelen hoe dienstklopper de wenkbrauwen fronste. Doodschieten, dacht hij, ze moesten ze allemaal doodschieten!

Van naar huis rijden kon geen sprake zijn. Hij liet zich door niemand de wet voorschrijven en zeker niet door zo'n geüniformeerd onderkruipertje. *De Mastodont* lag aan de andere kant van de stad, maar met een beetje geluk haalde hij het nog voor Etienne naar huis ging. Zo niet zou hij wel een smoes verzinnen voor Gaston en het geld volgende week ophalen, want hij vertikte het om zaken te doen mocht die hele *Mastodont* platgebrand worden.

'Wat een goudmijn,' had hij opgemerkt de eerste keer dat hij er ging incasseren. 'Nooit gedacht dat er zoveel idioten voor hun televisie bleven plakken.'

'Hoelang ben je al in dienst?' had Etienne gevraagd.

'Drie weken. Jij bent de enige met wie ik nog geen kennis heb gemaakt. Normaal gezien zou Gaston mij introduceren, maar hij moest dringend weg vandaag. Ik had dit bezoekje natuurlijk kunnen uitstellen, ware het niet dat hij mij zo heeft zitten opgeilen dat ik bijna tegen het plafond ging. Vooruit, kom op met de geit! Wat zit er achter deze respectabele videotheek verborgen?'

Etienne had hem meegetroond naar achter en hem de viewkamertjes laten zien waar de klanten vanuit een comfortabele fauteuil konden genieten van de films die onder de toonbank werden verhandeld.

'Niet geschikt voor gevoelige zieltjes,' had hij gemeesmuild. 'Gewone porno mogen ze meenemen naar huis; wat hier vertoond wordt, gaat nooit de deur uit. Geïnteresseerd?'

Zonder op antwoord te wachten, had hij André een cassette in de handen geduwd en hem alleen gelaten. Een half uur later had hij hem in het kleine keukentje een flinke bel cognac uitgeschonken.

'Jezus!'

'Smerig, nietwaar? En toch... het heeft iets... dat gekronkel en gekrijs. Voor ik wist hoe ze zulke films maakten, werd ik er aardig heet van. Mijn vriendin beweert dat ik pervers ben. Ze zal wel gelijk hebben. Toch zijn er grenzen. Nu ik mijn weetje weet, kan ik er niet meer naar kijken zonder ziek te worden.'

'Verpest het niet,' had André hem onderbroken, 'Ik wil er niets over horen. Die video heeft me een paar ideetjes opgeleverd die ik best eens zou willen uitproberen.'

'Zo vergaat het de meesten. Vandaar dat we ook peeskamertjes hebben. Gaston denkt werkelijk aan alles. Wie het niet meer uithoudt, kan om een meisje bellen. We hebben er drie. Crème de la crème. Tot alles bereid. En met alles bedoel ik dan ook werkelijk alles. Goesting?'

Toen was die roetmop komen binnenvallen. Hij had Etienne de

Toen was die roetmop komen binnenvallen. Hij had Etienne de gang op gewenkt en had bovendien het lef gehad de deur te sluiten. Waar moest het naartoe met de wereld als die rotnikkers zich gingen gedragen alsof ze hier thuis waren! Het was werkelijk godgeklaagd dat een fatsoenlijke blanke zijn tijd moest zitten verdoen omdat zo'n...

'Sorry, makker. Volgende keer praten we verder. Ik moet even iets regelen. Mijn collega Louis neemt het van me over. Ben jij ondertussen al afgekoeld of...'

'Niets afgekoeld. Vertel me maar waar ik moet wezen.'

'Vraag het aan Louis. Hij is in de winkel. Drink mijn glas ook maar leeg. Je zal het kunnen gebruiken. *Hot stuff, man. Very hot stuff.*'

Soms, als hij wakker werd en naar het plafond lag te staren, als hij merkte hoe Katrien zo ver mogelijk bij hem vandaan rolde, als het maagzuur opwelde en hem dreigde te verstikken, wenste André dat hij Gaston nooit had ontmoet.

'Nooit geweten dat er in deze buurt ook eerlijke mensen rondhingen!' had Gaston gereageerd toen André hem attent had gemaakt op de gouden aansteker die hij samen met zijn sigaretten op de toog had laten liggen. 'Zal ik niet vergeten, makker. Ik ben nogal gehecht aan dat ding. Als ik je ooit ergens mee kan helpen...'

HORECAMAKELAAR had er op het kaartje gestaan dat hij had achtergelaten.

Twee dagen later had André hem opgebeld. Dat hij de man was van die aansteker, dat hij er geen flauw benul van had wat een horecamakelaar deed, maar dat hij op zoek was naar werk en...

Binnen de week was alles in kannen en kruiken geweest.

'De huur incasseren, ervoor zorgen dat die meiden me niet bedriegen, de drankrekeningen verifiëren, probleempjes oplossen... Kortom: de zaken draaiende houden. Wat denk je?'

'Ik...'

'Het is nogal wiedes dat je de meisjes ook mag uittesten. Voordelen in natura noemen we dat.'

Wie had een dergelijk aanbod kunnen afwijzen?

Nu voelde hij zich in de val gelokt.

'Ik kan aan de slag als vertegenwoordiger,' had hij tegen Katrien gezegd. Sindsdien was er geen dag voorbijgegaan zonder leugens. Geen dag zonder ruzie. Geen dag zonder maagpijn. Hij trachtte zich voor te stellen hoe hij ontslag nam, een ontwenningskuur volgde, met Stef en Saar naar de dierentuin ging, net als vroeger. Ondertussen zou Katrien de stad intrekken om een nieuwe jurk uit te zoeken en 's avonds zou hij hen alle drie meenemen naar de bioscoop. Hij zou ijspralines of popcorn voor hen kopen en in het donker zou Katrien zijn dij strelen. Hoger, steeds hoger. Tot hij opeens zou merken dat hij naar zichzelf zat te kijken. Levensgroot en naakt zou hij het scherm vullen en het gegil van het publiek zou zich vermengen met dat van de zwarte slet die hij, zonder Louis' tussenkomst, gegarandeerd om zeep zou hebben geholpen.

De razernij die hij had gevoeld toen bleek dat Louis en die nikker een en dezelfde waren! Een razernij die zich enkel had laten bedwingen door de gedachte aan het tot alles bereide grietje dat op hem wachtte. Een razernij die zich ontlaadde in een dierlijk gegrom bij het zien van haar chocoladekleurige vel. Hij had gewacht tot ze zich had uitgekleed, tot ze uitdagend bloot voor hem had gestaan, tot ze hem dreigde aan te raken. Toen had hij haar met een welgerichte schop gevloerd en was haar te lijf gegaan met een stoel. Hij had zich in duizend bochten moeten wringen om te voorkomen dat zijn huid in contact kwam met de hare. Je wist maar nooit welke vieze ziektes dat zwarte tuig verspreidde.

Soms, als hij lang genoeg wakker bleef om sentimenteel te worden, wenste André dat Louis hem had neergeschoten, dat Gaston hem had uitgeleverd aan de politie. Dan besefte hij dat hij verdoemd was. Die roetmop had hem met geweld de kamer uitgesleept, die roetmop had hem aangeraakt, die roetmop had Gaston opgebiept en terwijl hij daar uitgeteld op de koude tegels had gelegen, had André geweten dat de wereld naar de kloten was.

De Smeerlap
dossier XXX

Naar wat er gebeurd zou zijn wanneer ik niet tussenbeide was gekomen, kan ik alleen maar gissen. Afgaande op mijn ervaringen met de meest diverse specimen van de menselijke soort, denk ik dat Katherine het onderspit zou hebben gedolven. Toen ik haar voor het eerst ontmoette, had ze zich in elk geval behoorlijk in de nesten gewerkt. Ik mag het mij als verdienste aanrekenen haar een strafblad te hebben bespaard. Eerlijkheidshalve moet ik daar wel aan toevoegen dat ze voor deze gunst dik heeft betaald. Dat mocht ook wel. Vermits het mijn werk is mensen een strafblad te bezorgen, liep ik een vrij groot risico door haar leugens tot mijn waarheid te maken. Voor haar heb ik mijn collega's om de tuin geleid en mijn superieuren bedonderd. Katherine was mij daar - terecht - uitermate dankbaar voor. Ze had er dan ook geen enkel bezwaar tegen mij te vergoeden. Dat veranderde enigszins toen ik haar duidelijk had gemaakt wat ik daaronder verstond. Ze reageerde precies zoals ik had gehoopt: ze noemde me een smeerlap en beende mijn kantoor uit. Ik ben nog nooit verliefd geweest, maar het gevoel dat me toen overviel, kwam mijns inziens vrij dicht in de buurt.

Ik heb de reputatie verworven zelfs de meest geslepen leugenaar te doorzien. Mijn bureau, gelegen op de hoogste verdieping van een liftloos pand en met uitzicht op het parkeerterrein, heeft in niet onaanzienlijke mate bijgedragen tot dit professionele succes.

'Door de façade te negeren en me te concentreren op de achterkant,' antwoord ik cryptisch als ze me komen vragen hoe ik er steeds weer in slaag de mensen in hun hemd te zetten.

Dan halen ze hun schouders op en laten me met rust. Ze mogen me niet zo erg. Mijn veronderstelde helderziendheid jaagt hen de stuipen op het lijf. Reden te meer om hen mijn truc niet te verklappen. Ik mag hen ook niet, die gespierde binken met hun garnalenverstand.

De meeste lui waarmee ik beroepshalve in aanraking kom, zijn niet zuiver op de graat. Ze hebben van alles te verbergen. Ze spelen toneel en omdat de inzet van hun spel vrij hoog is, maken ze weinig fouten. De tijd dat een onguur type zichzelf verried in woord of gebaar is voorbij, daar hebben de crime-series op televisie wel voor gezorgd. Sommige van mijn collega's gaan af op de sfeer die in de kamer hangt. Volgens hen duidt hoogspanning op schuld. Pure onzin. De enige moordenaar waarmee ik ooit persoonlijk kennis heb gemaakt, gedroeg zich zo onbevangen als een kleuterjuf, terwijl de volstrekt onschuldige sul die gisteren werd voorgeleid op verdenking van fraude, zweette als een otter.

Wil je weten of een subject zich in jouw aanwezigheid abnormaal gedraagt, dan moet je het bespioneren wanneer het zich totaal onbespied waant. Daarom heb ik een luxaflex laten installeren en heb ik me een verrekijker gekocht.

Katherines verontwaardiging was niet gespeeld geweest. Nog geen drie minuten nadat ze de deur van het kantoor achter zich had dichtgeslagen, verscheen ze weer in mijn blikveld. Dat betekende dat ze geagiteerd genoeg was geweest om de vierenzestig traptreden rennend te nemen en dat ze zich niet eens de tijd had gegund om een woordje te wisselen met de nochtans zeer vrouwvriendelijke agent aan de balie bij de ingang. Met opgetrokken schouders en voor de borst gekruiste armen liep ze naar haar oude gedeukte Fordje. Ze was ongeveer halverwege het parkeerterrein toen ze opeens halt hield. De overgang van beweging naar stilstand was zo abrupt dat ze bijna het evenwicht verloor. Heel even balanceerde ze op de toppen van haar tenen. Toen leek alle energie uit haar lichaam weg te vloeien. Haar armen ontspanden zich en haar kin zakte bijna tot op haar borst. Ik begreep er niets van. Tot mijn oog ineens op de stoel viel waarop ze had gezeten; over de rug hing een bruin lederen tas. Een blik door de luxaflex bevestigde mijn vermoeden: alsof ze zichzelf ervan moest overtuigen dat haar ogen de waarheid spraken, gleden haar handen zoekend over haar heupen. Vervolgens kamde ze met vermoeide vingers een losgeraakte haarsliert naar achter en maakte rechtsomkeert. Zonder erbij na te denken haastte ik me naar de deur en draaide de sleutel om.

Het zat haar blijkbaar bijzonder hoog dat ze verplicht was met hangende pootjes terug te keren. Ze deed er meer dan acht minuten over, wat me ruimschoots de tijd gaf om haar tas aan een grondige inspectie te onderwerpen. De inhoud was op zijn minst verrassend te noemen. Naast de gewone rotzooi — sleutels, make-up, papieren en sigaretten — kwamen er een staaflantaarn, een Zwitsers mes, een schroevendraaier, een glassnijder, een piepklein foto-apparaat, een spuitbusje met verdovend gas, een zilverkleurig zakflaconnetje, een tiental balpennen en minstens evenveel aanstekers te voorschijn. Met de bedoeling haar een beetje onder druk te zetten, stalde ik de meest controversiële voorwerpen uit op mijn bureau. De rest stopte ik terug. Ik hoorde haar de laatste trap opklimmen en stond op het punt de deur weer te ontsluiten toen mijn oog op een dichtgeritst zijzakje viel. Hoewel ik het weinig waarschijnlijk achtte nog iets van belang aan te treffen, maakte ik het open, een simpel gebaar waarmee ik de hoofdprijs in handen kreeg.

Ik ben een verwerpelijk sujet en daar ben ik uitermate trots op. Dankzij mijn gemene inborst leid ik een comfortabel leven, daar waar een rechtschapen karakter mij al lang in de psychiatrie had laten belanden. Met de hand op het hart heeft mijn moeder me ooit verzekerd dat ik niet lelijker was dan de andere kinderen waarmee ik op school zat, een leugen die haar duur kwam te staan; een half jaar later overleed ze aan de gevolgen van een infarct. Mijn vader was minder schijnheilig. Die stak het niet onder stoelen of banken dat mijn fysionomie hem hoofdpijn bezorgde. Heel consequent heeft hij er voor gezorgd zo weinig mogelijk naar mij om te kijken. Hij is ervoor beloond met een schitterende oude dag. Op zijn vijfenzeventigste is hij nog altijd kerngezond en, naar ik vernomen heb van een achternicht die hem was gaan opzoeken in Spanje waar hij de winters doorbrengt, ook nog seksueel actief. Zijn laatste verovering schijnt twee jaar jonger te zijn dan ik. Niets dan lof heb ik voor mijn vader.

Als jongeman heb ik me meer dan eens afgevraagd hoe het mogelijk was dat twee normale, goedogende mensen zo'n misbaksel als ik hadden verwekt, en daar een zekere hang naar romantiek me niet vreemd was in die tijd, kwam het zelfs zover dat ik me ging inbeelden het resultaat te zijn van een of ander genetisch experiment. Wederom was mijn vader zo menslievend me de waarheid te onthullen. Ik was gewoon een ongelukje. Een hardnekkig ongelukje dat alle mogelijke pogingen tot voortijdige uitdrijving had overleefd. Die verregaande openhartigheid van mijn verwekker-tegen-wil-en-dank heeft — meer dan wat ook — mijn leven positief beïnvloed. Als ik, nauwelijks groter dan een kikkervisje, krachtig en slim genoeg was geweest om de gezamenlijke moordpogingen van mijn ouders te overleven, dan was er geen enkele reden om me te laten intimideren door afwijzende, spottende of medelijdende blikken. Sindsdien heb ik er altijd van genoten de doorn in het oog te zijn. Ik kan met heimwee terugdenken aan mijn jeugd toen mijn verkeerd geproportioneerde lichaamsbouw en mijn verwrongen gelaatstrekken de meisjes nog tot gegil inspireerden. Nu ik de vijftig nader, een leeftijd waarop zelfs de schitterendste Adonis zijn glans kwijtraakt, is mijn lelijkheid minder opvallend geworden. Mijn te korte benen, mijn ingevallen borstkas, de slappe buik en de gestriemde billen veroorzaken geen opschudding meer. Ook mijn gezicht valt niet langer uit de toon nu de groeven om mijn mond en de wallen onder mijn ogen de aandacht afleiden van mijn terugwijkende kin, mijn aardappelneus en mijn goedkope kunstgebit. Op straat word ik niet langer nagewezen. Binnen een paar jaar zal ik compleet onzichtbaar zijn geworden.

Mijn baan bij de recherche heeft me altijd veel voldoening geschonken. Mijn eerste chef, een integer man van hoogstaand kaliber, was verstandig genoeg om mijn niet alledaagse voorkomen als pluspunt te zien. Hij zette mij aan het werk als boeman voor jeugdige straatvechters, minderjarige hoertjes, joyriders, kruimeldieven. Stuurse, hooghartige of onverschillige gezichten die ik meestal binnen het kwartier wist te deformeren tot gebroken, natgehuilde maskers. De combinatie van mijn bedrieglijke minkukeluiterlijk, harde hand en fluwelen tong deed wonderen, vooral als de maatschappelijk werkster niet in de buurt was, een ongetrouwde, teerhartige kwezel van middelbare leeftijd die ik uiteindelijk schaakmat heb gezet door mijn verhuizing naar de hoogste etage. Na tien dagen van minstens achttienhonderd trappen was ze verstandig genoeg om haar aandacht te gaan toespitsen op de gelijkvloerse kinderbescherming. Sedertdien zit ik op rozen, vooral nadat ik het grandioze uitzicht op het parkeerterrein naar waarde heb leren schatten.

Het liefst van al zou ik in mijn kantoortje wonen. Ik arriveer als een van de eersten en ben 's avonds de laatste om de deur achter mij dicht te trekken. Dan ga ik ergens in de stad een hapje eten. Af en toe bezoek ik de bioscoop en ongeveer eens per week pik ik een hoertje op; de rest van de avonden breng ik door in het gezelschap van een televisie en ongeveer achtduizend boeken.

Ik bewoon de erfenis van mijn grootmoeder, een imposant herenhuis met twaalf kamers, voorzien van alle comfort en in staat zelfs de meest kritische bezoeker te imponeren. De benedenverdieping getuigt van mijn degelijke, traditionele smaak, de eerste etage is compleet ingericht als bibliotheek, op de tweede bevinden zich, naast mijn slaapvertrek, een prachtige gastenkamer en een al even luxueuze badkamer. Kosten noch moeite heb ik gespaard om van die bovenste verdieping iets speciaals te maken. De meeste energie is gekropen in het uitwerken van een systeem waardoor ik vanuit mijn slaapkamer toezicht kan houden op logés die gebruik maken van een van de twee andere ruimtes. Echt veel rendement heeft die investering me nog niet opgeleverd. Behalve mijn vader en mijn babbelzieke achternicht heb ik nog niemand bereid gevonden in mijn huis te overnachten. Bij geen van beiden heeft mijn kijkuurtje iets aan het licht gebracht. Hun gedragspatroon lag volkomen binnen de verwachtingen. Terwijl ze zich aan- of uitkleedden heb ik me discreet afgewend; ik zou niet willen dat iemand me voor een gluurder aanzag. Een tijd lang heb ik de hoop gekoesterd Katherine zover te krijgen dat ze de door mij geboden logeerfaciliteiten zou benutten, maar ik ben er nooit in geslaagd het onderwerp op een onverdachte manier ter sprake te brengen. Achteraf gezien ben ik daar blij om, want ik betwijfel ten zeerste of ik sterk genoeg zou zijn geweest mijn discrete houding te handhaven.

Katherine.

Ik noemde haar Katje, wat haar woedend maakte. Ze haatte mij. Haar koosnaampjes voor mij logen er niet om: aasgier, lijkenpikker, zielenzuiger. Bloedheet werd ik ervan. Er zijn momenten geweest dat ik al mijn wilskracht nodig had om haar niet te bespringen. Het zou mijn ondergang hebben betekend. Niet alleen zou het haar de kans hebben gegeven een klacht tegen mij in te dienen, het zou mij ook afhankelijk van haar hebben gemaakt, we zouden in een situatie zijn terechtgekomen van dertien in een dozijn, een verhouding op buikhoogte, terwijl het mij vooral om hart en ziel te doen was. Met ijskoude afstandelijkheid maakte ik haar onzeker en hield haar in mijn macht. Had ze maar niet zo stom moeten zijn om die bombrieven in haar handtas te bewaren!

'Weet u soms waar meneer Verfaille gebleven is?' hoorde ik haar vragen aan Patrick die in de kamer naast de mijne de kopieermachine bewaakte.

'Die moet in zijn bureau zitten.'

'Nee, daar is hij niet. De deur zit op slot.'

'Dat wil niets zeggen.'

'Ik heb geklopt.'

'Dan weet ik het ook niet.'

'Mijn handtas ligt daar nog. Hebt u soms een sleutel?'

'Daar begin ik niet aan. Kom straks maar eens terug.'

Omdat ik er bijna zeker van was dat ze nu haar nood zou gaan klagen bij het stuk Chippendale achter de balie, wachtte ik tot ik haar de trap had horen aflopen. Die jonge agentjes namen het niet zo nauw met de regels. Het zou haar weinig moeite kosten hem over te halen de reservesleutels op te diepen. Daarom propte ik alle bezwarende materiaal weer in de tas, hing die over mijn schouder, opende de deur, glipte de gang op, sloot na enig aarzelen de deur weer af — het was nergens voor nodig verwarring te scheppen — en begaf me geruisloos naar de archiefzolder, een bedompt hok waar sedert de opkomst van de computer nog nauwelijks gebruik van werd gemaakt. Ik rekende erop dat niemand van de jonge garde het in zijn hoofd zou halen mij daar te komen zoeken. Ik kreeg gelijk; zonder te worden gestoord maakte ik Katherines *Liaison Dangereuse* tot de mijne. Toen ik een klein uur later, via een omweg langs de toiletten en na een bezoekje aan de tijdens het lunchuur verlaten kopieerkamer, weer plaats nam achter mijn bureau, zag mijn toekomst er uitermate rooskleurig uit.

Nu het te laat is, besef ik dat de eerlijke verontwaardiging die Katherine zo aantrekkelijk maakte, zich uiteindelijk tegen mij moest keren. Ik heb de fout gemaakt haar voor mij te willen winnen door haar te confronteren met de verdorvenheid van haar omgeving, zonder erbij stil te staan dat ik daar ook deel van uitmaakte. Onheilsboden worden nogal dikwijls vereenzelvigd met hun slechte tijdingen. Bij de oude Grieken ging men zelfs zover de brenger van ongewenst nieuws te onthoofden. Eigenlijk kwam ik er nog goedkoop van af.

Tot mijn grote verbazing kwam ze die namiddag niet meer opdagen, een uiting van koppigheid die ik ten zeerste appreciëerde, maar die de volgende morgen omsloeg in ergernis, subtiel vermengd met een kleine dosis onbehagen. Dat treurige, sleutelloze Fordje op de parking werkte me bepaald op de zenuwen. Was het mogelijk dat het verlies van die tas haar niet kon schelen? Besefte ze niet dat ik met die brieven haar leven kon verwoesten? Testte ze mijn uithoudingsvermogen of probeerde ze van mij af te komen? Het antwoord op mijn vragen verscheen in de vorm van een takelwagen. Ik was razend. Als ze dacht aan mij te kunnen ontsnappen, had ze het lelijk mis. Onmiddellijk stuurde ik een koerier naar haar toe. Het resultaat liet niet op zich wachten.

'Kunt u mij soms vertellen wat dát te betekenen heeft?'

Ze zag eruit om op te eten. Rood van kolere, met vuurspuwende ogen en een zwoegende borstkas haalde ze mijn brief uit haar jaszak en citeerde: 'Daar het materiaal dat is opgedoken vrij bezwarend is, verzoek ik u vriendelijk...'

'Verboden wapenbezit,' glimlachte ik terwijl ik haar tas op schoot nam en er het spuitbusje uithaalde. 'Poging tot inbraak,' voegde ik eraan toe, zwaaiend met de glassnijder. 'Of je staatsgeheimen verkoopt, kan ik pas zeggen wanneer de foto's ontwikkeld zijn. Kan je tien jaar kosten, maar omdat ik je wel mag, zal ik met het minst erge beginnen: medeplichtigheid aan een gewapende overval.'

'Wat?!'
'Volgens mij had je vriendje geld nodig en heb jij hem eraan geholpen.'
'Welk vriendje? Wat een onzin!'
'Bewijs het.'
'Ik hoef mijn onschuld niet te bewijzen. Jullie moeten mijn schuld bewijzen.'
'Heb ik gedaan. Je correspondentie is goud waard.'
'Wie heeft u toestemming gegeven mijn brieven te lezen?'
'Benieuwd hoe André zal reageren,' gooide ik het over een andere boeg.
Vijf minuten later mocht ik haar de mijne noemen.

Naar wat ik uit haar verhalen kon opmaken, was Katherines vader een gezellige bon-vivant terwijl haar moeder eerder behoorde tot het wat-zullen-de-mensen-ervan-denken-type. Die combinatie had geleid tot een dochter die geneigd was zichzelf terug te fluiten, een neiging die door een strenge, sociale dorpscontrole en door vijftien jaar katholiek onderwijs was uitgegroeid tot een levenshouding gekenmerkt door schaamte en schuldbesef. Jarenlang had ze geprobeerd haar natuurlijke impulsiviteit, haar originele eigenzinnigheid en haar hang naar een groots, meeslepend leven te verbergen. Daar ze ervan overtuigd was dat het zo hoorde, terwijl ze tegelijkertijd voelde dat het niet kon, had ze gezocht naar een veilige manier om zich af te reageren. Ze had zich op zolder een atelier geïmproviseerd en was beginnen schilderen. In alle eenzaamheid schiep ze de wereld waarvan ze droomde en penseelde de vrouw die ze wilde zijn. Niettegenstaande alle druk die ik op haar heb uitgeoefend, is het mij nooit gelukt een van haar werken in mijn bezit te krijgen. Ik infiltreerde haar verleden en drukte mijn stempel op haar heden, maar de deur naar haar toekomst bleef gesloten.

Ik aanbad Katherine, maar het zou hypocriet zijn om te beweren dat ik van haar hield. Hoe kan je van iemand houden als je zelf nooit het doelwit van liefde bent geweest? Wat me ertoe dreef haar te willen bezitten, was nieuwsgierigheid. Het leek wel of elke schlemiel die ik beroepshalve op de rooster legde, een geurspoor op me achterliet dat normaal menselijk contact onmogelijk maakte. Zelden kreeg ik waarheid te horen zonder mijn toevlucht te moeten nemen tot list of intimidatie. Niemand had me ooit in zijn of haar leven toegelaten. Fatsoenlijke mensen kende ik alleen uit boeken en ik snakte ernaar de theorie te toetsen aan de werkelijkheid. Ik was op de leeftijd gekomen waarop de meeste mannen aan het grootvaderschap beginnen denken en ik was nog niet eens doorgedrongen tot het andere geslacht. Seksueel kwam ik niets te kort, vlees is goedkoop tegenwoordig, maar ik wilde meer. Ik wilde weten hoe het aanvoelde om iemands geluk in handen te hebben.

In tegenstelling tot het gros van mijn klanten, was Katherine totaal onschuldig aan wat ik haar ten laste probeerde te leggen. Ze was vriendelijk, gevat, artistiek en niet vulgair. De enige smet op haar blazoen was het feit dat ze inging op de avances van een man die niet haar echtgenoot was. Had ze mij in niet mis te verstane bewoordingen duidelijk gemaakt dat ik met haar privéleven niets te maken had, dan zou ik haar waarschijnlijk ongehinderd hebben laten vertrekken, maar dat deed ze niet. Het zijn de minst schuldigen die het snelst bezwijken onder schuldgevoelens. De eerste zonde weegt het zwaarst. Mijn Katje ging zo diep gebukt onder haar 'bedrieglijke levenswandel' dat ze geneigd was te geloven dat er de doodstraf opstond. Het kostte me dan ook weinig moeite haar te overreden me te betalen met haar leven.

Van bij de eerste confrontatie had ik het geweten. Haar wilde ik hebben, op haar had ik gewacht. Hoe ik het aan boord zou hebben gelegd zonder de inhoud van haar tas, weet ik niet precies. Ik vermoed dat ik het afleggen van een valse verklaring zou hebben voorgesteld als een strafbaar feit, wat het natuurlijk ook is, maar in haar geval lag de leugen zo dicht bij de waarheid en was hij zo onschuldig dat zelfs de strengste puritein er geen aanstoot aan had kunnen nemen. Het zou me ten zeerste hebben verwonderd als ze zich daardoor had laten intimideren, daar was ze veel te verstandig voor. Uit haar correspondentie had ik echter begrepen dat het verstand haar in de steek liet wanneer het om André ging. Haar angst voor hem overtrof ruimschoots haar afkeer voor mij, wat me zes onvergetelijke weken heeft opgeleverd.

De Katherine die ik aanbad, heb ik om zeep geholpen. De Kat die onder mijn impulsen tot leven kwam, is me uiteindelijk te slim af geweest. Gerechtigheid bestaat.

II

Draden

Katherine
december '94

Helemaal van mij, dacht Katherine terwijl ze de grendel voor de poort schoof, het alarmsysteem inspecteerde en de nachtcode intikte. Helemaal van mij. Een afschuwelijke betonnen bunker, volgestapeld met licht ontvlambare smeerlapperij en onderworpen aan de strengste veiligheidsnormen. Een monstruositeit die iedereen depressief maakt. Behalve mij. Ik ben er blij mee. Of hou ik mezelf voor de gek? Voel ik me verplicht om van mijn overwinning te genieten?

Omdat de gasdetectoren in het magazijn ultra-gevoelig waren en reageerden op de uitlaatgassen van de vrachtwagens, waren de garage en de opslagruimte gescheiden door een loodzware schuifwand die Katherine nauwelijks in beweging kreeg. Volgens de veiligheidsvoorschriften hoorde deze mobiele afscheiding bij niet-gebruik ten allen tijde gesloten te blijven.

'Wat bedoelen ze daar eigenlijk mee?' had ze gevraagd. 'Wat heb je aan een schuifwand die niet mag schuiven?'

'Niets,' had de brandweercommandant geantwoord, 'maar zo staat het er niet. Er staat: bij niet-gebruik ten allen tijde. Dat wil zeggen dat degene die zich doorgang verschaft, de wand achter zich moet dichttrekken.'

De chauffeurs en de magazijniers namen het niet zo nauw met die regel en Katherine die zich minstens tweemaal daags zijdelings tussen de muur en de metalen rand perste om vervolgens met haar hele gewicht aan de handgrepen te gaan hangen, kon hen geen ongelijk geven.

Op haar gemak liep ze de latexafdeling door. Spiksplinternieuwe rekken, hoogopgestapelde paletten, vaten, ketels, emmers en blikken vol kleur. Genoeg voor een droomstad met bloedrode kerken, grasgroene parken, azuren luchten en citroengele winkelstraten, krioelend van babyroze mensjes.

Ze liet de lakafdeling links liggen en sloeg de hoek om naar het kantoorgedeelte. In de glazen wand die het schaftlokaal scheidde van het magazijn zag ze zichzelf komen aanstappen. Zoals ze erbij liep, met de handen in de zakken van haar zwarte overall, gereedstaande bestellingen en half afgewerkte orderbonnen controlerend, leek ze nog het meest op een troepenschouwende generaal. Zo voelde ze zich ook. De wapenstilstand was getekend, het vredesverdrag was goedgekeurd, maar toch kon ze beter op alles verdacht zijn en de troepen paraat houden. De vijand was niet te vertrouwen. J.P. was 'meneer' Jean-Pierre geworden.

Tien voor vijf. Nog veertig minuten. Niets meer te doen. Misschien kon ze alvast het geld in de kluis stoppen. De kans dat ze nog een klant kreeg, was vrijwel nihil. Wie dacht er nu aan schilderen en behangen als de kerstboom stond opgetuigd? Ze kon net zo goed sluiten. Als ze nu direct vertrok, dan kon ze bij het station zijn tegen de tijd dat Nicks trein arriveerde. Nee. In haar huidige positie kon ze het zich niet veroorloven betrapt te worden op plichtsverzuim. Waarom had ze Geert niet gevraagd het van haar over te nemen? Stomme vraag. Zolang Geert volhield dat hij verliefd op haar was, zolang hij haar bleef bestoken met lieve woordjes en smachtende blikken, zolang hij haar in het voorbijgaan terloops probeerde aan te raken en haar constant in de gaten hield, moest ze het vermijden met hem alleen te zijn.

'Doe niet zo gek,' had ze gelachen. 'We werken al tien jaar samen. Hoe kun je dan ineens verliefd op me zijn?'

'Niet ineens. Ik verlang al de hele tijd naar u.'

Zo had hij het gezegd. Het had niet eens pathetisch geklonken.

'Waarom?'

Achteraf had ze zichzelf wel voor het hoofd kunnen slaan. Ze had nooit mogen ingaan op zijn woorden.

'Omdat ge zo schoon zijt. Zo'n figuurke! En uw gezicht, dat komt precies uit een boekske. En omdat ge zo goed uw plan kunt trekken. De klanten komen hier speciaal voor u. Hadden ze u buitengesmeten, dan had ik ook mijn opzeg gegeven en ik ben er zeker van dat de firma binnen het jaar failliet zou zijn gegaan. Ge moogt mij vragen wat ge wilt. Voor u doe ik alles.'

Hij hád haar geholpen. Zonder hem was ze nu waarschijnlijk werkloos geweest. Ze had zwaar in het krijt gestaan bij Geert, zo zwaar dat ze zich op een bepaald moment verplicht had gevoeld hem te vergasten op een etentje. Weer zo'n stomme zet. Hij had geprobeerd haar te kussen en zij was te welopgevoed geweest om kwaad te worden. De drank had er ook voor iets tussen gezeten. Het had minstens tien seconden geduurd voor ze hem had afgeweerd. Meer had hij niet nodig gehad om de smaak te pakken te krijgen. Toen hij de dag erna weer avances maakte, had ze hem wel meteen afgescheept. De scène die erop volgde, zou ze niet vlug vergeten.

'Wat scheelt er u eigenlijk? Eerst staat ge mij aan te moedigen en de dag daarop doet ge precies of ik schurft heb. Wat zijn dat voor streken?'

'Maar...'

'Wilt ge soms beweren dat het tegen uw goesting was, dat ik u geforceerd heb gisteren? Dan had ge mij maar een draai om mijn oren moeten geven.'

En hoe ze ook haar best had gedaan om hem uit te leggen dat zo'n Dallasreactie niet in haar aard lag, dat ze zich gewoon even had laten meeslepen en dat ze daar onmiddellijk spijt van had gehad omdat ze in de verste verte niet verliefd op hem was, het had niet geholpen.

'Waarom?'

'Wat?'

'Waarom ziet ge mij niet graag?'

Daarom, had ze moeten antwoorden. Het zou waarschijnlijk afdoende geweest zijn, maar weer had ze zich laten verleiden tot een verklaring die alles alleen maar moeilijker maakte.

'Zoiets valt niet uit te leggen. Dat voel je gewoon. Ik mag je graag. Echt waar. In heel de firma is er niemand waarmee ik beter kan opschieten dan met jou, maar daar blijft het bij. We hebben niets gemeen. Stel je voor dat we zouden gaan samenleven, we zouden

ons dood vervelen, we zouden ons aan elkaar ergeren. En wat doe je met je vrouw? En met de kindjes?'
'Die hoeven er niets van te weten.'
'Ah!'
'Verstaat ge het dan niet? Zij zijn er nu eenmaal. Daar valt niets aan te veranderen, maar dat is allemaal zo gewoon, zo... Hoe moet ik dat nu zeggen... zo... doordeweeks. Met u zou het iets speciaals kunnen zijn, iets feestelijks. Zoals op televisie.'
'Liefde tussen de verfpotten! Nee, bedankt. Daar komt alleen maar miserie van. Je bent trouwens helemaal niet verliefd. Je wil met mij naar bed. Dat is alles.'
'Is dat soms verkeerd?'
'Nee, maar ik wil niet en daar heb jij je bij neer te leggen.'
'Dat is precies wat ik wil,' had hij gezegd. 'Boven op u.'
Zijn eerste spitse opmerking in tien jaar. Waar verliefdheid al niet goed voor was!
Een paar dagen had hij zich koest gehouden; toen volgde een nieuwe aanval.
'Is het omdat ge André trouw wilt blijven?'
'Ja.'
Dat was een leugen geweest, want hoewel ze vond dat ze André niet mócht bedriegen – hij was haar man, ze had van hem gehouden en hij van haar, ze had hem haar woord gegeven – wist ze dat ze het zóu doen. Ze wachtte alleen op de geschikte gelegenheid.
'Hij heeft zelf iemand anders. Ik heb het met mijn eigen ogen gezien. Nog maar twee dagen geleden stond zijn auto...'
'Ik wil het niet weten!'
'Ge maakt u belachelijk. Hij doet zijn goesting en gij...'
'Zwijg erover!'
'Ik wil alleen maar zeggen...'
'Hou erover op, Geert. Asjeblieft. Het is niet omdat André zijn goesting doet dat ik me tegen mijn zin moet laten platleggen. Noem je dat iets speciaals? Een vluggertje. Zonder dat ik je graag zie. Als de eerste de beste hoer. Uit medelijden of om van het gezeur af te zijn. Zie je dan niet in dat ik je daarna zou moeten ontslaan? Dat onze plezierige, vriendschappelijke omgang naar de knoppen zou zijn?'

'Als ik geen enkele hoop heb dat ge mij ooit graag zult zien, dan kan ik hier toch niet blijven werken.'

Belachelijke grootspraak, had ze zichzelf voorgehouden, maar toch was de schrik haar om het hart geslagen. Zonder dit wonder van efficiëntie, gezegend met twee rechterhanden, een technische knobbel en een ingebouwde prikklok zou ze de boel hier nooit draaiende kunnen houden. Daarom had ze de kans om voorgoed van zijn ongewenste attenties verlost te zijn, links laten liggen. Als ze eraan terugdacht, begon ze van pure schaamte te blozen.

'Hopen mag altijd,' had ze geglimlacht, terwijl ze hem een verzoenend tikje op zijn wang had gegeven. De rest van de dag was hij in de zevende hemel geweest. Zij daarentegen, had zich een waardeloos kreng gevoeld.

De klok in haar kantoor liep voor. Katherine vergeleek ze met haar polshorloge en besloot dat die ook een beetje aanmoediging kon gebruiken. Tien over was een mooie tijd, zelfs al was het niet de juiste. Nadat ze zichzelf op die manier zeven minuten verveling had bespaard, sloot ze de tussendeur naar de winkel en begon zich om te kleden.

Het telefoontje van Nick was binnengekomen net voor de middag.

'Een afspraakje in het stationsbuffet, lijkt het je iets?' had hij gevraagd.

'Reken maar,' had ze geantwoord. 'Om kwart voor zes kan ik er zijn.'

De eerste hap boterham had verrukkelijk gesmaakt, de tweede ook. Bij de derde had ze ineens bedacht dat ze hem onmogelijk onder ogen kon komen in die stomme overall, waarop ze haar lunch in de prullenmand had gemikt en linea recta naar de stad was gereden om daar de helft van haar maandloon te spenderen aan een enkellange rok, een bijpassende trui, veterlaarsjes en zwarte, satijnzachte kousen. Pas rond een uur of drie was het tot haar doorgedrongen dat ze vergeten was om Bertha te laten weten dat ze later thuis zou zijn.

'Bertha? Met Katherine. Kun jij iets langer voor de kinderen zorgen?'

'Natuurlijk meiske. Geen enkel probleem. Dat weet je toch.'

Ze wist het inderdaad. Ze wist zelfs dat ze er haar buurvrouw een plezier mee deed. Haar eigen kinderen waren al lang het huis uit en sedert haar man was gestorven, ging ze zowat kapot van de eenzaamheid. Had het aan Bertha gelegen, dan bleven Stefan en Sarah bij haar wonen. Het was dus nergens voor nodig geweest haar een leugen op de mouw te spelden. Toch had ze het gedaan.

'Een reusachtige bestelling. Net doorgefaxt en morgen te leveren... Tegen een uur of zeven, denk ik... Bedankt... Ja. Tot straks.'

Geert, die precies dat moment had uitgekozen om haar kantoor binnen te vallen, had haar vragend aangekeken.

'Bestelling? Van wie?'

'Ssst! Goeie smoes, nietwaar?'

'Wat zijt ge van plan? Gaat ge de bloemetjes buitenzetten?'

Zijn stem had zo gewoon geklonken dat ze zich had laten vangen.

'Zo'n vaart zal het wel niet lopen. Ik heb een afspraakje.'

Pas toen ze hem aankeek, besefte ze welke flater ze had geslagen.

'Iemand waarmee ge wél iets gemeen hebt?'

Tot haar eigen verwondering was ze niet woedend uitgevallen dat hij zich met zijn eigen zaken moest bemoeien. In plaats daarvan was ze in de lach geschoten.

'En of. Willem heet hij. Willem Weterinck. Allebei liggen we bij Bertha in de bovenste schuif. Binnenkort verjaart ze en omdat ze een echte fan van hem is, ga ik proberen hem te lijmen voor een optreden bij haar thuis.'

'Wie is Willem Weterinck?'

'Zo'n charmezanger voor gepensioneerden. Niet mijn type, dat kan ik je verzekeren.'

Hij slikte het.

'Is er nog iets te doen?'

'Nee. Zeg maar tegen de mannen dat ze naar huis mogen en ga zelf ook maar. Anders raak je nooit door je overuren. Tot morgen.'

Nooit geweten dat ze zo inventief kon zijn. Toch zat het haar niet lekker. Ze had al problemen genoeg met André. Een jaloerse collega kon ze missen als kiespijn en aan liegen had ze ook een hekel. Voor je het wist, zat je gevangen in je eigen web. Tegen die jaloezie kon ze niets beginnen, maar die leugen kon ze rechtzetten. Het enige wat ze daarvoor hoefde te doen was Willem Weterinck écht contacteren.

De verkoopster had gelijk. De wijnrode trui flatteerde haar. Zelfs onder dit ongenadige neonlicht zag ze er vrij goed uit. Tevreden bracht Katherine een vleugje lipstick aan, poederde haar neus en liep naar de winkel om het geld uit de kassa te halen.

De Smeerlap
dossier XXX

Ik was drie jaar aan het werk, had negenhonderd en twee verhoren afgenomen en tweehonderdtwintig bekentenissen losgepeuterd toen ik op de onzalige idee kwam om eens na te kijken tot hoeveel effectieve veroordelingen dit had geleid. Veel telwerk kwam er niet aan te pas. Slechts drie ongelukkigen hadden op de verkeerde advocaat gewed. Hoewel het resultaat me niet echt verraste — het was me al meer dan eens opgevallen dat de gerechtelijke molen vooral gespecialiseerd was in het vermalen van gerechtigheid — stoorde het me wel. Tenslotte kostte al dat intimideren en spioneren me nogal wat energie. Het minste wat je kon verlangen was dat al die inzet ergens toe leidde. Een poosje speelde ik met de gedachte om de niet schuldig bevonden schuldigen zelf te gaan straffen. Toen dat technisch onuitvoerbaar bleek te zijn, besloot ik mezelf een trofee toe te kennen voor elke losgeweekte bekentenis. Aanvankelijk dacht ik erover een soort van rariteitenkabinet op poten te zetten: een overspelige haarlok, een paar frauduleuze schoenen, een hoererend slipje, een heroïnedealende paraplu... Uiteindelijk koos ik voor een gemakkelijkheidsoplossing. Tot grote hilariteit van mijn collega's begon ik met de aanleg van een privé-archief. Elk dossier dat ik sluitend had weten te maken, werd gekopieerd en bekroond met een door mij genomen polaroïdfoto van de ontmaskerde zondaar.

Momenteel mag ik me de eigenaar noemen van een indrukwekkende collectie close-ups. Mijn voorkeur gaat uit naar nummer negenhonderdzeventig: De Boosere Antoine-Marcel-Gerard. Hij was het die me bij Katherine bracht.

De eerste keer dat ik hem op bezoek kreeg, vijftien jaar geleden, was hij zeventien, een broodmagere kettingrokende slungel met een gifgroene hanenkam. Hoewel dat absoluut onmogelijk leek, is hij sedertdien nog een kilo of vijf afgevallen. Met zijn te groot hoofd, wiebelend op een kippennekje, en zijn kaalgeschoren schedel zou hij zo kunnen figureren in *Schindler's List*. Niet precies de ideale vermomming voor een overvaller.

'Iets groter dan ik, heel bleek en verschrikkelijk mager. Een kankerpatiënt in het laatste stadium. Hebt u dat?' Haar ietwat hese stem klonk geërgerd en was duidelijk hoorbaar tot op de gang. 'Patiënt schrijf je met twee puntjes op de e.'

In plaats van de trap af te lopen naar de kantine posteerde ik me in het deurgat. Rudy, de grootste blaaskaak van de afdeling, zat zwetend achter een al lang afgeschreven schrijfmachine en deed zijn uiterste best onverstoorbaar te kijken. Tegenover hem, ellebogen op tafel, kin gesteund door twee gebalde vuisten, aandacht volledig geconcentreerd op zijn spastische wijsvinger, zat een meisje met sluik, rossig haar en een grijze jas.

'Was hij kaal?'

Geen meisje. Een vrouw van een jaar of dertig aan het eind van haar geduld, constateerde ik toen ze een kwartdraai maakte en me van over haar rechterschouder aankeek.

'Hebt u het tegen mij?'

'Ja. Uw beschrijving doet me aan iemand denken, maar die persoon heeft een hoofd als een biljartbal. Dat zou u moeten zijn opgevallen.'

'Hij droeg een muts.'

'Jammer. Daar is hij niet verstandig genoeg voor.'

'Ook niet als het vriest?'

'Rudy, heb je er bezwaar tegen dat ik mevrouw meeneem naar mijn kantoor om haar een paar foto's te laten zien?'

'Niet als je de hele rotzooi van me overneemt. Dit soort mietjeswerk is toch niets voor mij.'

Nauwelijks een kwartier later betrapte ik Notelaers Katherina-Marie-Albertine op de leugen die haar en mijn leven zou veranderen.

Nick
december '94

Met haar bijgekleurd vollemaansgezicht, omkranst door spierwit watergolfhaar, leek de buffetjuffrouw nog het meest op zo'n antieke porseleinen salonpop. Jammer dat ze de verkeerde outfit had gekozen. Het gifgroene T-shirt dat haar boezem samenperste tot het formaat van een zondags suikerbrood paste noch bij haar, noch bij het art deco-interieur. Een roze, met strikken en ruches opgesmukte blouse zou meer in de stijl hebben gelegen. De ober daarentegen was perfect. Van zijn met brillantine gladgekamde haar tot zijn glimmend gepoetste, afgedragen schoenen straalde hij ingetogen vakmanschap uit. Hoewel hij waarschijnlijk de pensioenleeftijd naderde, bewoog hij zich zo soepel als een twintigjarige, maar dan zonder een spoor van de zweterige, nerveuze gejaagdheid die bij die leeftijd schijnt te horen. De klip van erverniswekkende, vervelde serviliteit waar fin de carrière-kelners het patent op lijken te hebben, had hij eveneens weten te omzeilen. Door hem geserveerd, verspreidde een plastic koffiefilter een zilveren aroma.

'Hoi.'

'Hoi. Dag meisje.'

Nick kwam overeind om haar jas aan te nemen, de kelner was hem voor.

'Dank u. Jij nog iets, Nick?'

'Nog een koffietje.'

'Twee koffie's graag.'

Katherine zette haar handtas op tafel, waarbij ze zich net iets te ver voorover boog. Nick zou hebben durven zweren dat ze op het punt had gestaan hem een zoen te geven, een opwelling die ze haastig camoufleerde door het kleedje glad te strijken. Met een uitnodigend klopje op de zitplaats naast de zijne, schoof hij een stukje op. Ze merkte het niet en ging tegenover hem zitten, aan de andere kant van de — ineens — onredelijk brede tafel.

'Hoe is het met jou?'
'Helemaal genezen.'
'Je ziet er goed uit.'
'Jij ook.'
'Laat maar zitten. Ik betaal.'
'Een prachtfiguur.'
'Eh...'
'Nee, slimmeke! De kelner! Ik zag je naar hem kijken. Topklasse. Jammer van die Barbiepop achter de toog.'
'Mij deed ze eerder denken aan...'
'Niet zeggen. Laat me raden. Aan zo'n ouderwetse salonpop?'
'Ja.'
'Wat haar gezicht betreft, heb je gelijk, maar de kleren zijn verkeerd.'
'Ik weet het. Rokken met stroken en blouses met kantjes.'
'Was je grootvader ook bij de schutters?'
'Wat?'
'Nee dus. De mijne wel. Bij het Sint-Ceciliagilde. Hij was de absolute kampioen op de hoge wip. Een bierbonneke per vogel. Prijzen werden er alleen gegeven bij toernooien. Schoot je daar de hoofdvogel af, dan kwam je met zo'n salonpop naar huis. Zes of zeven had ik er. Ik haatte ze. Je kon er niet eens mee spelen.'
'Bedoel je schieten met pijl en boog?'
'Natuurlijk. Wat anders?'
'Wat is de hoge wip?'
'Meen je dat nu? Dan heb je ook nog nooit gehoord van de liggende wip?'
'Nee. Goed dat ik je ben tegengekomen, het klinkt best interessant. Een tikje pervers, zou ik zeggen.'

Als ze lachte, zag ze er nauwelijks vijfentwintig uit.

'Ik meen het,' zei Nick. 'Het is verdomd jammer dat we elkaar niet eerder hebben leren kennen. Waarom kreeg ik geen zoen daarnet?'

Zonder hem aan te kijken, schoof ze haar kopje opzij en drukte haar sigaret uit.

'Hou me niet voor de gek, Nick. Stel geen vragen waarop je het antwoord zelf kan verzinnen.'

Nick voelde zich ijskoud worden. Ze wist het. Op de ene of de andere manier was ze erachter gekomen dat hij voor Vynckier werkte. Misschien had Gerard het zelf wel verteld nadat hij de buit had binnengehaald. Daar was die rotzak best toe in staat. Wat moest hij in godsnaam verzinnen om het weer goed te maken. Hoe kon hij haar laten geloven dat zijn interesse in haar puur persoonlijk was en niets te maken had met het contract dat hij had ondertekend?

'Je ziet het verkeerd,' begon hij. 'Het was niet mijn bedoeling...'

'Nee?'

'Nee!'

'Goed. Je kreeg geen zoen omdat ik veel te veel zin had om je er een te geven. Daarom. En omdat ik mijn buurvrouw, die een schat van een mens is, niet durfde te vertellen dat ik een afspraak had met jou en ook omdat ik net een overvaller in de winkel heb gehad.'

'Je hebt wat?'

'Ja. Stond daar ineens voor mijn neus, zwaaiend met een speelgoedrevolver, en ik had helemaal geen zin om hem dat geld te geven, maar het was al na vijf uur en als ik hem een straal zoutzuur in zijn gezicht had gespoten en hem bewusteloos had geslagen, dan had ik ook de politie moeten bellen, en dan was ik nooit op tijd hier geraakt. Daarom kreeg je geen zoen. Ik ben al veel te ver gegaan.'

Ze wist het niet! Van pure opluchting flapte Nick er het eerste uit dat bij hem opkwam.

'Hoe wist je dat het een speelgoedrevolver was?'

Had ze hem nu proberen vertellen dat ze verliefd op hem was of vergiste hij zich?

'Stefan heeft net dezelfde.'

'Ha! Stefan heeft...'

'Ik denk dat ik in nesten zit, Nick.'

Pas toen drong het tot hem door.

'Bedoel je dat je écht bent overvallen en dat je, in plaats van naar de politie te gaan, hierheen bent gekomen?'

'Wat dacht je dan?'
'Ik geloof dat ik verliefd op je word,' zei hij.
'Krijg ik alvast één bezoeker in de gevangenis,' grapte ze.
Het was niet het antwoord waarop hij had gehoopt, maar het had erger gekund. Ze was niet woedend tegen hem uitgevallen en ze was niet weggelopen. Hoe het nu precies verder moest, wist hij niet. Of toch? Aarzelend kroop zijn hand naar de hare.
'Wil je erover praten?'
'Graag.'
Er was nog niets verloren.

Katherine
december '94

'Wat ga je de politie vertellen?' had Nick gevraagd nadat ze haar verhaal nog eens over had gedaan. Met veel nodige — overbodige — gestes die haar lotgevallen een extra dramatische dimensie hadden gegeven, was het haar gelukt zijn oprukkende vingers te ontwijken.

'Gewoon de waarheid,' had ze geantwoord. 'Op één kleinigheidje na. Twaalf wordt dertien.'

Hij had haar niet-begrijpend aangekeken.

'Was het geen vijfendertig?'

'Ik heb het over de datum. Van vandaag maak ik een dag als alle andere. Pas morgen gaan de poppen aan het dansen.' Ze had haar stem laten dalen en was overgegaan op een samenzweerderig gefluister. 'Morgen word ik het slachtoffer van een overval. Niet te geloven wat een tuig er tegenwoordig langs de straten zwalkt! Een echte schande! Ik zal dan ook niet nalaten om onmiddellijk de politie te bellen. De schoft die het heeft gewaagd er met mijn geld vandoor te gaan, verdient minstens de doodstraf. Waarom kijk je zo sceptisch? Denk je soms dat ik niet in staat ben om een paar flikken voor de gek te houden?'

'Toch wel. Ik vrees alleen dat je er niet in zal slagen om vandaag te veranderen in een dag als alle andere.'

'Nee?' Ze had haar best gedaan om het zo hautain mogelijk te laten klinken. 'Dat zullen we nog wel eens zien!'

Toen had ze ijskoud haar stoel achteruitgeschoven en was opgestaan.

'Ik moet weg. Dringend.'

'Katherine!'

'Geen tijd. Ik bel je nog wel.'

En om zichzelf te straffen voor de rilling langs haar rug toen zijn hand, in een vergeefse poging haar tegen te houden, langs haar arm streek, had ze niet één keer omgekeken.

Om tien over acht opende Katherine de winkeldeur. Ze schakelde het alarm uit, liep rechtstreeks door naar de kluis en voorzag de kassa van wisselgeld. Het was absoluut noodzakelijk dat alles er normaal uitzag. Tegen de tijd dat Geert arriveerde, zat ze aan haar bureau koffie te drinken.

'Ge zijt vroeg,' begroette hij haar.

Een opmerking die ze had verwacht. Het gebeurde niet zo veel dat ze hem voor was. Meestal zat hij in de auto te wachten als zij de parking opreed.

'Ja. De wonderen zijn de wereld nog niet uit.'

Maar wat had je eraan als je het vermogen miste om erin te geloven, als je te bang was om de wondere weldoeners in de ogen te kijken?

'Doet hij het?'

'Wie doet wat?'

'Westerlinck.'

'Wie?'

'Westerlinck, die zanger.'

'Weterinck heet hij. Willem Weterinck. Misschien. We zijn er nog niet helemaal uit. Hij...'

De telefoon redde haar.

'CPI, goede morgen... Ja, spreekt u mee... Da's echt niet zo erg, hoor. Dat kan iedereen overkomen. Ik zou wel graag morgen het doktersattest hebben. Als u het vandaag op de bus doet, dan... In orde. Wens hem van harte beterschap.'

'Mijn kop eraf als dat Ludo niet was.'

'Die kop ben je kwijt. Het was zijn moeder. Neem jij het over?'

'Ik blijf veel liever hier. Bij jou.'

Ineens was het haar allemaal te veel.

'Geert, het moet afgelopen zijn! Ik...'

Ze bond in toen ze Karel, Wout en Arlette hoorde binnenkomen.

'... ik heb geen keuze. Je bent de enige die Ludo kán vervangen.'
Wist hij wat ze had willen zeggen? Waarschijnlijk wel, want als een geslagen hond verdween hij achter de anderen aan naar het magazijn. Ze dronk haar lauw geworden koffie en schonk zich een nieuwe kop in.

'André is de kindjes komen ophalen,' had Bertha gisteravond gezegd nog voor ze de deur helemaal had geopend.
'André?'
'Zo heet hij toch, nietwaar?'
'Wanneer?'
'Een kwartiertje geleden.'
'Hoe was hij?'
'Onherkenbaar. Nuchter én vriendelijk.'
'Ben je zeker dat hij het was?'
'In die buik kan ik me niet vergissen. Ga zelf maar kijken. Voor zijn stemming weer omslaat.'

Een beetje beduusd was Katherine het tuinpad afgelopen. Sedert haar ontslag uit het ziekenhuis, toen ze na een daverende ruzie naar de logeerkamer was verhuisd, was hij nooit voor middernacht thuisgekomen. Ze vroeg zich af wat hij in zijn schild voerde.

Tot haar verbazing trof ze hem met de kinderen voor de televisie. Verbazing die omsloeg in verbijstering toen ze merkte dat hij de tafel had gedekt en een fles wijn had ontkurkt.

'Ik heb pizza's besteld,' begroette hij haar.
'Voor jou hebben we *quattro stagioni* genomen,' viel Sarah hem bij.
'Kijk eens, mama. Gekregen van papa.' Stefan duwde haar twee groene griezels onder de neus. 'Turtles! En seffens krijg ik een Turtlepizza. Met heel veel kaas.'
'Papa heeft beloofd dat ik morgen een cd mag kopen. Hij dacht dat ik Samson zou kiezen,' zei Sarah. 'Loopt een beetje achter, geloof ik. Wat denk jij?'
'Nirvana?'
'Voilà! Hoor je het, papa? Mama weet het wél. Ik heb je gezegd dat vrouwen veel slimmer zijn dan mannen.'

'Je hebt overschot van gelijk.'
Katherine had haar oren niet kunnen geloven.
'André, is er iets gebeurd?'
'Gebeurd?'
'Het lijkt wel een feestje, maar eerlijk gezegd weet ik niet wat er te vieren valt.'
Het klonk bitterder dan het was bedoeld. Sarah reageerde erop door achter André's rug het v-teken te maken. Inwendig vloekend gaf Katherine haar een knipoog en dwong zichzelf om André verontschuldigend toe te lachen. Haar dertienjarige dochter geloofde rotsvast in de heiligheid van het huwelijk en schonk haar sympathie onvoorwaardelijk aan degene die de opvallendste pogingen deed om het gezin bij elkaar te houden. Toen Katherine na het ongeval die pogingen had gestaakt en voor zichzelf beslist had dat ze weigerde nog langer energie te stoppen in een papieren relatie, had Sarah daar intuïtief op gereageerd door zich volkomen in zichzelf terug te trekken. Haar opgewektheid van deze avond wees erop dat ze niet zou aarzelen om over te lopen naar de vijand. Katherine wist niet wat het verwerpelijkste was: de idee te moeten vechten tegen haar eigen dochter of het besef dat ze zo opgefokt was dat ze alleen kon denken in termen van oorlogsvoering. Ze was naar de badkamer gelopen en had voor de spiegel haar glimlach geoefend. Tegen de tijd dat de kinderen naar bed gingen, was haar gezicht totaal gevoelloos geweest en had ze een kloppende hoofdpijn gehad.

Niets was moeilijker dan zittend denken.
Voor je het wist werd je bewegingloze lijf één met de stoel waarin je zat. Zware oogleden, omlaaggetrokken door met metalen poten verstevigde benen, door gesteunde ellebogen en door een in comfort wegzakkende bibs, sloten zich en zetten je in het donker. Hersenen registreerden een vertraagde ademhaling in combinatie met een hoorbaar kloppend hart en gaven er verder de brui aan.
Katherine liep naar het magazijn om voor de vierde nutteloze keer de inventarislijst te checken.
Niets was moeilijker dan lopend denken.
Voor je het wist zette je bewegende lijf ook de omgeving in actie.

Pen en papier ontwrongen zich aan je greep, laddersporten schopten naar je schenen, deuren gaven je een slag in het gezicht en je hersenen, bezeten bezig met het coördineren van pijnlijke indrukken, maakten kortsluiting.

Zittend, lopend, telefonerend, etend, niksend. Niets was moeilijker dan denken.

Na de middag werd het onverwacht zo druk dat het denkprobleem zichzelf oploste.

Precies op de dag dat ze niet langer kon ontkennen verliefd te zijn op Nick...

De telefoon rinkelde.

...nauwelijks een paar uur nadat ze geconfronteerd was met de wederkerigheid van dat gevoel...

De deurbel stond niet stil.

...had ze weer in het echtelijk bed geslapen.

De inhoud van de kassa vermenigvuldigde zich zienderogen. Hoe kreeg ze het personeel voor sluitingstijd de deur uit zonder argwaan te wekken? Welke uitleg kon ze verzinnen voor het feit dat ze, tegen haar gewoonte in, al drie keer de kassa-inhoud had overgeheveld naar de kluis? Op welke manier kon ze vandaag dwingen zich te schikken naar de regels van gisteren?

Vijf uur. En vijf. En tien. Kwart. Twintig. Vijfentwintig.

'We stoppen er mee. Morgen komt er weer een dag.'

'En het papierwerk?'

Daar had je Geert weer. Ze zou die stipte, plichtbewuste, ijverige, aan-haar-en-de-firma-verknochte rotzak met plezier een dreun verkopen.

'Dat loopt niet weg.'

'Ga jij niet?'

'Natuurlijk ga ik. Alleen nog mijn jas nemen.'

'Zal ik op je wachten?'

Ze wilde hem levend villen, hem castreren, hem...

Telefoon.

'CPI, goede avond.'

Aan de andere kant werd opgehangen.

'... Dat is in voorraad, ja. Tot halfzes, meneer... Dan moet u zich wel haasten... Nee, dat begrijp ik. Redt u het in een kwartier?...Ik zal op u wachten, maar komt u dan wel onmiddellijk. Ja, tot seffens.'

'Wie was het?'

'Een zekere Christiaensens. Voor vijftig liter acryllak. Te veel om te laten schieten. Je hoeft niet te blijven. Ik red me wel.'

'Weet je het zeker?'

Als je niet stante pede verdwijnt, vermoord ik je!

Even was ze ervan overtuigd dat ze het hardop had gezegd. Met een gezicht waar het lijden van afdroop, schuifelde hij achterwaarts naar de voordeur.

'Dan ga ik maar. Tot morgen.'

'Tot morgen.'

Het was vijf over halfzes.

De Smeerlap
dossier XXX

'U had hem niet gehoord?'

'Nee. Ik begrijp er niets van. Toen hij naar buiten ging, werkte de bel wél, maar dat heb ik al verteld aan uw collega.'

'Tot mijn grote spijt zal u alles nog eens moeten herhalen. Het ziet ernaar uit dat ik uw dossier overneem en ik hou niet van tweedehandsinformatie. U bevond zich in uw kantoor, zei u?'

'Ja.'

'En dat ligt achter de winkel?'

'Ja.'

'Is de tussendeur altijd gesloten?'

'Nee. Meestal niet.'

'Waarom zat ze nu wel dicht?'

'Omdat ik me wilde gaan omkleden.'

Vergiste ik me of had ze even geaarzeld? Met bestudeerde nonchalance trok ze haar losgeknoopte jas dichter om zich heen. Eronder droeg ze iets dat verdacht veel op een overall leek.

'Het is er niet meer van gekomen, merk ik.'

'Wat? Eh... Nee. Ik ben direct hiernaar toe gereden.'

Vanwaar dat plotse onbehagen? Schaamde ze zich voor haar werkplunje of zat er meer achter? Ik besloot het onderwerp te laten rusten en er later op terug te komen.

'Waarom hebt u niet gebeld? Tenslotte zijn wij een mobiele eenheid.'

'In de auto heb ik me dat ook afgevraagd. Waarschijnlijk was ik te veel over mijn toeren om logisch te denken. Ik wilde alleen maar weg.'

'U zag er nochtans niet overstuur uit. U slaagde er zelfs in om de puntjes op de e te zetten.'

'De dingen zijn niet altijd wat ze lijken. Kunnen we misschien ophouden met deze onzin en het over die overvaller hebben? Had ik geweten dat uw interesse vooral naar mij uitging, dan had ik uw collega verder laten aanmodderen.'

Het was haar eerste echte blunder. Als mijn jarenlange ervaring me iets had geleerd, dan was het dat rechtschapenen die zich in het kruis getast voelden, verdomd moeilijk afstand deden van dat voelgevoel. Gedupeerden wilden het steeds over zichzelf hebben: wat er in hun hoofd was omgegaan, hoe heldhaftig, koel, verstandig of stom ze zich hadden gedragen, wat ze zouden doen als... Slachtoffers waren meestal zo vervuld van zelfmedelijden dat ze geen nuttige informatie konden verschaffen en degenen die het toevallig wel konden, vertikten het omdat zijzelf dan niet langer in het centrum van de belangstelling bleven staan. Ofwel had ik hier te maken met de uitzondering op de regel, ofwel zat ik oog in oog met een geslepen bedriegster. Ik gokte op het laatste.

'Klopt. De dingen zijn meestal niet wat ze lijken. U had ik blijkbaar totaal verkeerd ingeschat. Laat ons eens kijken of ik met uw overvaller meer succes heb. Groot, bleek, mager en gemutst. Klopt dat?'

'Ja.'

'Zijn kapsel, of als ik het bij het rechte eind heb, zijn niet-kapsel, bleef dus voor u verborgen. Wat herinnert u zich nog meer?'

'Niets, maar ik ben er zeker van dat ik hem op foto zal herkennen.'

'Ik niet. Bovendien hou ik graag vast aan mijn werkwijze, wat inhoudt dat u zo diep mogelijk in uw geheugen moet graven voor ik mijn map bovenhaal. Littekens? Stem? Kleding? Bewegingspatroon? Niets dat u is opgevallen?'

Haar eerlijke concentratie bracht me een beetje van mijn stuk. Ze kneep niet pro forma haar ogen dicht en het wenkbrauwgefrons bleef eveneens achterwege. Zoals ze daar zat te kauwen op haar duim en me aankeek zonder me te zien, kon ik me niet voorstellen dat ze een loopje met me nam.

'Nee. Op zijn kleren heb ik niet gelet. Donker en vormeloos, veronderstel ik. Niet elegant. Elegantie bij mannen is zo zeldzaam dat het me zeker zou opgevallen zijn. Geen zichtbare littekens. Stem? Niets speciaals. Een leeftijdloze, oververmoeide man.'

'Oververmoeid?'

'Ja. Hij zag eruit alsof je hem met gemak omver kon blazen en zonder die revolver waaraan hij zich vastklampte, had ik dat vermoedelijk ook geprobeerd. Dat uitgebluste maakte hem tegelijkertijd aandoenlijk en heel erg gevaarlijk. Ik wist meteen dat er niet met hem te praten viel, dat hij niet voldoende energie had om tegenwerking te kunnen verdragen. Ik heb het geld genomen en hij heeft het aangepakt zonder er zelfs maar naar te kijken. Daarna heeft hij zich omgedraaid en is de winkel uitgesjokt. Langer dan dertig seconden heeft het niet geduurd, al moet ik eerlijk toegeven dat het mij een eeuwigheid toescheen.'

'Hoeveel heeft hij meegenomen?'

'Vijfendertigduizend frank. Al het papiergeld dat niet in de kluis zat.'

'U heeft geluk gehad.'

'Geluk!'

'Was hij komen binnenvallen nadat u het geld had weggeborgen, dan had hij u waarschijnlijk gedwongen die safe open te maken.'

'Wat een stomme redenering! Hij wist toch niets af van die kluis!'

'Nee, maar hij zou nooit geloofd hebben dat u helemaal geen geld in huis had.'

'U moet mij niet onderschatten. Precies om dat soort situaties te vermijden, haal ik de kassa nooit tot op de bodem leeg. Was hij vijf minuten later gearriveerd, dan had hij genoegen moeten nemen met het noodfonds van zevenduizend frank. En was hij op een geschikter tijdstip komen binnenvallen, dan had ik hem regelrecht het ziekenhuis ingewerkt!'

Ik heb mezelf proberen wijsmaken dat ik Katherine van Rudy heb overgenomen omdat ze me vanaf de eerste aanblik intrigeerde. Zelfbedrog. In werkelijkheid was ik alleen maar getroffen door haar beschrijving van De Boosere. Mijn interesse in haar werd pas gewekt toen ze me duidelijk gefrustreerd vertelde over de zelfgefabriceerde spuitbus met zoutzuur die voor het grijpen had gestaan en die ze niet had gebruikt. Hoewel er ontzettend veel geleuterd wordt over misdaad, gaan de meeste mensen ervan uit dat het iets is dat enkel de buurman overkomt. De weinigen die realistisch genoeg zijn om in te zien dat buren buren baren, denken daar het liefst zo weinig mogelijk over na. Katherine daarentegen had er niet alleen over nagedacht, ze had zelfs haar voorzorgsmaatregelen genomen. Later zou ik te weten komen dat ze op haar eigen, charmante manier een beetje gek was, dat ze haar best deed voorbereid te zijn op krankzinnige situaties zoals hongersnood, overstroming en ontvoering, maar compleet het hoofd verloor wanneer ze te maken kreeg met een spin in de badkuip. Zo ver waren we echter nog niet en hoewel mijn huid begon te tintelen van plezier omdat ik een buitenbeentje te pakken had gekregen, hoewel er duizend en één vragen te stellen waren, beperkte ik me tot de voornaamste.

'Wat bedoelt u met een geschikter tijdstip?'

Voor het eerst was ze van haar stuk gebracht. Zozeer zelfs dat ze haar toevlucht nam tot de oude tijdwinningstruc.

'Sorry, ik luisterde niet. Wilt u de vraag nog eens herhalen?'

'Ik vroeg wat u bedoelde met een geschikter tijdstip.'

'Wel, ik had altijd gedacht dat ik een overvaller zou herkennen van zodra hij binnenstapte. Nu stond hij ineens voor mijn neus en dat bracht me zodanig van mijn stuk dat ik niet meer kon nadenken. Ik ben heel kwaad op mezelf.'

Dat laatste geloofde ik, maar dat was dan ook het enige. Het was me echter niet duidelijk wat ze achterhield en waarom, zodat ik toegeeflijk knikte en verkondigde dat het tijd werd om mijn foto-album boven te halen.

André
december '94

Zou Biba dan toch gelijk hebben?

'Hou erover op, André,' had ze gezegd. 'Ik vind haar helemaal geen trut en ik sta niet alleen.'

'Wat weet jij daarvan?' had hij geantwoord. 'Je kent haar niet eens.'

'Ik ben haar gaan opzoeken.'

'Je bent WAT!'

'Ik ben bij haar in de winkel geweest. Je had me nieuwsgierig gemaakt met al je geweeklaag. Ik begrijp je niet. Ze is knap, ze is vriendelijk, ze windt alle klanten om haar vingers en het mannelijk personeel is stapelgek op haar. Als jij denkt dat ze 's avonds in bed ligt te huilen omdat jij niet naar huis komt, dan zit je er flink naast.'

'Waarom zeg je dat?'

'Omdat ik er schoon genoeg van krijg dat jij hier avond na avond zit te zeuren over haar. Vroeger hadden we tenminste nog lol samen, maar tegenwoordig...'

Hij had zijn jas genomen en was zonder een woord de deur uitgelopen. Ze zou wel anders piepen wanneer hij een paar dagen niets van zich liet horen.

Nog geen kwartier later had hij bij Cindy op de stoep gestaan. Ze had er verrast uitgezien — onplezierig verrast, een beetje schichtig zelfs, bedacht hij opeens — dinsdags kwam hij nooit bij haar op bezoek. Zou ze soms...

'Eten we weer pizza's, papa?'

'Ik denk dat mama iets anders heeft voorzien. Waar blijft ze eigenlijk? Is ze altijd zo laat?'

'Af en toe.' Sarah wierp een blik op de klok. 'Je had het moeten

vragen aan Bertha. Die weet wanneer mama moet overwerken.'
'Gebeurt dat dikwijls?'
'Soms. Waarom bel je haar niet op?'
'Misschien doe ik dat wel.'
Terwijl hij zich in de keuken een biertje inschonk, bedacht hij hoe hij dat gesprek zou aanpakken. Eigenlijk hoopte hij dat hij haar niet zou kunnen bereiken. Het zou allemachtig plezierig zijn om haar bij thuiskomst 'overwerk' te horen mompelen en haar dan te mogen uitschelden voor leugenaar. Hij snakte naar een gelegenheid om haar nog eens te straffen. Het gerinkel van de telefoon maakte een eind aan zijn dromen.
'Hallo.'
'André?'
Ze was hem voor. Dat godverdomse kreng was hem weer eens te vlug af!
'Wat voor smoes heb je nu weer bedacht?... Of wil je me uitnodigen voor een triootje?... Nee? Heb je soms liever... Het politiebureau!? Ben je... Waarom? Betrapt op tippelen?... Welke overval?... Probeer je me misschien te vertellen dat je de auto in de prak hebt gereden?... In de winkel? Hoe bedoel je, in de winkel? Vooruit! Vertel op! En waag het niet om me te belazeren!'
Je kon het zo gek niet bedenken of zijn vrouw schudde het uit haar mouw! Een overval! De smoes der smoezen. Had ze soms een vriendje bij de politie? Had ze gisteren ook op dat bureau gezeten? Ze had er helemaal niet moe uitgezien, alleen maar mooi. Niet als iemand die een lange, uit de hand gelopen werkdag achter de rug had. Die kleren. Hij kon zich niet herinneren dat hij die eerder had gezien. Verkleedde ze zich in haar kantoor waar er elk moment één van haar werknemers kon binnenvallen, één van die geile gasten? Vroeger werkte ze altijd in trui en jeans, of in overall. Ze hadden er zelfs nog ruzie over gemaakt.
'Als je niet houdt van vrouwen in broek, dan moet je maar de andere kant opkijken,' had ze gezegd. 'Ik heb een mannenjob en daar kleed ik me naar. Het mag dan niet elegant zijn, praktisch is het wel.'
Wat niet had verhinderd dat ze twee maand geleden bijna de pijp was uitgegaan. Die smak van haar had zelfs de kranten gehaald. Van

toen af was alles verkeerd gegaan en dat terwijl de toekomst er zo rooskleurig had uitgezien. Wat kon een man zich meer wensen dan een hulpbehoevend, werkloos vrouwtje dat in alles van hem afhankelijk was en zich geen kuren kon veroorloven? Hoe had ze het eigenlijk voor elkaar gekregen om dat ontslag om te zetten in promotie? Was ze met die Jean-Pierre tussen de lakens gekropen? Of had die opgeblazen dokter er iets mee te maken gehad? Was ze daar ook een affaire mee begonnen? Het zou hem niets verbazen. Die witjas zou zijn stijve wel op al zijn patiënten uitproberen. En dan had je ook nog dat debiele stel artistiekelingen. Buitenmate geïnteresseerd in haar geklieder. Sindsdien viel er helemaal geen land meer te bezeilen met haar. Ze barstte bijna uit haar vel van zelfingenomenheid. Misschien moest hij haar eens vragen hoeveel keer ze haar benen had moeten spreiden om die interesse te wekken. Hij begreep het niet. Was hij nu echt de enige die niet gecharmeerd was van onvolgroeide tietjes en van kinderbillen?

'Stijl,' had Biba gezegd.

Ze had hem niet opgebeld, ze had zich niet geëxcuseerd, ze was zelfs niet bijster tegemoetkomend geweest toen hij na tien dagen met hangende pootjes en een pijnlijke erectie bij haar was teruggekeerd.

'Heb je me gemist?' had hij gevraagd.

'Ben ik gegroeid?' had ze geantwoord, haar blik gericht op de bobbel in zijn broek.

Sindsdien was het leven er niet makkelijker op geworden.

Jean-Pierre
december '94

De smile waarmee Fabienne hem aankeek, beloofde niet veel goeds. Jean-Pierre zette zijn leesbril af, griste lukraak wat papieren bij elkaar en kwam overeind.

'Ik ben er niet,' mompelde hij zachtjes terwijl hij zo nonchalant mogelijk naar de deur liep. Het mocht niet baten. Met een 'klein ogenblikje, ik verbind u door' sneed Fabienne hem de pas af. Eén van haar subtielere methodes om hem duidelijk te maken dat hij, ook wat haar betrof, had afgedaan. Die ostentatieve opstandigheid stemde Jean-Pierre bijna vrolijk. Nu de uitgebreide lunches definitief tot het verleden behoorden en de luchthartige babbels hadden moeten wijken voor serieuze zakengesprekken waarbij hij voortdurend op zijn verantwoordelijkheden werd gewezen, viel het hem steeds moeilijker dag na dag de file richting hoofdstad te nemen. Had hij niet de zekerheid gehad dat zijn aanwezigheid op kantoor zowel voor zijn naaste medewerkers als voor zijn superieuren een bron van onbehagen of ergernis was, dan had hij er al lang de brui aan gegeven.

'Dujardin.'

'Notelaers hier. Er is een overval gepleegd.'

'Dank u, maar ik ben nog altijd prima in staat om zelf mijn krant te lezen, al doe ik dat bij voorkeur niet tijdens de kantooruren.'

Fabienne liet een verontwaardigd gesnuif horen waarop hij reageerde door haar een papieren zakdoekje te presenteren. Met een rood hoofd stond ze op en begon met haar rug naar hem toe in de archiefkast te rommelen.

'Ik geloof niet dat u het begrijpt.'

Notelaers kalmte verbaasde hem. Net als de meeste vrouwen die hij kende, reageerde ze meestal eerder emotioneel dan adrem en liet ze zich gemakkelijk op stang jagen.

'Misschien kunt u iets duidelijker zijn.'

'Met alle plezier. IK ben overvallen en ze zijn er met UW geld vandoor.'

De klik waarmee de verbinding werd verbroken liet aan duidelijkheid niets te wensen over.

Ik doe dit uit vrije wil, hield Jean-Pierre zichzelf voor terwijl hij zijn snelheid matigde en rechts ging rijden. Omdat ik weet dat het onzin is de confrontatie te blijven uitstellen. Ik zou die overval kunnen laten afhandelen door Fabienne. Niemand heeft me verplicht om Katherine te gaan opzoeken. Niemand eist van mij dat ik haar moreel ga steunen. Niemand gebiedt mij om hier mee door te gaan. Ik kan over de middenberm rechtsomkeert maken, alle verkeersregels aan mijn laars lappen, achtervolgd door een meute woedende agenten bij Droogstoppel binnenvallen, hem met een goed geplaatste rechtse mijn ontslag aanbieden en de eerstvolgende maanden doorbrengen in een observatiecel van het Sint-Gabriëlgesticht. Ik kan een liftster oppikken, mijn hand onder haar rok steken, het kruis uit haar slipje scheuren, haar dumpen in de graskant en me laten opsluiten in Leuven-Centraal. Spoorloos verdwijnen behoort ook tot de mogelijkheden. Als ik ervoor kies om de minachtend-vermaakte blikken van de Notelaersclan te trotseren, dan is dat een weloverwogen, redelijke keuze.

Diep in zijn hart wist hij natuurlijk beter. 'Zwemmen of verzuipen', had zijn vrouw gezegd toen hij haar vanuit een wegrestaurant had opgebeld. Hij had nog geprobeerd om het in het luchtige te trekken.

'Mijn *embonpoint* houdt me gegarandeerd drijvende,' had hij gelachen.

Afgaande op haar reactie, had ze zijn humor niet weten te waarderen.

'Zal ik je een andere vergelijking aan de hand doen?' had ze gevraagd. 'Wat dacht je van deze: vallen of opstaan?'

Deze keer was hij het die de verbinding had verbroken.

Het leek wel of de duvel ermee speelde; op de parking had hij gemerkt dat de auto naast de zijne een Zwitserse nummerplaat droeg. Voor het eerst vroeg Jean-Pierre zich af waarom hij destijds niet eerlijk had bekend dat hij stiekem een slokje had genomen.

'Geen druppel,' had hij trots verkondigd toen Champagne hem na een kwartiertje vragend had aangekeken.

Het was geen échte leugen geweest. Ze had het over morsen gehad, niet over drinken. Hij had die slok genomen omdat zijn keel had aangevoeld als grof schuurpapier, niet omdat de champagne vervaarlijk tegen de rand van het glas had geklotst.

'Weet je het zeker?'

'Absoluut!'

Zijn snelle afscheid had niets te maken gehad met onbehagen. Het kon volledig op rekening worden gezet van de *canard à l'orange* waarop zijn vrouw hem die avond zou vergasten.

Ze hadden gegeten in stilte. De eend was mals als boter geweest en de saus, op smaak gebracht met een tikje gember, had het bouquet van de wijn volledig tot zijn recht laten komen. Pas bij de koffie had hij weer aan de afspraak met Droogstoppel gedacht. Het had hem geïnspireerd tot een calvados (zou Andrea's moeder geweten hebben waarmee haar dochter de kost verdiende?) en nadat hij zijn vrouw een likeurtje had uitgeschonken, had hij haar langs zijn neus weg verteld dat hij de volgende avond een afspraak had met meneer Callier om de ontslagregeling van Notelaers uit te werken. Toen haar wenkbrauwen de hoogte inschoten, had hij zich discreet geconcentreerd op zijn jeukende ellebogen. Om nadere uitleg had ze gelukkig niet gevraagd.

Minder dan een maand later was de hel losgebroken.

III

Webben

De Smeerlap
dossier XXX

Eerlijk gezegd heb ik sinds die memorabele dertiende december mijn foto-album nogal verwaarloosd. Katherine bleek stukken boeiender dan mijn collectie criminelen. Wat niet wil zeggen dat ik mijn dagen in ledigheid heb doorgebracht. Het dossier Notelaers — stukje bij beetje verwerkt in dit dossier — is ongetwijfeld de parel aan mijn kroon. Daarom bewaar ik het ook thuis, onder mijn matras. De afgeperste intimiteiten en de hoogst individuele gezichtspunten van mijn Katje hebben me verschillende onvergetelijke nachten bezorgd. Niet dat ze zo scheutig was met sappige details. Ondanks de druk die ik op haar uitoefende, bleef ze pikanterieën uit de weg gaan. Ze had beter moeten weten. Hoe meer ze verzweeg, hoe meer ik zelf kon invullen. Mocht ze ooit geconfronteerd worden met mijn beeld van haar, dan zakt ze van pure schaamte door de grond.

Naar eigen zeggen werd ze herboren vijf dagen nadat haar doodsmak de voorpagina van de regionale krant had gehaald. De verlossing liep niet van een leien dakje. Het patroon van de barensweeën viel nog het best te vergelijken met dat van een doorsnee weerbericht. Het enige wat zich met zekerheid liet voorspellen, was de onvoorspelbaarheid van de afloop. (Katje die naakt tot het middel en met gespreide benen al haar geheimen prijsgeeft. Doktertje spelen. Kan ik het helpen dat mijn lijf zich begint te roeren?) De gang van zaken werd vooral bemoeilijkt doordat noch Katherine, noch dokter Van Steen — verloskundige tegen wil en dank — snapten wat er aan de hand was. Daarvoor hadden ze het veel te druk; zij met het geven van een snelcursus stemmingswisselen, hij met een schouder-om-op-uit-te-huilen-demonstratie. Dat zich onder hun ogen een wonder van wereldformaat voltrok, hadden ze niet in de gaten. Nog een geluk dat Katherine na een van haar neuspoederingen opeens tot het besef kwam dat ze zichzelf was bevallen, zo niet had ze eeuwig kunnen doorgaan met haar onbewuste uittreedpogingen. Als ik haar mag geloven, viel ze na die zelfontdekking prompt in slaap en sliep — ik citeer — 'alsof het de eerste keer was'.

Ze zullen in het ziekenhuis wellicht een zucht van verlichting hebben geslaakt toen ze merkten dat de grote identiteitscrisis erop zat. Hoogstwaarschijnlijk hebben ze van de rust geprofiteerd door zo weinig mogelijk naar haar om te kijken. Ik stel me graag het bezoek voor dat haar in slapende toestand heeft aangetroffen: Geert die de situatie misbruikt, André die zijn teleurstelling over de goede afloop van het ongeluk nauwelijks kan verbergen, de modeldokter die zijn patiënte net iets te plichtsbewust onderzoekt. (Soms, als ik behoefte heb aan een snel hoogtepunt, loop ikzelf de kamer binnen. Ik doe de deur achter mij op slot, ga op de rand van het bed zitten en trek het laken weg. Mijn hand verdwijnt onder het doorschijnende negligé. Katje rilt.)

'Die!'
'Bent u zeker?'
'Absoluut. Zou ik me in zo'n kop kunnen vergissen?'
Het gekke was dat ik haar geloofde. Hoewel ik wist dat het niet kon, hoewel de bewijzen van het tegendeel in het bakje voor uitgaande post lagen, was ik er rotsvast van overtuigd dat De Boosere Antoine-Marcel-Gerard inderdaad haar kassa had leeggehaald.
'U liegt,' zei ik.
Ze gaf geen krimp. Misschien had ze me niet gehoord. Doordat mijn hart luidkloppend mijn keel was binnengevlucht, had ik mezelf nauwelijks kunnen verstaan. Wat had die cipier ook weer gezegd toen hij de inhoud van Antoines zakken inventariseerde? Het spoor was warm, ik rook het, mijn mond vulde zich met speeksel. 'Betaaldag geweest?' Ineens vielen alle stukjes op hun plaats.
'U liegt,' herhaalde ik, volkomen beheerst deze keer. 'Ik weet niet waarom, maar als u volhardt in deze boosheid, zal ik me verplicht zien u vast te houden. Om halfvier deze namiddag, twee uur voor hij u zogezegd bedreigde met een revolver, werd vermeende

dader hier binnengebracht voor ondervraging. Bij een routinecontrole was gebleken dat hij cocaïne op zak had. Hij bekende en werd afgevoerd naar het huis van bewaring...'

'Vermeende dader afgevoerd naar huis van bewaring. Mooie kop. Een beetje archaïsch. Schrijft u ze zelf, de persmededelingen?'

Voelde ze zich echt op haar gemak of deed ze alsof? Het maakte weinig uit, mijn bewondering voor haar steeg met de seconde.

'U kunt geen kant op, mevrouw Notelaers. Maakt u zichzelf geen verwijten. Het ligt niet aan uw acteertalent. U was erg overtuigend. Op geen enkele manier had u het gebeurde van vandaag kunnen voorzien. U heeft gewoon pech gehad. Wilt u me nu alstublieft vertellen wat er echt gebeurd is?'

Mijn vriendelijkheid verwarde haar. Ik merkte het aan de manier waarop ze haar handtas tegen zich aandrukte. Toch bleef ze zwijgen.

'Zal ik u een beetje helpen?'

Geen antwoord.

'De Boosere had bij zijn arrestatie vrij veel geld bij zich. Te veel voor iemand van zijn soort. Het is zeer onwaarschijnlijk dat hij het eerlijk heeft verdiend. Ik ben geneigd te geloven dat hij u heeft overvallen, maar niet op het tijdstip dat u heeft opgegeven. Gisteren, denk ik. Eventueel vanmorgen, hoewel ik betwijfel of hij ooit voor de middag zijn bed uitkomt. Bent u het eens met die reconstructie?'

'Mag ik hier roken?'

Met die woorden capituleerde ze.

Ze rookte. De ene sigaret na de andere. Tussendoor liet ze zich ondervragen. Erg behulpzaam was ze niet. Ze vertelde me net genoeg om niet te kunnen worden beticht van weerspannigheid. Slechts één keer nam ze zelf het woord. Of ze naar huis mocht bellen? Haar man en kinderen zouden vast ongerust zijn. Ik etaleerde mijn wellevendheid door haar de telefoon toe te schuiven en de kamer te verlaten. Zij nam niet de moeite haar stem te dempen, mijn beleefdheid reikte niet verder dan de drempel.

'Bertha? Met Katherine... Alweer?... Niet te geloven... Nee, ik bel wel... Morgen wip ik binnen... Mmmm! Ja. Daag.'

'André?... Ik... Nee, ik... André, wil je nu asjeblieft even zwijgen en luisteren? Ik zit op het politiebureau... Ja, het politiebureau!...

Om een overval aan te geven... Hoezo, welke?... Nee, aan de auto mankeert er niets, 't gebeurde in de winkel... Dat hoor je straks wel, nu moet ik ophangen. Maak de kinderen niet ongerust, wil je?'

Wat mij niet was gelukt, had André wel voor elkaar gekregen. Onder haar linkeroog zat een zwarte mascaraveeg. Ik besloot me van mijn beste kant te laten zien en deelde haar mee dat ik het beter achtte de zaak te hervatten wanneer ze tot rust was gekomen. Het leverde me zowaar een glimlach op. (Ze straalt. Met wijdopen armen loopt ze op mij toe. Haar parfum prikkelt mijn neusgaten.)

Nooit is ze dichter bij mij geweest dan dat korte moment waarop ik haar naar huis heb gestuurd. Nooit heeft ze nog op dezelfde manier naar mij geglimlacht.

Het is niet eerlijk, na alle moeite die ik me heb getroost.

Aan de hand van de mij toevertrouwde feiten probeerde ik aanvankelijk Katherines leven te reconstrueren. Lang heb ik dat spelletje niet volgehouden. Heel af en toe regen de gebeurtenissen zich spontaan aaneen tot een soort van verhaal, maar door de bank genomen werd ik vooral geconfronteerd met hiaten en tegenstrijdigheden. Elke mogelijkheid die mij als rechercheur ter beschikking staat, heb ik benut om haar en haar omgeving in kaart te brengen. Dat deed ik uiteraard niet alleen uit nieuwsgierigheid. Als kenner van de menselijke natuur hoopte ik genoeg bezwarend materiaal op te spitten om haar vrienden en geliefden in diskrediet te brengen en mij op die manier te verzekeren van haar aanhankelijkheid. De bijzonder rijke oogst had garant moeten staan voor een eclatant succes; Katherine was er als geen ander in geslaagd zich te omringen met een bende leugenaars, bedriegers en charlatans. Mijn kennis van de Oude Grieken ten spijt, blijf ik het onbegrijpelijk vinden dat ze niet voor mij heeft gekozen.

Ik richtte mijn geschut voornamelijk op André en Nick, de echtgenoot en de echtgenieter. Vooral het onderzoek naar de eerste leverde spectaculaire resultaten op. Katherines gezicht, toen ze vernam dat de vader van haar kinderen de kost verdiende als assistentpooier, zal me altijd bijblijven. (Met brandende blos en blussende ogen smeekt ze om genade.) Haar reactie op de mededeling dat haar halve trouwboek geprobeerd had een zwart hoertje dood te slaan, blijft voor eeuwig in mijn geheugen gegrift. Ongeloof, walg, vernedering, en daaronder een kille, nietsontziende woede die aan de oppervlakte kwam toen ik haar nauwgezet uit de doeken deed wat heer-gemaal nog allemaal op zijn kerfstok had.

'U vindt dit prettig, nietwaar? U geniet hiervan? Ik zal bij u in de leer komen. Ooit komt er een dag dat u aan de haak zult spartelen. Ooit maak ik u af. Ooit... knijp ik u de strot dicht.'

Doodsbedreigingen waren niets nieuws voor mij. Het was haar rustige zekerheid, de totale afwezigheid van hysterie waardoor ik werd getroffen. Heel even voelde ik me absoluut niet op mijn gemak. Tot ik bedacht dat ik nog meer troeven had uit te spelen.

'Als ik jou was, zou ik maar een beetje inbinden. Tenzij je er prijs op stelt dat je arme bloedjes van kinderen ook met de waarheid worden geconfronteerd? Of vind je dat aspect verwaarloosbaar nu je een stiefvader op het oog hebt? Overhaast je niet, Katje. Wat weet je eigenlijk van hem af, van die kandidaat-echtgenoot? Niets, veronderstel ik. Weet je...'

'Wat?'

IJskoud. Gespannen. Op alles voorbereid.

'Wees voorzichtig. Niets onderscheidt de goeden van de slechten.'

Ik prees mezelf gelukkig dat ik me had weten te beheersen. Wat ik over Nick te weten was gekomen, diende nog gecheckt te worden. Ongecontroleerde, niet te bewijzen uitspraken zouden afbreuk doen aan mijn machtspositie. Terwijl ik naar haar gezicht keek, nam ik me voor de Hooghenboomgegevens zo spoedig mogelijk te verifiëren; het hooghartige zelfvertrouwen waarmee ze me buitensloot, stond me helemaal niet aan.

'U neemt me de woorden uit de mond,' zei ze koel. 'Mijn tijd is om. Kan ik gaan?'

Toch meende ik een zeker onevenwicht te bespeuren toen ze de kamer uitmarcheerde. Ze liep als een vrouw die voor het eerst hoge hakken uitprobeert. Zes minuten en dertien seconden later zag ik haar de parking opkomen. (Ze wankelt op haar benen. Met moeite een kreet van afgrijzen onderdrukkend, storm ik de trap af. Als een geknakte, achteloos weggeworpen bloem ligt ze in de sneeuw. Met bonkend hart til ik haar op en draag haar naar binnen. Ik trek haar doorweekte kleren uit en wikkel haar in een zachtwollen deken. Het zien van haar tengere, naakte lichaam zet me in vuur en vlam, maar ik weiger toe te geven aan mijn barbaarse instincten. Met cognac en brandende lippen wek ik haar tot leven. 'Mijn redder,' murmelt ze terwijl ze zich aan mij vastklampt.) Nooit heeft het zien van een paar degelijke, hakloze winterlaarzen me zoveel genot verschaft.

Lang duurde die euforie niet. Een eenvoudige opmerking van Rudy was voldoende om de cocon van welbehagen die mij omgaf, lek te prikken. Ongeveer een kwartier na Katherines vertrek was hij komen binnenvallen om een flesje tipp-ex te lenen.

'Had je Madame Punt weer op bezoek? Je maakt wel werk van die affaire. Of heb je een oogje op haar?'

'Je weet toch hoe ik over vrouwen denk. Hier, neem maar. Voorraad genoeg. Wat doe je er eigenlijk mee? Snuif je het?'

'Was het maar waar! Waarom krijgen ze alleen beneden een computer? Ik word zot van dat stomme typewerk.'

'Ik zie niet in wat een computer daaraan zal veranderen. Of heb je nog niet gemerkt dat die dingen ook toetsen hebben?'

'Ach man, doe niet zo lullig. Je lijkt wel een professor.'

Meestal zorgde ik ervoor Rudy niet op de kast te jagen. Af en toe kreeg ik wel eens een gewelddadig type over de vloer en dan kwam zijn bokserstalent me goed van pas. Deze keer was er geen tijd voor diplomatie. Katherine was van mij! Niemand hoorde zich met ons te bemoeien. Rudy was een kletsmajoor. Ik moest hoe dan ook zien te vermijden dat hij zijn terloops geuite vermoeden doorspeelde aan de collega's, iets wat hij zeker zou doen wanneer ik hem niets anders gaf om over te roddelen. Had ik een smerige mop gekend, ik had ze hem verteld, nu zat er niets anders op dan hem kwaad te maken.

'Let een beetje op je woorden, wil je. We zitten hier niet in een bordeel.'

'Loop naar de hel met je fijne manieren! Krentenkakker!'

De deur sloeg dicht. Ik pakte mijn boeltje bij elkaar en ging naar huis.

Daar wachtte de twijfel. Hij zat gehurkt op de trap toen ik binnenkwam, hield me gezelschap voor de televisie, volgde me naar bed. Het zou verdacht lijken haar op kantoor te blijven ontvangen. Rudy mocht dan stom zijn, maar zelfs hij besefte dat het niet verantwoord was zoveel tijd te besteden aan een doodgewone overval. Ik zou Katje dus ergens anders moeten treffen. Waar? In een café? Bij mij thuis? (Ik open de deur en laat haar voorgaan. Ze schuift haar arm door de mijne en laat zich gewillig naar boven leiden. Zal ik haar eerst de badkamer tonen of begeven we ons rechtstreeks naar de slaapkamer?) In dat geval zou ons samenzijn het semi-professionele karakter verliezen. Ze zou zich niet langer laten intimideren. Hoe kon ik haar dwingen... Mijn God! Het was voorbij. Ik was een stommeling geweest. Rechercheur, bordenwasser of generaal, het maakte niets uit. Ze zou zich niet meer laten zien. Nooit meer. In mijn zucht naar drama had ik daarstraks mijn enige pressiemiddel uit handen gegeven. Het was angst die haar aan mij had gebonden. Angst voor André en voor wat hij haar oogappeltjes zou kunnen aandoen. Waarom ze zo bang voor hem was, kon ik me zelfs bij benadering niet voorstellen, net zo min als ik me kon inbeelden dat een verstokte hoerenloper twee kinderen op sleeptouw zou willen nemen, maar het stond als een paal boven water dat ze vanaf nu niets meer te vrezen had. Waarmee hij haar ook had bedreigd, dankzij mijn loslippigheid zou ze hem voor eeuwig en altijd de mond kunnen snoeren.

De rest van de nacht bracht ik op het toilet door. Mijn darmen zijn altijd mijn zwakke punt geweest. Als een idioot zat ik op de pot naar mijn kreunende spiegelbeeld te staren. (Ze lacht! Terwijl ik krimpend van pijn dubbelplooi, zit zij te lachen! In blinde woede grijp ik haar bij de keel. Mijn nagels boren zich diep in het zachte vlees.) Een maand lang had ik met haar gespeeld als een kat met een muis. Telkens weer had ik haar in het nauw gedreven en nu ik moegespeeld mijn tanden in haar nekvel had gezet, schoot mijn gebit los.

Nee, het was niet eerlijk, na alle moeite die ik me had getroost.

Katherine
december '94

Ze had het kunnen weten: te hard en te vlak. Dood als een pier. Met het uiteinde van haar penseel schoof Katherine de mouw van haar overall omhoog. Kwart voor elf. Wou ze op tijd zijn voor haar afspraak met die recherchegriezel, dan moest ze nu stante pede gaan douchen. Ze geeuwde. De doorwaakte nacht begon zijn tol te eisen. Stomme André! Katherine mikte haar penseel in de terpentijn, veegde de verf van haar handen en liep naar de keuken om thee te zetten. Met een vies gezicht nipte ze van het mierzoete brouwsel. Ze hield niet van thee, maar zowel de koffiekan als de thermos stonden vol bloemen. Stomme Jean-Pierre! Haar huis leek wel een botaniseertrommel.

'Jij wordt behoorlijk graag gezien, dame,' had de besteller gisteren gelachen toen ze blozend voor ontvangst had getekend. André's commentaar was iets minder vleiend geweest.

'Je moet serieus in vorm geweest zijn. Voor hetzelfde geld had hij een échte kunnen krijgen. Zonder condoom.'

Een week geleden zou ze hem niet eens geantwoord hebben, maar nu hij voor de vijfde opeenvolgende keer rechtstreeks van het werk naar huis was gekomen, had ze zich verplicht gevoeld hem duidelijk te maken dat Jean-Pierre haar nooit had aangeraakt.

'Volgens mij is het een soort van vredesoffensief,' had ze eraan toegevoegd. 'Gisteren...'

'Vrede! Doe niet zo schijnheilig, mens! Bij mij de Maagd van Orléans spelen en bij een ander de hete teef uithangen. Denk je dat ik het niet doorheb? Hoe zou je anders je baan hebben teruggekregen? Hoe zou je die kladschilderingen moeten versjacheren?'

'Ik...' Net op tijd realiseerde ze zich dat ze de overeenkomst met

Gerard voor hem verzwegen had. 'De onderhandelingen met Vynckier...'

'Mislukt? Zat je met je regels misschien? Is meneer de kunstkenner bang van bloed?'

Tegen dat soort grofheden was ze niet opgewassen.

'Wat ben jij eigenlijk voor een vent?' Ze huilde bijna. 'Compleet geschift, dat ben jij. Zelfs dokter Van Steen zag het.'

'Nadat je hem had gepijpt?'

Dat had de doorslag gegeven. Ze was de kamer uitgelopen en was met de kinderen naar Bertha gegaan. Bij hun terugkeer was het huis verlaten geweest. Nadat ze Stefan naar bed had gebracht, had ze samen met Sarah de bloemen in vazen gezet.

'Papa meende het niet, mama. Ik denk dat hij gewoon jaloers is. Je zou eens wat meer teevee moeten kijken. Daar weten de vrouwen precies wat ze moeten doen om hun man terug te krijgen.'

'Je bent lief.'

'Ik wil niet lief zijn. Ik wil je helpen. Het is niet leuk als jullie ruzie maken. Is je baas verliefd op jou?'

'Helemaal niet.'

'Waar is papa dan zo boos over?'

'Ik weet het niet, liefje. Alles loopt uit de hand. Doodziek word ik ervan.'

'Ach, misschien heb je wel gelijk. Zet hem maar aan de deur. Veel verschil zal het niet maken, hij is er toch bijna nooit. Is het waar dat ze van plan waren je te ontslaan?'

'Ja.'

'Waarom heb je daar niets over verteld?'

'Ik wou jullie niet ongerust maken.'

'Ben jij verliefd op je baas?'

'Nee.'

'Op iemand anders?'

'Ik weet het niet.'

'Dat betekent ja.'

'Sarah, wil je hier asjeblieft over ophouden!'

'Is het daarom dat je soms later thuis komt?'

'Hou erover op, zei ik! Bemoei je met je eigen zaken! Wil je me helemaal om zeep helpen? Is het dat wat je wil? Zeg het dan! Vooruit, zeg het!'

In het keukenraam ving ze een glimp op van haar verwrongen gezicht. Was zij dat? Zo mocht Sarah haar niet zien. Het kind zou er een trauma aan overhouden. Weg met dat bakkes! Vastbesloten om haar woede te breken, tilde ze de vaas van het aanrecht en spande haar spieren.

'Jullie denken alleen maar aan jezelf.'

Katherine voelde hoe de vaas haar uit de vingers glipte. Toen ze in de ruit registreerde dat het haar geen donder kon schelen, gaf ze zich gewonnen. Het water spatte tot boven haar knieën. Ze was op slag afgekoeld.

'Dank je, liefje. Je hebt gelijk, het is ook jouw zaak. Ik stond op het punt mijn eigen ruiten in te gooien. Het was verkeerd je erbuiten te houden. Wat zou je denken van een cola? We hebben heel wat te bepraten.'

Pas tegen middernacht was Sarah naar bed gegaan. Katherine was bij haar blijven zitten tot ze in slaap was gevallen. Daarna had ze zich teruggetrokken op haar zolderatelier. Schilderen met trillende handen was tijdverlies, schilderen met tranende ogen was onzin, schilderen bij kunstlicht was onvergeeflijk, maar er was geen alternatief. Een andere manier om aan de verstikkende schaamte te ontsnappen, kende ze niet. Ze was een mislukte, ontaarde, onverantwoordelijke flutmoeder.

Sarah was tegen haar aangekropen als een klein, bang poesje. Het enige wat ze had gewild, was de verzekering niet in de steek te worden gelaten.

'Soms kijk je naar ons zonder ons te zien. Dan is het net of je ons kwijt wilt.'

Katherine wist wat ze bedoelde. De laatste tijd had ze inderdaad steeds meer toegegeven aan de neiging zich in haar eigen wereld terug te trekken. De gedachte dat die gemakzuchtige houding door haar kinderen was geïnterpreteerd als liefdeloosheid, maakte haar ziek van ellende. Daar kon het vlotte verloop van de rest van het gesprek niets aan veranderen. De vragen waarvoor ze het bangst was geweest, waren niet gesteld. Niets over haar verwarde gevoelens, niets over de waarheid achter de overval, niets over de Hooghenboomtelefoontjes. Zulke trivialiteiten waren aan Sarah niet besteed. Wat moeders voelden, deed er niet toe, zolang ze zich maar als moeders gedroegen. Vaders waren, behalve als aanhangsel-van, nauwelijks ter sprake gekomen.

'Hoe zijn moeders dan?'

'Gewoon. Ze houden van hun man omdat hij hun man is. Ze koken en maken het gezellig en bedenken leuke dingen. Ze vinden hun kinderen het allermooiste wat er bestaat en... Moet ik het echt allemaal uitleggen? Je weet het beter dan ik.'

Even later was ze van leer getrokken tegen haar wiskundejuffrouw die niet meeging op bosklas omdat ze 'voor haar gezin moest zorgen'.

'Begrijp jij dat nu, mama? Haar man kan dat toch wel een weekje overnemen. Het lijkt wel of ze onder de plak ligt. Ik haat vrouwen die onder de plak liggen. Vrouwen zijn evenveel waard als mannen. Ze moeten dezelfde rechten hebben. Jij laat je ook teveel op je kop zitten. Waarom ga je niet wat meer uit? Dat doet papa toch ook.'

'Omdat ik jullie mama ben en voor het gezin moet zorgen,' had ze geantwoord.

De ironie was Sarah ontgaan. Met een wijs knikje had ze het onderwerp afgesloten om over te schakelen op de nog onverteerde dood van Kurt Cobain.

'Waarom zou hij het eigenlijk gedaan hebben, mama?'

Katherine had haar verteld wat ze wilde horen. Ze was vast van plan zich voortaan moederser dan moeders te gedragen.

Vlug spoelde ze het restje thee door de gootsteen, liep de trap op naar de badkamer, botste tegen de ladenkast, redde de met rozen gevulde vaas, zag hoe het decemberlicht de bloemen wakker had gekust, en vergat zowel de geneugten van een douche als de kwelling van de wachtende griezel. In het spoor van de muze vloog ze naar boven. De klap waarmee ze de deur achter zich dichttrok, zette de realiteit buiten spel. De wereld kromp ineen tot een halve vierkante meter. Het doorzichtig, gloeiende schaamrood dat het doek vulde, drukte de in het wit geklede vrouw tegen de muur. Daar versteende ze.

Daar zou ze blijven. Tot het zacht-gele zonlicht dat bijna onmerkbaar het rood binnensloop haar zou hebben bereikt. Zou het licht erin slagen de fotorand die ze in gedachten had, te doorbreken? Met haar laatste penseelstreek heropende Katherine de deur naar de werkelijkheid. De luie, fletse zon vloog langs de hemel, de torenklok van het begijnhof werkte haar achterstand weg, beneden in de hal zette de telefoon het op een gillen. Katherine trok de stekker uit en ging onder de douche.

Kon ze dit vederlichte, glanzendschone welbehagen maar vasthouden. In het ziekenhuis had ze tijdens een van haar praatsessies met Van Steen dezelfde verzuchting geslaakt.

'Mijn geluk zit gevangen in mijn doeken,' had ze gezegd, 'en ik weet niet hoe ik het moet bevrijden.'

'Je ziet het helemaal verkeerd Juffertje Droomgezicht,' had hij geantwoord. 'Het geluk zit gevangen in jou. Je verbergt het omdat je het met niemand wil delen, vooral niet met jezelf. Volgens mij hecht je een beetje te veel geloof aan de mythe van de getormenteerde kunstenaar.'

'U ziet het verkeerd,' had ze hem toegebeten. 'Niets snapt u ervan. U moest zichzelf eens bezig horen. Precies een mislukte psycholoog.'

Hoewel hij tactvol van onderwerp was veranderd, was ze blij geweest dat hij even later werd weggebiept. Dat soort kapsones kon ze missen als kiespijn! Vanaf toen waren de praatsessies gaan verwateren. Toen ze op het eind van de week het ziekenhuis had verlaten had ze niet eens behoorlijk afscheid genomen.

Pas nadat Nick haar thuis was komen opzoeken, had ze ingezien hoe unfair ze 'Meneertje' had behandeld. Om het goed te maken was ze naar zijn spreekuur getrokken en had hem *'Soi-disant'* aangeboden. Als geschenk had hij het geweigerd, maar hij had het wel van haar gekocht. Voor tienduizend frank. Zwart. De prijs van een patent gespalkte pols.

Gek. Hoewel hij het anders had geformuleerd, had Nick op dezelfde manier gereageerd als Van Steen en op hem was ze niet boos geworden.

'Ben je gelukkig?' had hij gevraagd nadat hij zichtbaar verrukt haar atelier ondersteboven had gehaald.

Omdat ze niet wist aan welk antwoord hij de voorkeur gaf, had ze ook niet geweten wat ze hem moest vertellen. Mocht ze eerlijk bekennen dat ze zich meestal belabberd voelde of deed ze er beter aan zich te profileren als een lachebek? Was hij het troost-der-verdrukten-type of viel hij voor krachtig optimisme?

'Waarom vraag je dat?' had ze de bal teruggekaatst.

'Nieuwsgierigheid, gekruid met beroepsmisvorming. Tevreden?'

'Volgens mij is nieuwsgierigheid beroepsmisvorming.'

'Niet altijd. Laat ons zeggen dat ik minstens evenveel in jou ben geïnteresseerd als in je schilderijen. Ik heb de afgelopen week veel aan jou gedacht en nu ik je werk heb gezien, zal het nog moeilijker worden je uit mijn hoofd te zetten. De manier waarop je de trieste foto-werkelijkheid aanvaardt en ze tegelijkertijd door je figuren laat ontkennen, de kleuren die je gebruikt... Er zit zoveel kracht achter. Zoveel hoop ook. En dan heb ik het nog niet eens gehad over de fantasie! Je vertelt sprookjes, en hoe angstaanjagend ze ook beginnen, ze lopen bijna allemaal goed af. Daar moet oneindig veel energie ingekropen zijn. Hou je nog voldoende over om je eigen dromen waar te maken?'

Zijn kapsones hadden haar niet geërgerd. Ze waren haar niet eens opgevallen. Eerst 's avonds in bed had ze ontdekt dat hij eigenlijk hetzelfde had gevraagd als Van Steen. Binnen het bereik van zijn melancholieke ogen en afgeleid door de geur van zijn aftershave, was ze daar niet toe in staat geweest. Wat haar bij de een mislukte psychologie had geleken, had haar bij de ander ontroerd, een onwelkome emotie die ze had weggemoffeld onder een nonchalant: 'En die beroepsmisvorming?'

Even tactvol als Van Steen een week eerder, had Nick het onderwerp laten rusten. Gelukkig voor haar was hij niet weggebiept.

'In gedachten ben ik al een catalogus aan het samenstellen,' had hij gezegd, 'en zoals je wel zult weten, horen die dingen tegenwoordig te bulken van hoogdravend commentaar. Persoonlijk vind ik dat een trieste zaak. Het mooie van kunst is precies dat het door iedereen anders wordt ervaren. Ik vind het beneden alle peil de kijker een welbepaald gevoel op te dringen, maar de galeriehouders en hun clientèle denken er anders over. Die kúnnen niet zonder een visie. De emoties die hun muren sieren, moeten verklaard worden. Liefst op een manier die ze zelf niet kunnen verzinnen. Dat maakt hen in de ogen van vrienden en kennissen veel geloofwaardiger. Zijn die mensen gebaat met mijn zienswijze? Nee, want je schilderijen zijn de expressie van jouw gevoelens, wat wil zeggen dat ik jouw visie zal moeten neerschrijven. Ik hoop dat je mij mag, want vooraleer ik in staat zal zijn die te verwoorden, zullen we nog heel wat tijd met elkaar moeten doorbrengen.'

Totaal overdonderd had Katherine haar toevlucht genomen tot een sigaret. Zijn laatste opmerking had haar nog meer in verlegenheid gebracht dat de vorige. Ze begreep niet waar hij op aanstuurde. Zag hij iets in haar en probeerde hij uit te vissen of dat wederkerig was of hield hij haar gewoon voor het lapje? Zou het opvallen als ze hem weer afscheepte?

'Ik geloof niet dat ik je kan volgen. Over welke catalogus heb je het eigenlijk?'

In de hoop de aandacht af te leiden van haar gepingpong, had ze er haar liefste glimlach bij opgezet.

Enige ontmoetingen later, toen ze Nick al beter kende dan goed voor haar was, zou hij haar vertellen dat hij bijna tureluurs was geworden van haar afleidingsmaneuvers. Zij zou hem feliciteren met zijn zelfbeheersing; niets aan hem had zijn onbehagen verraden.

'Ik kijk gewoon vooruit,' had hij geantwoord. 'Jij gaat het maken, dat zie ik zo. Binnen de kortste keren krijg je een eigen tentoonstelling. Wedden?'

'Hoe zou ik dát moeten klaarspelen? Je bent ongeveer de enige die wéét dat ik schilder.'

'Daar zal gauw genoeg verandering in komen. Volgende week stel ik je voor aan een kennis van mij. Als je daar prijs op stelt, natuurlijk; het spreekt vanzelf dat ik je nergens toe wil verplichten. Gerard, heet hij. Gerard Vynckier. Hij is eigenaar van Kamikaze. Ken je hem? Nee? Van Kamikaze heb je toch wel gehoord? Ook niet? Dan ben je wel een uitzondering. Gerard is berucht. Zowel om zijn neus voor talent als om zijn moeilijke karakter. Hij zal in de wolken over je zijn. Het zou me niet verwonderen als hij deze zolder meteen leegkocht.'

Ze had hem onmogelijk ernstig kunnen nemen.

'Jij kan ook nogal doordraven! Mocht ik niet weten dat het over mezelf ging, ik zou zweren dat je een Nieuwe Meester had ontdekt.'

'Je onderschat jezelf, meisje...'

Meisje... Het was de eerste keer dat hij haar zo noemde. Ze wist toen nog niet dat het haar naam zou worden. Katherine vond hij te streng klinken en de verbasteringen ervan waren hem te goedkoop. Meisje... met een langgerekte eij. Door hem uitgesproken, zacht als een streling, verloor het woord meteen en voorgoed alle betekenissen die het ooit had gehad. ~~In de maat blijven, meisjes! Jongens rechts, meisjes links! Meisjes doen zoiets niet!~~ Het werd wat het nooit zou mogen zijn, maar altijd zou blijven: een simpele liefdesverklaring.

'... Volg je de evolutie in de kunst zo een beetje?'

Ze had graag ja geantwoord, maar kon je liegen tegen een man die je zonet meisje had genoemd?

'Nee. Moet dat?'

Van de rest van het gesprek was haar vooral de toon bijgebleven. Of hij het met zijn diepe, ietwat slepende stem nu over Magritte, margrieten of margarine had gehad, zíj had meisjes geteld, en alles had even mooi geklonken.

Toen de kinderen van school kwamen, hadden ze samen in de keuken cake gegeten.

'Als je me wijst waar de bordjes staan, pak ik ze wel,' had hij aangeboden. 'Hoelang blijf je in het gips?'

'Minstens zes weken.'

'Wordt híj onze werkvrouw, mama?' had Stefan gevraagd.

Sarah had ter plekke de slappe lach gekregen.

'Onnozelaar! Mannen hebben toch geen verstand van huishouden!'

'Wat komt hij dan doen?'

'Je mama's schilderijen bekijken.'

'Vind je ze mooi?'

'Heel mooi. Zo mooi dat ik er een wil kopen.'

Het laatste halfuur had ze uit haar herinnering gebannen. In het bijzijn van de kinderen had ze hem onmogelijk een van haar werken kunnen aanbieden, en hoe ze ook haar best had gedaan, Sarah en Stefan hadden zich niet laten wegsturen. Sarah had zelfs de brutaliteit gehad om voor veilingmeester te spelen. Die achtduizend frank moest nog ergens op zolder liggen. Misschien groeide er volgend jaar wel een geldboom uit het dak.

Nog anderhalf uur voor de kinderen thuiskwamen. Als ze voor die tijd niets van André had gehoord, zou ze hem een soepje koken van eigen nat. Koffers pakken en wegwezen. Sarah en Stefan zouden een Ardennenweekendje beslist appreciëren en zijzelf kon de rust ook wel gebruiken. De laatste week was verschrikkelijk geweest.
 Maar die verschrikkingen hebben je wél een prachtig doek opgeleverd!
 Inderdaad. Ontkennen had geen zin. Nick en Van Steen hadden gelijk gehad. Het was zijzelf die moeilijkheden veroorzaakte. Ze wilde niet gelukkig zijn, ze kon het niet. Sterker nog: geluk maakte haar depressief. Ze wilde iets hebben om naar uit te kijken, om voor te vechten. Schildersdromen. Zoeken gaf veel meer voldoening dan vinden; het gevondene voldeed toch uiterst zelden aan de verwachtingen en deed het dat wel, dan bleef er niets meer te zoeken over. Het was een onoplosbaar probleem.
 De cadeaus waren haar de afgelopen maanden zomaar in de schoot geworpen. Het was begonnen in het ziekenhuis. Een neergebliksemde telefoonpaal had haar belschema in de war gestuurd en haar bij Johan doen belanden voor ze de kans had gekregen stommiteiten te begaan. Ze kende hem van op de academie. Hij zat bij haar in de tekenklas en was een van de weinigen waarmee ze ook buiten de les in contact bleef. Bovendien was hij de enige advocaat uit haar kennissenkring.
 'Jij bent me ook nogal een nummer!' had hij gelachen. 'Besef je wel wat je van mij verlangt? Hulp bij afpersing, gekoppeld aan oplichterij. Advocaten worden tegenwoordig voor minder geschorst.'
 'Noem je dat afpersing? Ik vraag toch niets buitensporigs; het intrekken van mijn ontslag, dat is alles.'

'Nee, hebberig ben je niet, maar toch zal die baan van jou de verzekeringsmaatschappij een smak geld kosten.'

'Daar dienen ze voor! Ga jij bij stormschade aan je agent vertellen dat hij je niet hoeft uit te betalen omdat je schouw toch aan vervanging toe was?'

'Touché! Morgen kom ik je opzoeken. Lang geleden dat ik nog voor reddende engel heb gespeeld. Je moet me wel beloven niets te ondernemen voor die tijd.'

'Kan ik niet alvast een afspraak maken met...'

'Niet doen, Katherine. Geen slapende honden wakker maken.'

Hoewel ze had gepopeld om aan de slag te gaan, had ze zijn advies opgevolgd. Ze had het zich nooit beklaagd.

'Nee,' had hij haar tijdens het eerstvolgende bezoekuur gerustgesteld. 'Ik ben niet gechoqueerd door je misdadige inslag. Integendeel, ik ben blij dat je voor jezelf opkomt. Naar wat ik van je weet, doe je dat veel te weinig. En dat het niet je bedoeling is van mij te profiteren, hoefde je me ook niet te vertellen. Dat soort mensen ruik ik van op een kilometer afstand. Steek maar van wal. Wat vermoed je? Wat weet je? Wat wil je bereiken?'

Zijn simpele vraagstelling had het onoverzichtelijke overzichtelijk gemaakt. Met haar voorstelling van de feiten had ze niet alleen hem, maar ook zichzelf overtuigd. Al pratende vloeiden vermoedens naadloos samen tot zekerheid.

'Volgens mij ben ik ontslagen omdat de ene of de andere hoge piet zijn liefje aan werk wil helpen; dat verhaaltje over herstructurering is compleet uit de lucht gegrepen. Verder ben ik ervan overtuigd dat mijn ongeluk te wijten was aan het wegrotten van de steunbalk in de garage. Houtrot. Veroorzaakt door Wenende Slang, de venijnigste aller zwammen.'

'Door wat?!'

'Grapje. Vrije vertaling van het Latijnse *Serpula Lacrimans*. In het Frans heet ze *la Mérule Pleureuse*. Ook mooi, vind ik. Al verdient ze die poëzie niet; ze vreet je huis weg waar je bij staat. Bij ons wordt ze heel ordinair huiszwam genoemd.'

'Zit je me voor de gek te houden?'

'Nee. Waarom?'

'Serpula heeft toch niets met slangen te maken.'
'Indirect wel. Je kan het vertalen als kruipen. Steels en gluiperig. Als een vieze, vette wurgslang. Moet jij bij serpula niet aan serpent denken? Ik wel, en bovendien word ik veel liever belaagd door een wenende slang dan door een mislukte champignon. Waar was ik gebleven?'
'Je ongeluk was te wijten...'
'Juist. Hun bewering dat de balk werd geraakt door de buitenrijdende vrachtwagen is het mooiste staaltje van stupiditeit dat ik ooit heb gehoord. Als die camion te hoog was, zoals zij het voorstellen, dan zou hij gewoon niet binnengeraakt zijn; de bovenkant van de poort zit minstens twintig centimeter lager dan die fameuze steunbalk. Wie zonder ongelukken binnenrijdt, rijdt met hetzelfde gemak weer naar buiten. Nu zijn ze bij ons in de firma natuurlijk niet helemaal debiel, wat wil zeggen dat ze tot dezelfde conclusie gekomen zijn. En weet je hoe ze zich uit de slag trekken? Weet je wat ze iedereen wijsmaken, die vuile smeerlappen? Dat de vrachtwagen bij het lossen van de lading is opgeveerd. Opgeveerd! Zo stond het in de krant. Had ik het niet met mijn eigen ogen gezien, ik zou het nooit hebben geloofd. Om je een breuk te lachen!'
'Ah! Zo ben je in het gips geraakt!'
Een reactie waarvoor ze hem altijd dankbaar zou blijven. Tovenaars die erin slaagden opdringerige waterlanders om te toveren in lachtranen waren hun gewicht in goud waard. Tegen de tijd dat ze samen haar woede hadden weggeproest, had ze zichzelf weer helemaal onder controle gehad.
'Niet meteen weer boos worden,' had hij gewaarschuwd. 'Wil ik je helpen, dan moet ik nu voor advocaat van de duivel spelen. Je zal me hoogstwaarschijnlijk stom vinden, maar ik snap eigenlijk niet waarom je zo van streek bent. Wat is er verkeerd aan die opveertheorie? Dat is toch normaal bij het lossen van een vrachtwagen.'
'Die camion kwam niet lossen, hij kwam laden. Zeven ton! Hij zakte bijna door zijn assen. Snap je het nu?'
Het was een behoorlijke poos stil gebleven.
'Wisten ze dat?' had hij uiteindelijk gevraagd.
'Nee. Dat is het enige wat in hun voordeel pleit, maar ze hadden

informatie moeten inwinnen in plaats van nonsens te laten publiceren. Heb je dat artikel gelezen? '... een foutieve schatting die haar bijna het leven kostte...' Ze degraderen me gewoon tot incompetente troel. Schitterende aanbeveling, nietwaar? Misschien kan ik gaan solliciteren bij een afbraakbedrijf.'

'Recht op antwoord. Heb je daaraan gedacht?'

'Zou niets oplossen. Weet je wat de reactie zou zijn? Geen rook zonder vuur!'

'Niet als je met bewijzen komt.'

'Vergeet het! Ze hebben me smerig behandeld en daar moeten ze voor boeten zónder dat ik er slechter van word. Zou jij mij terug in dienst nemen nadat ik je aan de kaak had gesteld als leugenaar? Probeer het asjeblieft te begrijpen, Johan. Die baan is belangrijk voor mij. Ik hou van mijn werk.'

'Weet je zeker dat er geen verband bestaat tussen het ongeval en je ontslag?'

'Absoluut. Hun aangetekend schrijven dateert van voor het ongeluk.'

'Jammer, want in dat geval zou jouw versie van de feiten voldoende geweest zijn om hun beslissing nietig te laten verklaren.'

'Nu ook. IK zal hun beslissing nietig verklaren. Trekken ze dat ontslag niet in, dan zorg ik ervoor dat de verzekeringsmaatschappij hen niet uitbetaalt. Die balk is precies op het goede moment naar beneden gedonderd.'

'Nu je het zegt... Ik begin me af te vragen...'

'Als je wil suggereren dan ik het toeval een handje heb geholpen, dan ben je goed gek! Ik had wel dood kunnen zijn. Kun je één goede reden bedenken waarom ik me van vier meter hoog naar beneden zou storten terwijl er geen vuiltje aan de lucht was? Hun brief arriveerde pas de dag erna. Een meevaller eigenlijk. Ziekenverlof op hun kosten. Alles wel beschouwd, ben ik met mijn gat in de boter gevallen! Zelfs de raadsmannen worden me op bed geserveerd.'

'Ja?'

'Of niet, soms?'

Het had speels moeten klinken, een beetje uitdagend, maar al haar elan was opeens verdwenen. Op een kritisch nee was ze voorzien geweest, tegen dit sceptische ja bleek ze niet opgewassen. Ze had Johan zelfs niet meer durven aankijken.

'Raadsmán. Enkelvoud. Ik ben niet bereid dit bed met anderen te delen.'

'Jij...!' Verder dan wat gestotter was ze niet gekomen.

'...rottige pester,' had hij de zin voor haar afgemaakt.

Gelukkig had hij een zakdoek bij zich gehad.

Niets aan het toeval overlaten.

Vermoedens: óf ontzenuwen, óf hardmaken.

Bewijzen verzamelen.

Ethiek overboord gooien.

Bikkelhard zijn.

Nooit bronnen prijsgeven.

Officiële instanties niet benaderen vanuit een privé-sfeer.

Achterhaalbare leugens vermijden.

Eigen leugens nooit op papier zetten.

Een bloemlezing samenstellen van andermans leugens.

Tijdig een paraplu opsteken.

Vragen ontwijken.

Schermen met ronkende titels en namen.

Johan was bijzonder goed op dreef geweest. Hij beheerste de kunst van het gekonkel tot in de finesses.

'Wat wil je,' had hij haar complimenten afgewimpeld. 'Het is mijn broodwinning. Wil je geloven dat ik blij ben met je noodoproep. Meestal wordt er van mij verlangd dat ik op een eerlijke manier eerloze burgers uit de penarie help. Het is een ware verademing om me eens met het omgekeerde te kunnen bezighouden. Veel nieuws heb ik je trouwens niet verteld. Het was jouw plan, weet je nog wel? Ik heb het alleen een beetje bijgeschaafd.'

Veel te veel eer! Zonder zijn adviezen zou ze het nooit hebben gered. Om te beginnen had hij haar gewezen op de noodzaak Geert in vertrouwen te nemen.

'Tegenstribbelen heeft geen zin, Katherine. Zonder interne hulp red je het niet. Zijn verliefdheid kan alleen maar een voordeel zijn. Het zal hem stimuleren het onmogelijke te doen. Niet alleen heeft hij toegang tot informatie waarop jij als ex-werknemer geen recht hebt, maar hij kan ook beschikken over een fax, een officieel correspondentie-adres, briefpapier met hoofding... Zet je gewetensbezwaren maar aan de kant. Je was toch van plan hem te gebruiken. Als je het verzamelen van dossiers aan hem durft over te laten, kun je hem beter helemaal voor je kar spannen. Maak hem medeplichtig, dan kan hij je later niet verraden!'

'En wat doe ik als hij een beloning eist?'

'Je bent welbespraakt genoeg om hem van repliek te dienen, en mocht je tegen elke verwachting in toch met de mond vol tanden komen te staan, dan kun je nog altijd in tranen uitbarsten! Verliefde jongens zijn daar uitermate gevoelig voor. Bel hem. Nu meteen. Vraag of hij je komt opzoeken. Wedden dat hij chrysanten meebrengt?'

Die afgrijselijke terracotta pot had de doorslag gegeven. Iemand die zijn liefde verborg achter een boeket grafbloemen, verdiende geen medelijden. Zonder aarzelen en met een minimum aan scrupules had ze Johans instructies opgevolgd. Naar buiten toe had ze zich met de situatie verzoend. Tot grote verbazing van allen die haar kenden, had ze niet geprobeerd haar ontslag aan te vechten. Alleen Geert wist hoe de vork in de steel zat en zijn vertrouwenspositie had hem inderdaad gestimuleerd tot grootse prestaties. Op haar verzoek had hij Jean-Pierre aangeboden om in diens plaats de verzekeringsexpertise bij te wonen. De argumenten die hij daarbij had gebruikt, waren zo overtuigend geweest dat zijn aanbod direct was aangenomen.

Hij had haar het goede nieuws onmiddellijk doorgebeld.

'Wat een kwal,' had hij gezegd. 'Vroeger, toen gij hier waart, zag hij mij niet eens staan. Ge hadt hem nu moeten horen. 'Natuurlijk, meneer Impens. Vast en zeker, meneer Impens. Uw betrokkenheid siert u, meneer Impens.' Blij als een kind, was hij. Om van te kotsen. Hoe is het in godsnaam mogelijk dat hij zoiets belangrijks uit handen geeft. Begrijpt gij dat? '

'Ik had er zelfs op gerekend! Het is toch algemeen bekend dat Jean-Pierre liever lui dan moe is. Bovendien zal hij wel serieus in de rats zitten over die expertise, hij weet wat hij kan verwachten. Slijm maar rustig verder. Ontlast hem van zijn verantwoordelijkheid, hou hem overal buiten en verzeker hem dat alles op rolletjes loopt, zelfs als dat niet zo is. Zijn blijdschap zal van korte duur zijn. Wanneer komt de expert?'

'Eind van de week.'

'Denk je dat het je lukt om Jean-Pierre schriftelijk te laten bevestigen dat jij hem mag vervangen? Op die manier zullen ze bij de verzekering geen achterdocht krijgen als je hen om een dubbel van het verslag vraagt.'

'Gij denkt echt aan alles, nietwaar?'

Ze had inderdaad niets over het hoofd gezien. Toch stond ze nog steeds verbaasd over de rimpelloze manier waarop alles was verlopen. Jean-Pierre hád zijn toestemming op papier gezet, de expert hád zwammen ontdekt en Geert hád het verslag van het onderzoek binnengekregen.

Zijzelf had zich ondertussen beziggehouden met het uitmesten van oude correspondentiedossiers. Alles wat betrekking had op de staat van het magazijn — haar noodsignalen, haar rapporten, haar verslagen en hun denigrerende niet-reacties erop — had ze verzameld. Uiteindelijk had haar nog maar één taak gerest: nagaan of er in de polis geen soort van omniumclausule was ingebouwd die de firma in staat stelde ook vergoed te krijgen wanneer ze duidelijk in fout waren.

'Uitgesloten!' had Johan gezegd. 'Daar steek ik mijn hand voor in het vuur.'

'Ik wil het bevestigd zien. Mijn plan staat of valt ermee.'

'Zet het uit je hoofd, Katherine. Als niet-betrokkene heb je geen recht op die informatie.'

'Dan gooi ik mijn overgebleven ethiek ook maar overboord en doe me voor als betrokkene.'

'Onmogelijk. Die zijn perfect op de hoogte en hoeven dat soort zaken niet na te trekken.'

'Toch doe ik het!'

Ze zou er eeuwig spijt van hebben dat ze dat beslissende telefoongesprek met de verzekeringsmaatschappij niet op band had gezet. Johan was er nog altijd van overtuigd dat ze het uit haar duim had gezogen. Ze kon het hem niet kwalijk nemen; zoveel mazzel wás ongeloofwaardig. Lafleur die de zaak in handen had, was niet aanwezig geweest zodat ze was doorverbonden met zijn assistent. Had hij zich verveeld, voelde hij zich eenzaam of was hij van nature babbelziek? Ze wist het niet, hoefde het ook niet te weten. Voor haar telde alleen dat hij ongegeneerd zijn boekje te buiten was gegaan.

'Een typisch geval van huiszwam, mevrouw... Hoe w- - de naam ook alweer?'

Ze had geen moment geaarzeld.

'De Cock. Fabienne de Cock. Assistente van de heer Dujardin, verantwoordelijk voor de praktische gang van zaken in de filialen. Verstond ik u goed? Had u het over de huiszwam? De Serpula Lacrimans? Die is toch levensgevaarlijk?'

Ze had het er dik opgelegd, maar hij had niets in de gaten gehad.

'Net wat u zegt, mevrouw. U bent een kenner, geloof ik. Levensgevaarlijk. Inderdaad. Uw baas boft dat het gebouw zo goed onderhouden was. Hadden we ook maar een spoor van verwaarlozing aangetroffen, dan zou de verantwoordelijkheid bij hem hebben gelegen. Met alle gevolgen van dien. Nu zijn wij de sigaar. Tenzij u erop staat het tegendeel te beweren. Wat ik niet durf te veronderstellen. Heb ik het mis?'

Daarop was hij uitgebarsten in een bulderende lach en even had ze het onbehaaglijke gevoel gekregen dat hij haar doorzag. Zonder formaliteiten had ze opgehangen. Ze wist wat ze weten moest. De val zat dicht.

Toch had het nog drie dagen geduurd voor ze voldoende moed had verzameld om onaangekondigd de hoofdzetel binnen te vallen.

'Wie we daar hebben!'

Ze had Jean-Pierre genegeerd en zich rechtstreeks tot Fabienne gewend.

'Zoudt u zo vriendelijk willen zijn meneer Callier te roepen? Ik heb hier een dossier dat hem zeker zal interesseren.'

'Mag ik weten waarover...'

'Dat vertel ik hem zelf wel.'

'Meneer Callier zit in vergadering en mag niet gestoord worden,' had Fabienne tegengesputterd.

Vrouwen bleken een stuk standvastiger te zijn dan mannen. Het had meer tijd gekost om Fabienne te overtuigen de regels te schenden dan om het duo Dujardin-Callier op de knieën te krijgen!

Waar ze haar ziekenverlof eerst had ervaren als een inleiding tot een nutteloos leven, ervoer ze het na het intrekken van haar ontslag als een zalige vakantie. Het getreuzel bij het ontbijt, het doelloze slenteren door de stad, de ongestoorde uren op zolder... Het was allemaal even heerlijk geweest. Haar eenarmigheid had het plezier niet kunnen vergallen. Integendeel! Ze had er genoegen in geschept! Haarwassen werd een avontuur, veters knopen een stunt, jezelf aankleden een heldendaad.

De kwestie André had zichzelf opgelost. De avond van haar ontslag uit het ziekenhuis had ze zich verplicht gezien zijn hulp in te roepen bij het uitkleden. Als een dolgeworden stier had hij haar besprongen, een wansmakelijke vertoning die was geëindigd met haar vlucht naar de logeerkamer. Twee weken lang had ze hem volkomen genegeerd. Veel moeite had het niet gekost, meer dan een uur per dag had ze hem nooit gezien. Onder druk van de omstandigheden had hij als eerste weer toenadering gezocht. Tijdens de veertien dagen die zij nodig had gehad om haar baan terug te krijgen, was hij zonder schone hemden komen te zitten.

Of ze wist dat hij niets meer had om aan te trekken?

Natuurlijk had ze het geweten. Het had haar voldoende zelfbeheersing gekost om die groeiende stapel witgoed uit haar gedachten te zetten.

'Is dit een verzoek?' had ze poeslief gevraagd.

'Ja.'

'Morgen zullen ze klaar zijn. Nog een geluk dat je het nu vraagt. Zaterdag vertrek ik met de kinderen naar de Ardennen. Een weekje rust zal me goed doen.'

Op dezelfde nonchalante manier had ze hem later meegedeeld dat ze op zoek was naar een werkvrouw, dat ze was bevorderd tot verantwoordelijke van het nieuwbouwfiliaal, dat ze een mogelijke koper voor haar schilderijen had gevonden. *Faits accomplis* opgediend als *faits divers*.

Vastberaden haalde Katherine de weekendtassen uit het berghok. Ze moest dringend leren relativeren. Het geluk waar ze nu lyrisch over deed, had in oktober zo normaal geleken dat ze het niet eens als iets speciaals had ervaren. Door het ontbreken van dalen was de klim ongemerkt aan haar voorbijgegaan. Hoe hoog ze was gestegen, was haar pas duidelijk geworden nu ze weer voor een afgrond stond. Voilà, daar ging ze weer! Welke afgrond? Wat was er nu eigenlijk veranderd?

Doemde het werkloosheidsspook weer op? Integendeel. Eergisteren nog was Jean-Pierre zoete broodjes komen bakken. De oorzaak van zijn bezoek, die stomme overval, was nauwelijks ter sprake gekomen. Met die zoete broodjes deed ze hem trouwens een beetje onrecht. Hij had zich officieel verontschuldigd voor zijn houding van weleer en ze had niet de indruk gekregen dat hij dat alleen pro forma deed. Zijn verklaring had volkomen aannemelijk geklonken.

'Ik heb je altijd gemogen,' had hij gezegd. 'Op je prestaties is nooit iets aan te merken geweest. Callier heeft me gewoon schaakmat gezet. Ik werd gedwongen te kiezen tussen jou en mezelf. Mag ik je uitnodigen voor de lunch?'

Terwijl ze zaten te eten, had hij laten doorschemeren dat de positie waarin hij zich bevond niet al te rooskleurig was.

'Ze zouden me het liefst zien verdwijnen en dat gun ik ze niet. Callier is woest, maar kan niets doen. Je dossier was even bezwarend voor hem als voor mij. Anderen, zoals Fabienne, verwijten me dat ik je heb verkocht en zijn hun vertrouwen in me kwijt. Kijk niet zo schuldbewust! Nergens voor nodig. Ik kreeg wat ik verdiende.'

'Daar drinken we op,' had ze gelachen. 'Wat dacht je van champagne?'

Ze had er onmiddellijk spijt van gehad. Hij had haar aangestaard alsof hij haar nooit eerder had gezien, en was bloedrood geworden.

'Je bent een heel bijzondere vrouw, weet je dat wel?' had hij gezegd nadat hij zichzelf weer in de hand had gekregen. 'En mooi, heel mooi. Je lijkt een beetje op...'

Het laatste had ze niet verstaan en ze had geen kans gekregen ernaar te vragen. Zonder verdere plichtplegingen had hij vierduizend frank op tafel gegooid en was ervandoor gegaan.

Ook met Vynckier verliep alles naar wens. Dat haar zolder nog steeds niet was ontruimd, lag uitsluitend aan haarzelf. Eerlijk gezegd vertrouwde ze Gerard niet helemaal. Uit alles wat ze van hem te weten was gekomen, zowel via Nick als via de pers, bleek dat hij een gehaaid zakenman was. Een gegeven dat absoluut niet te rijmen viel met het enthousiasme waarmee hij haar nauwelijks een week na de eerste kennismaking was komen opzoeken om zonder aarzelen een bod te doen op haar hele collectie.

'Loopt u niet te hard van stapel?' had ze gevraagd. 'Wat gaat u er mee doen?'

'Tentoonstellen en verkopen.'

'Aan wie?'

'Is dat van belang?'

'Natuurlijk...' Ze had hem willen uitleggen dat ze niet wou verkocht worden als interessante belegging. Godzijdank had ze daar van afgezien. Ze zou zich onsterfelijk belachelijk hebben gemaakt. Waar zou zij, als naamloze amateur, marktwaarde vandaan hebben gehaald? 'Voor u tenminste. Wat doet u als er geen kopers opduiken?'

'Dat is mijn zaak.'

Ze had bedenktijd gevraagd en gekregen, maar om de andere dag had hij haar opgebeld. Ze had het erover gehad met Nick.

'Wat ziet hij eigenlijk in mij? Weet jij dat?'

'Hetzelfde als ik,' had hij geantwoord. 'Talent.'

'Vind jij dat ik moet verkopen?'

'Zou ik in jouw plaats wel doen, ja. Als hij brood in jou ziet, kan dat je carrière alleen maar ten goede komen.'

Het woord carrière had haar in dat verband niet op zijn plaats geleken, maar omdat ze niet vitterig wou overkomen had ze dat aspect maar laten rusten.

'Bepaalde werken wil ik gewoon niet kwijt,' had ze in plaats daarvan gezegd. Zou hij bereid zijn de afgesproken prijs te betalen, ook als ik een paar doeken voor mezelf hou?'

'Als je hem lang genoeg aan het lijntje houdt, betaalt hij misschien wel het dubbele.'

Zover was ze natuurlijk niet durven gaan. Voor vijftigduizend frank extra was ze ten slotte gezwicht. Het enige wat nog moest worden besproken was de datum waarop de overdracht zou plaatsvinden.

Vanwaar dan die druk op haar maag? Die krop in haar keel? Die moeizaam onderdrukte woede die elk moment kon omslaan in paniek?

'Godverdomse Smeerlap!'

De tranen hadden klaar gezeten. Terwijl ze als een kip zonder kop van kamer naar kamer rende, lukraak in kasten graaide en tassen volstouwde, bleven ze stromen.

Waar haalde die rottige rechercheur het lef vandaan om zomaar haar leven binnen te dringen? Waar bemoeide hij zich mee? Waarom geloofde hij haar niet?

In de badkamer plensde ze een handvol water in haar gezicht. De kou deed haar naar adem happen. De stroom bevroor. Stukje bij beetje veranderde ze in een ijsklomp.

Ze moest ophouden met dat theatrale gedoe. Het loste niets op. Die smeerlap speelde met haar zoals zij gespeeld had met Jean-Pierre en Callier. Dat was alles. Hij wist wat niemand vermoedde en wilde daar profijt uit halen. Niets om zich druk over te maken. Waarom was ze dan zo van streek? Uit angst André kwijt te raken? Ze had toch bewezen dat ze zonder hem kon. Weken lang was hij voor haar niets meer geweest dan een slecht betalende logé. Had ze hem gemist? Als echtgenoot of als vader voor de kinderen? Helemaal niet. Waar was ze dan zo bang voor?

'Dat hij terugkomt,' antwoordde haar spiegelbeeld vooraleer te verdrinken in een nieuwe tranenvloed.

Ze jankte nu hardop.

Ze wilde hem niet terug. Ze wilde met rust gelaten worden. Sedert zijn eenmansbedrijfje op de fles was gegaan en hij na een langdurige periode van humeurig nietsdoen in dienst was genomen door die Gaston zonder familienaam, dat individu waaraan ze zelfs geen dode kat zou toevertrouwen, was leven met hem dwangarbeid geworden. Ze had het niet begrepen, begreep het nog niet, maar in minder dan geen tijd was de redelijke, vriendelijke, een beetje saaie man waar ze ooit verliefd op was geworden, veranderd in een brute holenbeer. Hij was twintig kilo aangekomen en elke kilo daarvan had hij gebruikt om druk op haar uit te oefenen. Had ze niet het onwaarschijnlijke geluk gehad om door die balk van haar ladder te worden geslagen, dan had hij haar ongetwijfeld doodgedrukt.

'Notelaers, hou hier onmiddellijk mee op! Verfris je gezicht, werk je make-up bij, gooi die tassen in de auto, haal de kinderen van school en vertrek!'

Het hielp. Een uitgesproken bevel, ook al kwam het van jezelf, viel niet te negeren. Zo had ze het thuis geleerd. Zouden haar ouders het letterlijk hebben bedoeld? Ze kon het hen niet meer vragen. Drie jaar geleden waren ze allebei kort na elkaar gestorven. Ze hadden zich nooit veeleisend opgesteld, vooral haar vader niet. Bevelen waren niet de regel geweest. Ze had dus geen enkele reden gehad hun theorie in twijfel te stellen. Tot André er zich van ging bedienen. Een holenbeer met militaristische trekjes!

'Trek een jurk aan!'
'Kleed je uit!'
'Zit niet zo te wiebelen!'
'Kom hier!'
'Niks schilderen. Slapen!'
'Mond houden!'
'Thuisblijven!'
'Stuur de kinderen naar boven!'
'Vlugger!'

Was het niet een beetje al te toevallig dat hij de dag van de overval had uitgekozen om zijn plaats als *godfather* weer in te nemen? Maar ze speelde niet meer mee. Geen sprake van. Ze vertikte het om zich opnieuw te laten degraderen tot een onbetekenende, slaafse, van verstand en gevoel gespeende huissloof. Voortaan kon hij zijn buien op zijn vriendinnen gaan afreageren!

Ze borg haar toiletspullen weg, ritste de tas dicht en liep de trap af.

Spande hij misschien samen met dat monsterlijke recherchemannetje?

Stop! Het werd tijd haar fantasie een halt toe te roepen. Als ze niet oplette, ging ze hém die beroving nog in de schoenen schuiven.

Waarom niet? Hij was er best toe in staat. Nee, ze moest eerlijk blijven. Ze had haar moeilijkheden uitsluitend aan zichzelf te danken. Als ze Nick had afgebeld en direct de politie had gewaarschuwd, als ze... Als. Als. Als. Als katten koeien waren geweest, zouden alle melkboeren failliet zijn gegaan! Wat kon die griezel haar eigenlijk maken? Akkoord, ze had intieme brieven geschreven aan een man die niet de hare was, maar ze had ze nooit verstuurd. Het beste bewijs daarvan was dat ze in haar handtas hadden gezeten. Hoe kon je nu gestraft worden voor een daad die je louter virtueel had volbracht? Haar angst ebde weg. Ze zou hem volgende week opzoeken en hem koudweg meedelen dat hij de pot op kon.

'Een kleine wederdienst. Meer vraag ik niet. Een uurtje van uw ongetwijfeld kostbare tijd. De doordeweekse lunchpauze misschien? Ik vertoef graag in het gezelschap van mooie vrouwen en ik krijg er zo zelden de kans toe.'

Dat was woensdag geweest, nadat hij haar volledige bekentenis — zo had hij het geformuleerd — op cassette had gezet. Ze had niets hoeven te ondertekenen.

'Uw stem geldt als identificatiebewijs,' had hij geantwoord toen ze er een opmerking over gemaakt had.

Was dat zo? Van de zeldzame keren dat ze met de politie in aanraking was gekomen, één keer om aangifte te doen van de diefstal van Sarahs fiets en een tweede keer omdat haar auto was opengebroken, meende ze zich te herinneren dat een ongetekende verklaring absoluut geen rechtsgeldigheid bezat. Ze kon zich natuurlijk vergissen. Toch was het niet uitgesloten dat hij haar maar wat wijs had gemaakt. Was het mogelijk dat hij de zaak officieel in de doofpot wilde stoppen, enkel en alleen om... Waarom?

'Afgesproken. Een lunch voor een maagdelijk strafblad lijkt me een prima ruil.'

'U heeft me duidelijk niet begrepen, mevrouwtje...'

Ze was onmiddellijk op haar hoede geweest. Met dat denigrerende mevrouwtje plaatste hij haar op één lijn met al die hersenloze, opgeverfde trutten waarop hij even daarvoor nog ongenadig had afgegeven.

'... Vindt u ook niet dat u er op die manier iets te goedkoop vanaf komt? Zelf dacht ik eerder aan een lunch per leugen. U hebt me er heel wat op de mouw gespeld. We zullen tijd ten over hebben om vrienden te worden.'

De uitgesproken familiaire toon had zijn nochtans vormelijke woorden een vette bijklank gegeven.

'Wat bedoelt u eigenlijk?'

'Net wat ik zeg. Jij wordt mijn vriendin en...'

Het achteloze jij waarmee hij haar had ingelijfd bij het gilde van ondergeschikten, had de rest overbodig gemaakt.

De stoppen waren doorgeslagen.

De kinderen waren uitzonderlijk rustig.

'Nu?' had Sarah gevraagd. 'Tijdens de examens? En hoe komt het dat je zo vroeg thuis bent vandaag? Vrijdags ben je meestal erg laat.'

'Omdat ik me deze morgen niet zo lekker voelde, heb ik een snipperdagje genomen.'

'Weer zonder papa?' Ook Stefan had niet bijster enthousiast geklonken.

'Het is ginder rustiger dan thuis en papa heeft weekendwerk,' had ze zich verweerd. 'Ik dacht dat jullie blij zouden zijn. Er is sneeuw voorspeld.'

'Komt die Nick ook weer?'

'Nee. Alleen wij drietjes.'

Haar antwoord had Sarah blijkbaar gerustgesteld. Zonder verder commentaar had ze haar walkman opgezet. Even later had Stefan haar voorbeeld gevolgd. Tot nog toe was elke poging om hun geluidsbarrière te doorbreken, mislukt. Katherine had het liever anders gezien. Met als enige afleiding een krakende radio was ze willoos overgeleverd aan haar eigen gezeur.

Hoe had ze zo stom kunnen zijn om die handtas te vergeten? Dat overkwam haar anders nooit. En wat dan nog? Wie zou er het hoofd niet verloren zijn in zo'n situatie? Er waren wel prettiger vooruitzichten dan een stoeipartijtje met een Frankensteinmonster! Het gekke was dat ze nog verontwaardigder was geweest toen ze de dag erna te weten kwam dat hij haar niet in bed wou krijgen. Het had alle grond onder haar voeten weggeslagen. Niet alleen waren de vernietigende antwoorden die ze de nacht ervoor had gerepeteerd, op slag onbruikbaar geworden, ook haar zelfbewustzijn was er door aangetast. Kon ze André zijn jacht op jong vrouwenvlees kwalijk nemen als zelfs deze griezel niets in haar zag?

'Vlees is goedkoop en het bederft me te vlug,' had hij gezegd alsof hij haar gedachten kon raden.

Vriendschap wilde hij van haar. Tijd, belangstelling, intimiteit. Een uur van haar leven.

'Elke werkdag,' had hij eraan toegevoegd. 'Ik zal meer van je weten dan je man. Je zult me de naakte waarheid over jezelf vertellen. Tot ik je kan dromen. Wil je liegen? Mij best. We gaan door tot alle leugens opgebruikt zijn. Fantasie is tenslotte niet onuitputtelijk.'

'En als ik weiger?'

'Een met bewijsmateriaal ondersteund strafdossier, een akte van beschuldiging en... een briefje aan André. Volgens mij zal een kopie van je ontboezemingen hem uitermate fascineren.'

Ze had hem getrakteerd op een kroniek van haar geboortedorp. Angstvallig had ze erover gewaakt geen levenden te vernoemen en nóg had ze het gevoel gehad hoogverraad te plegen.

Jean-Pierre
december '94

Nadat hij zijn vrouw had uitgezwaaid, draaide Jean-Pierre het nummer van zijn kantoor om zich ziek te melden. Daarna strompelde hij naar boven en kroop weer in bed. Het afgelopen uur, grotendeels besteed aan het negeren van een oprispende maag en een kloppend hoofd, had hem totaal uitgeput. Hij draaide zich op zijn buik en spande zijn spieren tot de druk op zijn darmen ondraaglijk werd. Toen relaxte hij. Met het geluid waarmee een per ongeluk losgelaten, halfopgeblazen ballon de kamer doorschiet, verliet het overtollige gas zijn ingewanden. Even feestelijk als trompetgeschal. Jean-Pierre grijnsde. Vulgariteit was taboe in huize Dujardin, net zo taboe als onverantwoordelijk gedrag. Katers waren dus helemaal uit den boze. Mocht zijn vrouw ontdekken dat hij boerend en winden latend lag te spijbelen, dan zat hij binnen de kortste keren eenzaam en alleen op de top van de Himalaya. De weerman had sneeuw voorspeld. Het zou een strenge winter worden. Terwijl Jean-Pierre zich afvroeg of hij zou omkomen van kou, van honger of van doodsangst, viel hij in slaap.

Het was middag voor hij wakker werd. Zijn kater was verdwenen. Het enige spoor dat hij had nagelaten, was een stel ingekraste initialen op Jean-Pierres schouder. Zelfs als je rekening hield met de daaruit voortvloeiende verplichting een week lang in pyjama te slapen, was het een belachelijk lichte straf voor de begane zonde. Daar viel maar één zinnige conclusie uit te trekken: de ingeslagen weg moest tot het einde toe worden gevolgd. Schrijnend betuigde de zorgvuldig ontsmette schram zijn instemming.

Na een uitgebreid bad, een zorgvuldige scheerbeurt, vier koppen koffie en een portie eieren met spek, ging Jean-Pierre aan het werk.

Zoals hij min of meer had verwacht, liet de *Gouden Gids* callgirls en prostituees compleet in de kou staan. De rubriek Bordelen die logischerwijze tussen Boottrailers en Borden (affichage) diende te komen, ontbrak in alle talen. Bars (1859) en Nachtclubs (1861) leverden hem zeven nieuwe adressen op, maar bij Discotheken (1856) en Cafés (1858) zag hij geen enkele mogelijkheid om het kaf van het koren te scheiden. De manie van de Goudengidsers om hem telkens weer naar af te sturen, maakte het zoeken er niet makkelijker op. Dancings bleken te ressorteren onder Cafés en Cabarets werden op één hoop gegooid met Nachtclubs die dan weer werden gekoppeld aan Bars wanneer je probeerde door te dringen tot het domein van de Privé-Clubs. Weinig hoopvol keek hij bij Massage (1045) en kreeg wat hij verwachtte: een Oosterse invasie. Toen Clubs voor Ontspanning en Ontmoeting een synoniem bleek te zijn voor Huwelijksbemiddeling (7605) gaf hij het op. Het uitvlooien van de alfabetische handel-en beroepengids achtte hij ver beneden zijn waardigheid.

Terwijl hij zijn auto uit de garage reed, vervloekte hij de deontologische regel die het de 'madams' verbood informatie over hun meisjes te verschaffen. Gisteren nog had hij geprobeerd om Marie-Thérèse te overhalen voor hem een uitzondering te maken. Ze had zich niet laten vermurwen.

'Het spijt me,' had ze gezegd. 'Echt, u kunt niet geloven hoe erg ik het vind u niet van dienst te kunnen zijn. Meneer Gaston vertelt ons alleen het allernoodzakelijkste. De meisjes zelf zijn meestal spraakzamer, maar uw favoriete was de zwijgzaamheid in persoon. U weet waarschijnlijk meer van haar af dan ik.'

Hij had zijn Cognacs onaangeroerd gelaten en was naar het stadscentrum gereden. Het had hem meer dan drie kwartier gekost om een parkeerplaats te vinden, tijd genoeg om een plan de campagne uit te werken. Hij zou beginnen in de stationsbuurt. Als het waar was wat Thérèse hem die eerste en enige keer had verteld, had Champagne geen auto, wat betekende dat ze was aangewezen op het openbaar vervoer. Gelukkig kon hij de etalage-etablissementen links laten liggen. Daarvoor had ze veel te veel allure. Terwijl hij wachtte voor een stoplicht, inspecteerde Jean-Pierre zijn portefeuille. Tenzij hij het onwaarschijnlijke geluk had meteen in de prijzen te vallen, beloofde het een dure avond te worden. Elk bezoek zou hem minstens op een of andere consumptie komen te staan.

Ambrosia werd een totale mislukking. Gepikeerd over vijfenveertig minuten aanschuiven en claxonneren, was hij zo stom geweest direct met de deur in huis te vallen. Op zijn vraag of ze voor Gaston werkte, had het wicht achter de toonbank gereageerd door haar middelvinger op te steken. Daarna was ze naar achter verdwenen. Toen ze terugkwam, geëscorteerd door twee leden van het bodybuilderssyndicaat, had Jean-Pierre wijselijk de kortste weg naar buiten genomen.

Nadat hij in het uiterst respectabele *Café du Commerce* was bekomen van de ongewilde adrenalinestoot had hij een kans gewaagd bij *De dochters van de Kapiteine*. Hij had het er wel aardig gevonden. De vrij grote ruimte was onderverdeeld in compartimenten, zodat de bezoeker voldoende privacy genoot en ongegeneerd de attenties van de 'matroosjes' in ontvangst kon nemen, gulle meisjes in uitermate sexy marine-uniformen. Volledig vervuld van wat hij 'zijn missie' noemde, had Jean-Pierre afgezien van een intiem tête-à-tête en was hij op een barkruk geklommen. Bij zijn tweede whisky-soda had hij het gewaagd om 'Madam' ook iets aan te bieden. Ze had zich een bodempje stroperige likeur uitgeschonken en was bij hem komen zitten.

'Mijn dochters mogen er wezen, nietwaar?'

Hij had het spelletje meegespeeld.

'Kan moeilijk anders met zo'n moeder.'

Een na een waren de meisjes hun opwachting komen maken. Mama raakte maar niet uitgepraat over hun kwaliteiten. Pas toen ze voor de derde keer haar glaasje had bijgevuld, durfde Jean-Pierre ter zake komen.

'U heeft overschot van gelijk. Ze zijn prachtig, niet te evenaren. Ik wou dat ik er eentje mee kon nemen, maar... Noem het gerust een afwijking,' vervolgde hij snel bij het zien van haar geërgerde frons, '... ik breng er alleen iets van terecht bij brunettes.'

Toen haar gezicht lachend opgloeide, voelde Jean-Pierre dat ook hij het warm kreeg. Plotseling wist hij zeker dat hij goed zat. Zo meteen zou ze hem gaan vertellen dat haar jongste dochter die nog studeerde — 'economie?' zou hij vragen — aan zijn voorwaarden voldeed. Champagne zou er schitterend uit zien in zo'n opwippend plooirokje boven een met kant afgezet broekje.

'Maakt u zich maar geen zorgen, op dat soort afwijkingen zijn we voorzien. Charlotte heeft een kast vol pruiken. U hoeft maar uit te kiezen.'

Het was een heksentoer geweest om er onderuit te raken. In zijn pogingen haar noch de meisjes te beledigen, had Jean-Pierre zich steeds dieper in nesten gewerkt. Het dieptepunt werd bereikt toen mama na haar vijfde of zesde likeurtje begon te snotteren. Of haar dochters soms niet goed genoeg voor hem waren? Terwijl de rest van de clientèle geïnteresseerd meeluisterde, had Jean-Pierre ten slotte bekend dat hij op zoek was naar een speciaal meisje dat hij kende van vroeger. Hij was zelfs zo ver gegaan Champagne voor haar te beschrijven. Toen was het hek helemaal van de dam. Wat hij zich wel inbeeldde? Hoe hij het waagde haar hartenbloedjes te vergelijken met zo'n studentin, zo'n magere krielkip, zo'n kapsonesmens dat er alleen op uit was de boel te verzieken! De bijval vanuit de verschillende compartimentjes was zo groot geweest dat Jean-Pierre zich verplicht had gezien een tournee générale aan te bieden om de gemoederen te bedaren. Even later stond hij, zwetend van opluchting en tienduizend frank armer, weer op straat.

Nadat hij zijn vrouw had verwittigd dat hij niet thuis kwam eten, stapte hij binnen bij *Les Demoiselles de Bruxelles*. Zijn leergeld was betaald, deze keer zou hij zich niet in de luren laten leggen. Hij zou een glas drinken, vriendelijk zijn voorkeur bekend maken en meteen weer opstappen wanneer het gevraagde niet voorradig was. Van iemand die op zoek was naar een Mercedes werd ook niet verwacht dat hij zich liet afschepen met een Cinquecento. Hij had buiten de waardin gerekend.

'Een brunette met lange benen en kleine borsten? Meneer is een kenner, nietwaar? Natuurlijk hebben we die. Nee meneer, geen pruik. Absoluut niet. Zo natuurlijk als een pasgeboren baby. Of u haar kan zien? Meneer!' Ze slaagde erin haar stem zo gechoqueerd te laten klinken dat Jean-Pierre zich op slag ongemakkelijk voelde. 'Denkt u soms dat u op de Beestenmarkt bent? Dit etablissement heeft klasse! Zoiets kan ik echt niet toestaan. Als u wilt kiezen en keuren, dan moet u etalagepoppen kopen. De ziektes krijgt u er gratis bij. Dit is een gesloten huis, een veilig huis.'

Katten in zakken, wist Jean-Pierre. Wat niet verhinderde dat hij zich liet meetronen naar boven om te worden voorgesteld aan een hennarode vijftigjarige met een Michelinfiguur. Gelukkig werd die esthetische afwijking gecompenseerd door hemelse handvaardigheid. Met zijn ogen dicht had hij er oprecht van genoten en toen hij een kwartier later voldaan de trap afliep, dankte hij de hemel voor zijn aangeboren goedhartigheid die hem ervan weerhouden had haar af te wijzen.

Hoewel zijn speurtocht tevergeefs was gebleven, had Jean-Pierre niet de indruk dat hij zijn avond had verknoeid. Hij had ontdekt dat geen enkel 'huis' kon tippen aan hetgeen hij gewoonlijk frequenteerde, hij had ingezien dat hij bij lange na niet zo viriel was als hij altijd had gedacht en hij had ervaren dat de charmante beleefdheid waaraan hij zijn persoonlijke successen meestal toeschreef, van nul en generlei waarde was in het verdorven stadsmilieu. Jammer genoeg was hij tegen de tijd dat al die wijsheid tot hem doordrong te dronken geweest om ervan te genieten.

'Een gesofistikeerde brunette, onderlegd in de economische filosofie, niet ouder dan vijfentwintig, langbenig, kleinborstig, grijsogig en met een grote mond. Heeft u dat?'

La Courtisane had hem aangekeken alsof hij niet goed snik was, een pertinenter nee had hij niet kunnen krijgen. Hij had meteen moeten opstappen, maar omdat zijn blaas op springen stond, had hij een ommetje gemaakt langs de toiletten. Bij zijn terugkeer was de hofdame van haar verbouwereerdheid bekomen; haar smile zat weer op zijn plaats en niettegenstaande alle goede voornemens had Jean-Pierre zich naar boven laten lullen. Het kwam door dat plassen. Van wateren werd hij dronken; dat had hij al vaker ondervonden. Door de lozing van lichaamsvocht schoot zijn alcoholpercentage regelrecht de hoogte in. Hij had zich op bed laten vallen en was halverwege de actie in slaap gesukkeld. Het meisje was knap nijdig geworden. De schram op zijn schouder viel nauwelijks een accidentje te noemen. Hoe hij uiteindelijk thuis was geraakt, kon hij zich met de beste wil van de wereld niet meer herinneren.

Diep in gedachten verzonken stopte hij bij een benzinestation om pepermuntjes te kopen. Samen met zijn kleingeld viste hij een papiertje uit de zak van zijn jas. Een overzicht van de gisteren bezochte adressen. Als hij in staat was geweest om dit lijstje bij te houden, kon hij in ieder geval niet compleet laveloos geweest zijn. Hoewel zijn vrouw geen snuffelaar was, leek het hem toch beter alle bezwarende bewijsstukken weg te bergen. Terwijl hij het briefje zorgvuldig glad streek, viel zijn oog op een notitie in de rechter bovenhoek. BLOEMEN!!! De kloeke, regelmatige blokletters die hij herkende als de zijne, moesten dateren van voor de dronkenschap. In combinatie met de drie uitroeptekens wezen ze op een zaak van het grootste belang. Toch stond er hem niets van bij. Wat was er in godsnaam met hem aan de hand? Zoiets had hij nog nooit meegemaakt. Aan de drank kon het niet liggen. Hij had ervoor gezorgd alleen whiskey te drinken, eerlijke malt, goed voor de bloedsomloop. Hadden ze soms iets in zijn glas gedaan? Van de pepermuntjes zag hij af. De geur van zijn adem deed er niet meer toe. Hij zou die zoektocht laten voor wat hij was en Champagne uit zijn hoofd zetten. Waarom had het opeens zo belangrijk geleken haar terug te vinden?

Achter hem werd geclaxonneerd. Hij moest hier weg. De mensen zouden het verdacht vinden als hij bleef treuzelen. Straks dachten ze nog dat hij een overval beraamde.

Een fractie van een seconde.

Een fractie van een seconde zag hij Katherine naar hem kijken met champagne-ogen.

Met een vaart alsof de duivel hem op de hielen zat, reed Jean-Pierre de parking af.

'Bloemen. Veel. De prijs speelt geen rol. Vandaag nog te bezorgen. Het kan me niet schelen hoe u het doet, áls u het maar doet. Prima. Hartelijk dank. Tot ziens...

Twee pakjes graag. Muntsmaak. Alstublieft. Dank u. Tot ziens...

Geen brunettes? Jammer. Tot ziens...

Het spijt me. Ze is heel mooi, maar niet degene die ik zoek. Hier, drink er eentje op mijn gezondheid. Tot ziens...
Nee, haar naam ken ik niet. Waarvoor ik haar nodig heb? Dat zijn uw zaken niet. Toch bedankt. Tot ziens...
Nee, dank u. Het is niet persoonlijk bedoeld. U bent heel aantrekkelijk. Daar gaat het niet om. Ik wil enkel met haar praten. Madam hoeft er niets van te weten. Natuurlijk betaal ik. Dank u. Tot ziens...
Even goede vrienden. Tot ziens.'
Al kostte het hem de rest van zijn leven, hij moest en zou haar vinden.

Nick
december '94

'Vandaag geen spelletjes, mijn hartje. Papa heeft een beetje hoofdpijn. Wat denk je van een leuke video? Bambi? Sneeuwwitje? Peter en de draak? Kies maar.'
Niki's gezichtje klaarde op.
'De heksen. Is dat ook goed? Da's van die kleine jongen die verandert in een muis.'
Nick aarzelde. De heksen? Roald Dahl? Voor een kind van zes?
'Ik geloof niet...'
'Nee. Je hebt hem niet, maar in de videotheek hebben ze hem wel. De mama van Nathalie heeft hem daar gehuurd. Vreselijk griezelig. Ze stropen hun gezicht af.'
'Ben je daar niet een beetje jong voor?'
'Papa! Je lijkt oma wel. Volgend jaar word ik zeven. Alle kinderen uit mijn klas hebben hem gezien. Alleen ik niet.'
'Oké. Maar je blijft wel in je eigen bed vannacht. Wie groot genoeg is om spookfilms te bekijken, is ook groot genoeg om alleen te slapen.'
'Het zijn geen spoken. Gewoon heksen. Zoals madame Germaine.'
'Wie is...'
'Jij weet ook niet veel! Da's de mevrouw van de bakker en die geeft alleen maar snoepjes als jij er bij bent. Tegen mij doet ze altijd erg naar. "Dat zijn heksenmanieren," zei Nathalie toen ik het haar vertelde. Dáárom wil ik die film bekijken. Zodat madame Germaine mij niet te pakken krijgt.'
Tegen dat soort logica was Nick niet opgewassen. Tien minuten later stonden ze in de videotheek.

Nog altijd bezet. De hoofdpijn waarvan hij zich had bediend om Niki af te schepen, nam wraak door van flauw excuus te veranderen in rauwe werkelijkheid. Zijn hart beukte ongenadig in op zijn hersenen. Er was vast iets gebeurd. Niemand bleef twee dagen aan één stuk door in gesprek. De lijn was niet gestoord, hij had het nagevraagd. De hoorn moest van de haak liggen. Het klopte niet. Katherine hield van telefoneren.

'Afstand maakt praten makkelijker,' had ze hem ooit gezegd. 'Onzichtbaar word ik meteen stukken mooier, jonger en slimmer. Zelfs mijn stem gaat beter klinken. Minder scherp. Zonder die venijnige sisklanken.'

Ze had ongelijk, had hij gedacht. Aan de telefoon miste hij haar levendige mimiek, de kleine gebaartjes waarmee ze haar woorden onderstreepte, de intense blik, en vooral de trillende neusvleugels die haar lach aankondigden. Hij had zijn gedachten voor zichzelf gehouden. Ze zouden te complimenteus hebben geklonken en reeds bij hun eerste ontmoeting had hij ondervonden dat ze allergisch was voor complimentjes. Ze reageerde erop alsof het beledigingen waren. Het had hem aan Greet doen denken; het was een van haar favoriete spelletjes geweest. Gelukkig was hij er snel achter gekomen dat de vergelijking niet opging. Katherine speelde niet, het ontbrak haar aan zelfvertrouwen, een gebrek dat het haar onmogelijk maakte om lof te onderscheiden van vleierij. Was dat bij Greet ook zo geweest? Was het dat wat haar zo nukkig en stekelig had gemaakt? Had hij haar totaal verkeerd beoordeeld? Greet was altijd in de aanval gegaan. Katherine daarentegen kon er zo vreselijk verloren uitzien. Achter haar ogenschijnlijke luchthartigheid school een tristesse die hem soms fysiek pijn deed. Toch was ze zich gaandeweg bij hem op haar gemak gaan voelen. Haar verhalen waren persoonlijker geworden, de krampachtigheid waarmee ze haar gevoelens probeerde te verbergen was verminderd. Hij was er bijna zeker van dat ze hem mocht, dat ze... Waarom dan opeens... Het had met die overval te maken. Hij was er zeker van. Eerst had hij nog getwijfeld. Hij had Vynckier opgebeld om uit te vissen of die soms zijn mond voorbij had gepraat. Dat was niet het geval geweest.

'Waarom zouden we het over jou hebben?' Gerard had oprecht

verbaasd geklonken. 'Jouw rol is toch uitgespeeld? Nee?'

Het was de geruststelling waarnaar hij hunkerde. Had hij ook maar even nagedacht, dan zou hij het daarbij gelaten hebben. Zo verstandig was hij natuurlijk niet geweest.

'Voor jou misschien,' had hij geantwoord, bitser dan bedoeld, om Gerard op zijn praatstoel te krijgen.

'Luister jongen, je hebt ons aan elkaar voorgesteld en daar ben je dik voor betaald. Met de rest heb ik niets te maken. Ik kan mijn tijd wel beter gebruiken. Je favoriete en ik liggen elkaar niet zo best. We praten niet met elkaar, we onderhandelen.'

Nick had hem kunnen wurgen om die ongevoeligheid. Nadat Katherine hem zijn mening had gevraagd over Gerards aanbod, had hij zichzelf aangepraat dat die verkoop haar ten goede zou komen. *Kamikaze* bood haar een unieke kans om door te breken. Naarmate hij haar beter leerde kennen, was het steeds moeilijker geworden om zijn gevoelens voor haar in overeenstemming te brengen met zijn loyaliteit tegenover Vynckier. Katherine was niet klaar voor die doorbraak, zou er waarschijnlijk nooit klaar voor zijn. Haar schilderijen waren een middel. Geen doel. Veeleer dan erkenning als kunstenaar zocht ze erkenning voor zichzelf. Toen hij dat eenmaal had ingezien, was hij het onderwerp verkoop zoveel mogelijk uit de weg gegaan.

'Dat moet je zelf uitmaken, meisje.'

Gisteren had hij zich gerealiseerd dat die standaardformule hem nog eens zuur zou kunnen opbreken. Als hij Vynckier goed had begrepen, dan had zijn afzijdigheid precies het tegenovergestelde effect gehad van datgene wat hij had willen bereiken. Gerard had hem nota bene bedankt voor de druk die hij op Notelaers had uitgeoefend. Nick had zitten zweten van ellende.

Het jaarcontract dat hij met Kamikaze had afgesloten - ter compensatie voor het lijmen van Katherine- had hem opgezadeld met plichten waarvan de omschrijving stukken indrukwekkender oogde dan de realisatie ervan. Het samenstellen van de catalogi vergde nauwelijks een kwart van zijn tijd. Voor het hem gelukt was Katherine te strikken, had Gerard hem constant achter de vodden gezeten; na eind oktober had hij niets meer van zich laten horen. Erg rouwig was

Nick daar niet om geweest. Hoe minder hij van alles op de hoogte was, hoe minder hem later verweten kon worden, had hij gedacht. Gerards niet te stelpen woordenvloed had die overtuiging behoorlijk aan het wankelen gebracht.

'Naar het waarom heb ik het raden, maar ik geloof dat ze me niet vertrouwde,' had hij op een bepaald moment gezegd. 'Het was dan ook een fantastische zet van jou om haar aan te sporen de prijs op te drijven. Ze is er volledig ingelopen, jongen. Pas nadat ze ervan overtuigd was dat ze me flink had laten zweten, is ze geplooid. Het feit dat ze je aanbidt, speelde uiteraard ook een rol. Zijn vrienden, mijn vrienden, jouw vrienden, haar vrienden... en *patati* en *patata*... Je moet me bij gelegenheid toch eens vertellen wat je allemaal met haar hebt uitgespookt. Het is Nick voor en Nick na. Ze adoreert je gewoon!'

Misschien had ik hem kunnen vertellen dat ik mijn verkeerde gezicht afstroop, dacht hij met een schuine blik naar Niki. Zijn dochter ging zodanig op in haar heksen dat ze bijna van de sofa tuimelde. Of ik had om een bonus kunnen vragen. Dat zou nog eens adrem geweest zijn. Jammer dat die snedigheid nooit op tijd kwam. Op belangrijke ogenblikken stond hij gegarandeerd met de mond vol tanden. Zoals gisteren. Hij had gewoon opgehangen. Zelfs het meest voor de hand liggende had hij niet verwoord gekregen. Het was hem slecht bekomen. De niet-gestelde vraag der vragen: 'Sta je nu te lullen of aanbidt ze mij écht?' had hem een halve nacht wakker gehouden.

'Hallo?'

Een stroomstoot had Nick niet harder kunnen laten schrikken. Ongecoördineerd probeerde hij tegelijkertijd zijn op twee poten balancerende stoel in evenwicht te houden, de asbak naar zich toe te trekken en het halfvolle glas met de hoorn van hand te laten ruilen. Aan de andere kant werd met een ongecensureerde vloek de verbinding verbroken.

Twee uur lang had hij Katherines nummer zitten intoetsen. Van de repeteerfunctie had hij afgezien; welslagen vereiste inspanning.

Twee tellen om de hoorn naar zijn oor te brengen, negen nummers intikken, zeven ringels luisteren, in twee tellen neerleggen en herbeginnen. Van voor af aan. Steeds weer opnieuw. Van zodra hij het ritme te pakken had gekregen, had hij het tellen achterwege gelaten om zich te gaan toeleggen op blindwerk. Tegen de tijd dat de heksen in hun eigen val waren gelopen en piepend wegvluchtten, had hij het onder de knie. Nadat hij op Niki's aandringen de video had teruggespoeld en haar met chips en cola had geïnstalleerd voor een tweede voorstelling, had hij zijn ogen alleen nog geopend om zijn glas bij te vullen. Het ritme van zijn handen had het dreunen in zijn hoofd tot bedaren gebracht. De wereld was ineengekrompen tot een digitaal eiland.

Achteraf zou hij zich gelukkig prijzen dat zijn door wodka verdoofde geest zoveel trager had gereageerd dan zijn ritmegevoelige vingers. Na alle kanten te zijn uitgefladderd, waren die automatisch weer op zoek gegaan naar de druktoetsen (iets wat zijn nuchter verstand zeker zou hebben verhinderd) en hoewel het tweede hallo nog barser klonk dan het eerste, was de hoorn in luisterpositie gebleven.

'Katrien?... Katrien, ik weet dat jij het bent. Ik wil dat je onmiddellijk naar huis komt. Het wordt hoog tijd dat je eens gaat leren wie hier de baas is. Antwoord. Antwoord verdomme! Als je niet als de vliegende bliksem maakt dat...'

'Excuseer, zou ik Katherina Notelaers kunnen spreken?'

'Die is er niet, idioot!'

'Dank u.'

Volkomen beheerst hing Nick op. De rook om zijn hoofd was verdwenen. Hij wist waar hij Katherine kon vinden. Het enige wat hem te doen stond, was haar te gaan opzoeken. Zonder morsen goot hij de inhoud van zijn glas terug in de fles. Met een beetje geluk haalde hij het nog voor donker.

André
december '94

Dat smerige kutwijf! Was ze niet onvindbaar geweest, hij had haar met plezier de nek omgewrongen.

Twee lange nachten en evenveel strontvervelende dagen was hij van huis weggebleven. Om haar eens goed in te peperen dat er met hem niet te spotten viel. Om haar duidelijk te maken dat zijn toenaderingspogingen niet afwijsbaar waren. De helft van die tijd had hij zich lopen verheugen op haar dankbaarheid om zijn terugkeer. De tranen in haar ogen, de kapotgesnotterde neus... Hij zou haar vaderlijk gewezen hebben op het feit dat ze bijna een in de steek gelaten echtgenote was geweest, dat die schande haar alleen maar bespaard was gebleven omdat hij zielsveel van haar hield. Dat had hij de afgelopen week voldoende bewezen. Niet alleen had hij zijn vriendinnen teleurgesteld om bij haar te kunnen zijn, hij had ook zijn kaartavond laten vallen om samen met haar en de kinderen televisie te kijken. En had ze zijn duidelijke inspanningen gewaardeerd? Integendeel! Ze was stelselmatig te laat thuisgekomen, was in bed meteen in slaap gevallen en had ook nog het lef gehad om zich te laten bedelven onder andermans bloemen. Hoorde ze daarover niet een tikkeltje spijt te voelen?

Zover gekomen had zijn voorstellingsvermogen hem telkens in de steek gelaten. Hij was ervan overtuigd geweest dat ze zich zou doodschamen en daar had hij op willen inpikken door haar teder naar de sofa te leiden; hem onder die omstandigheden afwijzen, was een verzetsdaad die ze niet zou durven stellen. Het grote struikelblok waren de kinderen. Als belanghebbende partij zouden ze zeker in de buurt zijn gebleven en hij had er geen flauw idee van gehad hoe hij hen uit het scenario kon schrappen zonder zijn bedoelingen kenbaar te maken.

Wat deed het er toe? Dat vuile teringwijf had hem voor schut gezet door er samen met haar gebroed vandoor te muizen. Naar de Chateau Lafitte die hij van plan was geweest haar te offreren, kon ze fluiten en op een zachte aanpak hoefde ze ook niet meer te rekenen. Hij zou nemen waar hij als echtgenoot recht op had. Eens kijken welk weerwerk ze bood zonder gipssteun. Volgens het klotebriefje dat ze voor hem had achtergelaten, kwam ze morgen naar huis. Mooi zo. Zijn índringende persoonlijkheid was er klaar voor!

Het leek hier verdomme wel een goedkoop bordeel met al die boeketten. Wat hij eigenlijk zou moeten doen, was een bedankbriefje schrijven, duidelijk geadresseerd aan de heer én mevrouw Dujardin. Het adres zou wel in Katriens boekje staan. Het zou die lul geen kwaad doen om zich voor de verandering eens een uurtje met zijn eigen vrouw bezig te houden. Wat zou hij erin zetten? Van harte bedankt voor de fijne middag? Met heel veel dank voor de prachtige bloemen? Rozen verwelken, schepen vergaan, maar onze liefde — nee, dat lag er te dik op — vriendschap blijft eeuwig bestaan? Jammer dat hij geen vlieg was. Hij zou er een fortuin voor over hebben om die lulsmoel te zien verbleken bij de confrontatie met zijn woedende wederhelft.

Eerst en vooral moest die rozentuin het huis uit. Rechtstreeks naar het containerpark. Niet naar de composthoop. Hij vertikte het om volgend jaar zijn gazon te bemesten met de resten van dit bescheten cadeau.

Met een verbeten gezicht liep André het huis door en propte alle boeketten in een grote, groene vuilniszak. Opgeruimd stond... Waarom lag die telefoon van de haak? Opzettelijke sabotage of een ongelukkig toeval? Wilde ze hem isoleren van de buitenwereld of was ze zich van geen kwaad bewust en probeerde ze hem al uren te bereiken? In dat geval bestond er misschien toch nog een mogelijkheid tot minnelijke schikking. Met een paar kleine aanpassingen kon hij de grote verzoeningsscène die hij had uitgedacht ook morgen spelen. Tenslotte ving men makkelijker vliegen met wijn dan met azijn. Bovendien was het eeuwen geleden dat hij een vrouw strelend, friemelend en prutsend had uitgekleed. Beroepsen prefereerden vluggertjes. Van de doorsneemeisjes kon hij dat begrijpen. Die moesten hun quota halen; elke gratis minuut die ze aan hem spendeerden, betekende overwerk achteraf. Maar ook Chrissie die als madam over een zee van vrije tijd beschikte, ontsnapte niet aan die eerste-hulp-mentaliteit. Zelfs Biba en Cindy hadden het daar moeilijk mee. Dat waren nog eens meiden! Net voor hun dertigste waren ze uit het leven gestapt. De lotto gewonnen, beweerden ze. Veel geloofde hij daar niet van. Volgens hem hadden ze geërfd. Dat boertje uit de Zwalmstreek dat iedere zondag bij hen zijn Pasen kwam houden om zich uiteindelijk in zijn koeienstal op te hangen, had er warmpjes bijgezeten. Niet dat hij de Grote Jan had uitgehangen. Zoals hij er had bijgelopen, op pantoffels en met een broek uit het jaar nul, zou je hem vijf frank gegeven hebben. Hij had kind noch kraai gehad. Zou de notaris moeilijk hebben gedaan? Waarschijnlijk niet. Die mannen waren wel meer gewend.

'Ik zal jullie missen,' had hij gezegd op het afscheidsfeestje dat Chrissie te hunner ere had gegeven.

'Kom ons gerust opzoeken,' hadden ze geantwoord.

Hoewel ze in de commotie van het vertrek hadden nagelaten hun adres mee te delen, had hij twee dagen later voor hun deur gestaan. Waar connecties al niet goed voor waren! Het was de enige keer geweest dat hij hen samen had gehad, zijn ballen krompen ineen bij de herinnering eraan. Wat een wijven! De week daarop woonden ze al apart. Omdat ze na al die jaren wel wat privacy wilden, hadden ze verklaard. Weggesmeten geld, vond hij. Winkelen, uitgaan, reizen... op slapen na, deden ze alles samen. Bij zijn weten was hij de enige man die bij hen over de vloer kwam. Zo hoorde het ook. Waar moest het naartoe met de wereld als je zelfs je vriendinnen niet kon vertrouwen. Het had hem moeite genoeg gekost om die vriendenstatus te verwerven. Toen ze eenmaal op zichzelf woonden, bleken ze plotseling preutser dan de Heilige Maagd te zijn. Pas nadat hij hen in bedekte termen had meegedeeld dat preuts de vergrotende trap was van preut en dat de chique buren daar allicht ook in geïnteresseerd waren, hadden ze hun gezond verstand teruggekregen. *It was the beginning of a beautiful friendship*!

En toch... eens hoer, altijd hoer. Ze hadden het gewoon in de vingers. Vooral Biba. Die slaagde erin hem te laten klaarkomen nog voor ze zijn gulp had opengeknoopt. Een beetje onhandigheid af en toe was aardig meegenomen. Hij vroeg zich af hoe het zou zijn gegaan als niet zij, maar Chrissie die 'lotto' had gewonnen. Van de ruim honderdvijftig vrouwen die tot zijn beschikking stonden, was zij veruit zijn favoriete. Niet te jong, niet te mooi, goed in het vlees zodat hij zich niet verplicht voelde zijn buik in te trekken, en altijd in voor een speciaaltje. Een wijf uit de duizend, al kon je er niet mee onder de mensen komen, daarvoor was ze iets te opzichtig. Heerlijk meegaand ook. Sprak hem nooit tegen, geloofde alles wat hij haar vertelde, keek naar hem op. Hij durfde er zijn hoofd om te verwedden dat ze even geschokt zou zijn als hij wanneer ze te horen kreeg welke vuile streek Katrien hem had geleverd. Niet dat hij het haar zou vertellen. Niemand had er zaken mee dat hij zijn vrouw niet onder de duim wist te houden. Slecht voor zijn imago.

De klap waarmee de hoorn op de haak terechtkwam, veroorzaakte een fijn tinggeluidje dat onmiddellijk werd opgeslokt door een dwingend gerinkel. Van puur verschot mikte André de bloemen met vaas en al in de vuilniszak.

'Hallo.'

Hij hoorde zelf hoe rasperig het klonk. Alsof hij flink in de Duvel had gezeten en dat terwijl hij vandaag amper een pint of twaalf had gedronken.

Gestommel, gekraak, stilte.

Als ze dacht dat hij zich daardoor liet intimideren, had ze het mis. Met een grauw gooide hij de hoorn er weer op.

Daar moest ze blijkbaar even van bekomen. Het duurde dik vijf minuten vooraleer ze een nieuwe poging waagde. Deze keer had het gerinkel niets dwingends. De telefoon straalde alleen maar schrik uit. Ze kneep 'm. Net goed. Hij zou haar eens laten horen hoe hij er over dacht.

'Katrien?...Katrien, ik weet dat jij het bent. Denk maar niet dat je me kunt ontsnappen, jij smerig serpent. Mijn broeksriem op je blote kont, dat verdien je! En als dat kontje goed is opgewarmd, geef ik je nog een toemaatje om in je reet te stoppen. Begrijp je wat ik bedoel? Heb je er zin in? Het is je geraden, liefje, want ik kijk er heel erg naar uit. Ik...'

'... Katherina Notelaers?'

'Wat heb jij daar mee te maken, idioot? Wie ben jij eigenlijk? Sodemieter op, wil je. Anders neem ik jou ook te grazen. Zou je wel...'

'Dank u.'

De plotseling levensnoodzakelijke Duvel smaakte nergens naar. De tweede beviel hem iets beter en bij de derde begon hij zich eindelijk weer een beetje mans te voelen.

Daar zou ze voor boeten! Liet haar vriendjes doodgemoedereerd naar huis bellen om hem een beetje te koeioneren. Katherina! Wat mankeerde er aan Katrien? Voor een kruideniersdochter had ze het verdomd hoog in haar bol. Katherina De Grote! Hij zou haar eens laten merken wie er hier de grootste had. En die sprinkhaan die de euvele moed had gehad haar orders op te volgen, zou er ook spijt van krijgen. Zeker weten. De plaats van de vrouw was aan de haard. Als ze thuis kwam, kon ze beginnen met de schoonmaak. In haar blote kont. Voor het tempo zou hij wel zorgen. Eens kijken hoe ze dan zou piepen.

Achter elkaar sloeg hij alle vazen aan scherven. Daarna schudde hij de zopas volgepropte vuilniszak leeg en schopte Dujardins treurige overblijfselen dwars door de kamer. Het resultaat beviel hem maar half. Zwaar hijgend haalde hij de huisvuilzak uit de garage, zeulde hem naar boven en kieperde de inhoud over de balustrade. Zo wist ze meteen waar te beginnen.

Waarom bewaarde dat mens het bier eigenlijk in de kelder? Hij sleepte de krat naar de salon, installeerde zich in de fauteuil, trok zijn schoenen uit en bereidde zich voor op een lange wake.

De Smeerlap
dossier XXX

Stemt deemoed de goden gunstig? Versterkt onderworpenheid hun machtspositie zodat ze zonder gezichtsverlies, uit de goedheid van hun hart, de aan hun voeten kronkelende worm genade kunnen verlenen? Of geilen ze op smeekbeden en beschouwen ze vergiffenis als een beloning voor het schitterende spektakel dat zo'n smekeling biedt?

Ik geloof niet in goedheid. (De wetenschap aan mij overgeleverd te zijn, doet haar ineenkrimpen van angst. Alsof ze mijn gedachten kan raden, trekt ze de kamerjas dichter om zich heen. 'Nee,' fluistert ze terwijl ze smekend de ogen opslaat. 'Ja,' zeg ik. 'Wil je hier levend vandaan komen, dan zal je tot het einde moeten gaan. En verder. Veel verder.' Huilend valt ze voor mijn voeten.) Mijn goden lopen gekleed in leder, hun scepter hebben ze jaren geleden geruild voor de roe. Gillend van het lachen hadden ze zich op de dijen gekletst terwijl ik geknield voor het bidet, vastgeklonken aan de toiletbril of woelend in bed de nacht had doorgebracht. Daarna hadden ze mij als een zombie naar kantoor laten vertrekken. Toen de telefoon overging, voelde ik mijn maagspieren samenkrampen. Het scheelde bitter weinig of ik had mijn koffie uitgekotst. Hoe ik het wist, is me nog altijd een raadsel, maar ik was er zeker van dat het door merg en been dringende gerinkel de genadeslag aankondigde. Enkel en alleen door mezelf voor te houden dat die me tenminste uit mijn lijden zou verlossen, slaagde ik erin de hoorn van de haak te tillen en naar mijn oor te brengen.

'Meneer Verfaille?'

Het was háár stem. De goden waren nog gemener dan ik had gedacht.

'Hallo? Meneer Verfaille?'

Het maagzuur vormde dikke speekselbellen waar mijn 'Ja' nauwelijks doorheen kwam.

'Ik ben niet van plan nog een voet in uw kantoor te zetten. Als u me wilt spreken, zal dat op neutraal terrein moeten gebeuren. Deze middag om kwart over twaalf in *De Ton*.'

Haastig veegde ik mijn kin schoon, maar vooraleer ik de kans kreeg iets — om het even wat — terug te zeggen, had ze de verbinding verbroken.

Met kwieke tred begaf ik me naar de kantine en bestelde een ontbijt.

Voor het waarom van haar terugkeer heb ik nog steeds geen verklaring gevonden. Mea culpa. Zolang ze bleef komen, durfde ik er niet naar te informeren en daarna deed het er niet meer toe. Was ze op een masochistische manier aan mij verslaafd geraakt? Vreesde ze dat ik alsnog haar dossier zou doorspelen aan de rechtbank? Was ze zich voor mij gaan interesseren? Ik ben geneigd de laatste veronderstelling als juist te zien. Dat de goden ook haar onder handen zouden hebben genomen, lijkt me net iets te veel van het goede.

Ik zit te liegen. Er staat zweet op mijn voorhoofd en mijn blaas loopt vol. Ik weet maar al te goed waarom ze niet is weggebleven. Ik wist het van zodra ze die middag opstond en mij wenkte.

'Ik heb nog niets besteld,' zei ze. 'Dat laat ik aan jou over. Jij neemt toch zo graag de touwtjes in handen, nietwaar?'

Ik had haar natuurlijk kunnen vragen me niet te tutoyeren, ik had het zelfs kunnen eisen. Ze zou zonder tegenstribbelen mijn verzoek ingewilligd hebben, maar het zou geen verschil hebben uitgemaakt. De jij zou zich simpelweg verscholen hebben tussen de benen van de U. (Haar benen zijn lang, glad, zacht. Ze is zo soepel als een circusacrobate, zo wijd als een openstaande kerkdeur. Niets kan me weerhouden binnen te vliegen.) Voor het eerst stonden we tegenover elkaar als gelijken.

Het was een vreemde gewaarwording. Ik voelde me zowel onwennig als opgewonden. Nooit eerder had ik zo tegenover een vrouw gezeten. Toch was deze mogelijkheid in de loop van de voormiddag even bij mij opgekomen; ik had ze als op één na onaangenaamste vooruitzicht terzijde geschoven. De angstaanjagendste gedachte had ik zelfs niet willen uitdenken. Terwijl ik wachtte tot de ober twee koffies bracht, deed ik dat wel. Het maakte de wrok om de verloren overmacht aanzienlijk lichter. Een Katje dat terugvocht en niet zou aarzelen mij te misbruiken, was nog altijd te prefereren boven een Katje dat te stom was om in te zien welk wapen ik haar in handen had gegeven. Zo een Kat had ik alleen maar kunnen minachten. Haar domheid zou al mijn inspanningen van de afgelopen maand belachelijk hebben gemaakt.

'Vanwaar deze buitenissige locatie?'

'Omdat ze precies even ver van jouw kantoor ligt als van het mijne. Om één uur moet ik weer aan het werk. Het is dus in jouw voordeel om me geen nutteloze kilometers te laten rijden.'

Ik mocht op mijn beide oren slapen. Haar antwoord beviel me niet, maar het bewees onomstotelijk dat ze niet van gisteren was. Alsof het nog niet genoeg was dat ze me had ontdaan van mijn imponerende rechercheursmantel, zette ze me meteen in mijn hemd. Voortaan zou zij bepalen wanneer, waar en hoelang we elkaar zagen. Het betekende dat ik vanaf nu onze ontmoetingen grondig zou moeten voorbereiden: vragen formuleren die niet voor interpretatie vatbaar waren en dreigementen verzinnen om initiatieven van haar kant af te weren.

'Wat heb je tegen mijn kantoor?'

'Je collega's behandelen me als je persoonlijke mascotte en daar pas ik voor.'

Ze pauzeerde even om me de gelegenheid te geven hierop in te gaan. Omdat ik niet kon beslissen of ik Rudy ter sprake zou brengen, deed ik er het zwijgen toe. Het was een truc die ik veel toepaste bij verhoren, meestal met het gewenste resultaat. De ondervraagden voelden zich verplicht door te praten, gingen zichzelf tegenspreken, kraamden nonsens uit en zetten zichzelf compleet klem. Uit de manier waarop ze ademhaalde, leidde ik af dat het ook bij haar zou lukken. Een grove misrekening!

'Vorig weekend heb ik een oneerbaar voorstel gekregen,' zei ze glunderend, waarna ze een sigaret opstak om me duidelijk te maken dat het onderwerp hiermee was afgerond.

Een zichzelf respecterende rechercheur draagt zijn dienstwapen onder zijn oksel en haalt het nooit te voorschijn. Een zichzelf respecterende rechercheur doodt met zijn vlijmscherpe tong. Een zichzelf respecterende rechercheur verliest nooit ofte nimmer zijn zelfbeheersing. Ik kende de regels. Ik hield ervan. De strikte toepassing ervan had me gemaakt tot wat ik was: de geprivilegieerde leugendetector van Sector Drie. Ook buiten dienstverband had ik de regels gerespecteerd. Ik at, sliep, las, wandelde en praatte als een rechercheur. Nooit hoefde ik me kenbaar te maken. Het rechercheurschap straalde van me af. ('Hier komen,' beveel ik. Ze kent me niet, heeft me nog nooit gezien. Toch twijfelt ze geen moment aan mijn gezag. Aarzelend komt ze dichterbij. 'Handen op het hoofd!' Ze doet het. 'Voeten uit elkaar!' Onbeheerst begint ze te beven. Uiterst zorgvuldig fouilleer ik haar. Vanaf nu is haar lichaam ook het mijne.) Van mijn functie ontdaan, niet langer gebonden aan de regels, verloor ik compleet mijn verstand. Die spottend uitdagende glimlach waarmee ze me zat aan te kijken, bracht me buiten mezelf. Ik wilde haar door elkaar rammelen. Ik wilde haar doodschieten. Ik wilde degene die het gewaagd had haar aan te spreken, de tong uitrukken. Was het Rudy geweest? Natuurlijk! Deze morgen had hij me gezelschap gehouden in de kantine, iets wat hij anders nooit deed. Hij had me zelfs een kopje koffie aangeboden. Enkel en alleen om zich te kunnen verlustigen in mijn nederlaag. Mijn hand verdween onder mijn jas. Had het pistool niet klem gezeten in de holster, ik had haar ongetwijfeld een kogel door de kop gejaagd. Nu haalde ik in plaats van het pistool mijn portefeuille boven en smeet honderd frank op tafel. Haar verbazing bracht me weer bij zinnen.

'Vertel het me morgen maar. Ik heb geen tijd nu.'

Bij de deur draaide ik me nog eens om. De nadenkende frons waarmee ze me zat na te kijken, besloot ik te negeren.

Het was het trage begin van een pijnlijk einde (al besefte ik dat toen nog niet). De affaire Notelaers heeft me aan de rand van de ondergang gebracht, maar wat ik wenste te bereiken, heb ik bereikt: zes weken lang was ik deelgenoot van haar intieme leven. Alles wat ze me vertelde, alles wat ik haar ontwrong, staat vermeld in haar dossier. (Ze laat zich uitwringen als een spons. Ik knijp en knijp tot mijn handen pijn doen en haar ogen overstromen. Dan laat ik haar los en drink haar tranen.)

Saaie nachten behoren voorgoed tot het verleden. Vooral de herinneringen aan de eerste maand zijn me uitermate dierbaar. Elke duik in die periode levert me een erectie op. Machtig als ik was, kon ik naar willekeur al haar gevoelens bespelen. Smerig? Helemaal niet. Ze verdient geen medelijden. Alle geboden kansen om aan mij te ontsnappen, heeft ze verspeeld. Ook de allermooiste.

Neem nu die eerste week...

Nadat ik drie opeenvolgende dagen van haar gezelschap had mogen genieten, had ze me de vrijdag na onze kennismaking laten zitten. Erg verwonderlijk was dat niet, ik had nauwelijks de tijd gekregen mijn stempel op haar te drukken. Haar rebellie beviel me; de moeilijkste veroveringen zijn tenslotte de meest waardevolle. Natuurlijk was ik niet van plan haar van die gedachte deelgenoot te maken. Ik zon op een middel om haar te straffen. Omdat ze telefonisch niet te bereiken was, en ik absoluut niet van plan was als een schoothondje achter haar aan te lopen, zag ik me verplicht haar schriftelijk op stang te jagen. Ik sloot mezelf op in mijn kantoor en toog aan het werk.

De schrijfsels die ik in haar handtas had gevonden, kende ik intussen vanbuiten. Ik had er oneindig van genoten, maar kon er weinig mee aanvangen. Wat me bij de eerste vluchtige lezing een onvervalst stel liefdesbrieven had toegeschenen, bleek bij grondige herlezing niet meer te zijn dan een emotionele uitbarsting op papier. Zeer interessant, maar ongeschikt als pressiemiddel. Van haar overduidelijke angst voor de tirannie van André had ik de vruchten al geplukt en de naam van haar aanbeden Lieve Nick kon ik evenmin tegen haar gebruiken. Ik wist op dat ogenblik nog niets van hem af en moest de mogelijkheid incalculeren dat het om een fictief personage ging, vooral omdat het geschrevene nooit was verstuurd. Het had in háár handtas gezeten en verder zou het, zonder mijn ingrijpen, waarschijnlijk nooit zijn gekomen. Het wemelde van doorhalingen en fouten en getuigde van een zwakheid waar mijn Katje niet mee te koop zou willen lopen. Als liefdesverklaring was het helemaal waardeloos; het was eerder een aanfluiting van dan een pleidooi voor liefde. Daar was ik blij om, ervaring had me geleerd dat je makkelijker een bekentenis loskreeg van een baviaan dan van een liefhebbende vrouw.

Ik was er zeker van dat Katjes hersenen tijdens het weekend op volle toeren zouden draaien. Ongetwijfeld zou ze tot dezelfde conclusie komen als ik: ze had van mij niets te vrezen.

Mijn taak was het om haar van mening te laten veranderen.

Mijn dagelijkse confrontatie met het kruim van de onderwereld kwam me goed van pas. Zelfs voor een kenner zou het moeilijk geweest zijn om het document dat uiteindelijk voor mij lag, te bestempelen als een vervalsing. Het was heel zorgvuldig opgesteld, in haar handschrift, in haar bewoordingen en zo compromitterend als ik met het materiaal dat mij ter beschikking had gestaan, voor elkaar had kunnen krijgen. Compromitterend genoeg om haar de schok van haar leven te bezorgen. Ik nam een paar kopieën, stopte een ervan in een bruine dienstenveloppe en liep op een holletje naar de brievenbus.

Mijn dromen waren uitzonderlijk zoet die nacht.

De daaropvolgende week werden ze nog veel zoeter.

'U bent geen haar beter dan het gespuis waar u zo minachtend over doet!'

Ze had zelfs geen jas aangetrokken. Zoals ze daar met die brief stond te wapperen, gloeiend van verontwaardiging, roder dan de bijna lichtgevende overall die ze droeg, had ik haar wel kunnen opeten. (Haperende ritsen, wegschietende knoopjes, scheurende stof. Waarom zou ik haar uitkleden? Onder haar kleren kan ze nooit zo naakt zijn als in mijn favoriete droom.)

'Hoe bedoel je?'

'Houdt u zich maar niet van den domme. Dit is een vervalsing!'

'In jouw handschrift en op jouw briefpapier?'

'U weet dat het een vervalsing is.'

'Mijn mening doet niets ter zake. We zullen André laten beslissen.'

Tot mijn grote verbazing begon ze niet te janken. Het zou overdreven zijn om te beweren dat ze glimlachte, maar het scheelde niet veel. Ik begreep er niets van. Zij ook niet. Ze heeft nooit geweten hoe dicht ze toen bij de overwinning zat. Was ze verstandig genoeg geweest om te zwijgen, ik zou haar hebben laten vertrekken om André aan de deur te zetten en opnieuw te beginnen met haar Lieve Nick. Ze wás niet verstandig. Ze kon de neiging niet weerstaan om aan te tonen hoe belachelijk ik was.

'Wat heeft die ermee te maken? Ik dacht dat u mijn dagboek had gelezen? Dan weet u toch dat ik hem liever kwijt dan rijk ben.'

Ze dolf haar eigen graf.

'En de kinderen? Wil je die ook kwijt?'

'Laat die er buiten. Ze hebben er niets mee te maken.'

'Wat heerlijk naïef!'

Daarna deed ik er het zwijgen toe, waarmee ik voor mezelf de gelegenheid schiep razendsnel na te denken. Zij reageerde minder doordacht.

'Bluf,' zei ze.

Ik had mijn antwoord klaar.

'Probeer het maar. Probeer de rechter er maar van te overtuigen dat hij de kinderen moet toewijzen aan een moeder met strafblad terwijl er een onberispelijke vader voorhanden is.'

Viel het haar op dat ik een doolhof bouwde om te verhullen dat ik stomweg in een kringetje draaide? Merkte ze dat ik haar kilometers achter me aan sleepte om weer bij het vertrekpunt te belanden? Nee! Het zou overdreven zijn te beweren dat ze begon te janken, maar veel scheelde het niet. (Ook háár lichaam bestaat voor meer dan 80% uit water. Als ik maar lang genoeg doorga met persen en wringen, wordt Katje zo klein dat ik haar in mijn broekzak kan stoppen.)

Het was een prachtige tijd. Haar onzekerheid, haar angst, haar afkeer, de manier waarop ze mijn blik probeerde te ontwijken... Het werd steeds moeilijker om haar uit mijn gedachten te zetten. Was ik geen man vol obsessies geweest, ik zou er vast en zeker een zijn geworden.

Ik ontving haar op mijn kantoor tijdens de lunchpauze. Het risico dat de kantineverslaafde vreetzakken die hier de dienst uitmaken, haar zouden opmerken, was vrij klein (maar niet klein genoeg zoals achteraf zou blijken). Aanvankelijk zorgde ik voor koffie en broodjes; omdat ze pertinent alle gezelligheid afwees, liet ik dat al gauw achterwege. We praatten zoals man en vrouw hoorden te praten. Ik stelde de vragen en zij beantwoordde die, waarbij ik haar geregeld onderbrak om meer details los te krijgen of om haar te wijzen op tegenstrijdigheden die zij over het hoofd had gezien. Op leugens betrapte ik haar zelden of nooit. Haar beginpogingen in die richting waren nogal tegengevallen. Ik had haar onmiddellijk doorgehad en haar een resumé van mijn kunnen gegeven. Uiteraard had ik hierbij een loopje met de waarheid genomen. Ik had bijlange na niet zo veel invloed, macht en mogelijkheden als ik liet doorschemeren. Toch twijfelde ze geen moment aan mijn woorden. Tot ik de stommiteit beging Andrés boekje open te doen, bleef ze vrezen haar kinderen te zullen verliezen.

Ik heb me heel vaak afgevraagd hoe het mogelijk was dat Katje mij zonder voorbehoud geloofde. Kwam het omdat ik zo bedreven was in het ontmaskeren van leugens? Verbond ze die gave met waarheidsliefde? Begreep ze niet dat alleen geboren leugenaars in staat zijn onwaarheden te herkennen? Blijkbaar niet. Ze snapte niet eens waarom ik tegenstrijdigheden wél tolereerde. Telkens als ik haar attent maakte op het feit dat ze zichzelf had tegengesproken, trok ze bleek weg. Terwijl het precies de contradicties waren die haar geloofwaardigheid verleenden. Leugenaars denken na vooraleer ze iets vertellen, ze construeren een verhaal en houden daaraan vast. Uit noodzaak. Staan ze zichzelf te veel vrijheid toe, dan raken ze hopeloos verstrikt in hun eigen leugenweb. Ze worden de gevangenen van hun eigen fantasie. (Daar wil ik haar houden. Onderin mijn broekzak, haar voeten steunend op mijn ballen. Háár gespartel wordt mijn genot.)

Ik hou niet van jankende vrouwen.

Tranen die op het punt staan vergoten te worden, zijn opwindend. Ze verlenen de ogen een speciale glans, jagen het bloed naar de wangen en laten de onderlip zwellen. Vloeiende tranen stoten me af. Ze vallen de jukbeenderen aan, ploegen voren door de wangen, veranderen de mooiste mond in een kwijlende holte. Tranen horen bij dromen, waar vrouwen huilen zonder nattigheid.

Daarom vond ik het raadzaam haar de schok van de nederlaag alleen te laten verwerken.

'Ga zitten,' zei ik zonder haar aan te kijken. 'Wil je een kopje koffie?'

'Alstublieft.' ('Alstublieft, meneer. Doe me geen pijn. Ik zal alles doen wat u van mij verlangt, maar doe me alstublieft geen pijn.')

'Melk? Suiker?'

'Suiker. Twee klontjes.'

Hoelang ik ben weggebleven, weet ik niet meer. Van zodra Katje van mij was, ben ik mijn tijdsbesef kwijtgeraakt. Ook voor haar moet de klok dikwijls hebben stilgestaan. Toen ik terugkeerde met de bakjes troost zat ze nog altijd op het puntje van haar stoel. Strak, stijf, onbewogen. Anderhalf uur heeft ze zo gezeten. De koffie heeft ze niet aangeraakt.

Het was een van de prettigste gesprekken die ik ooit met haar heb gevoerd. Zij wilde niet praten, ik dwong haar ertoe. Vraag en antwoord zonder flauwekul. De beste manier om in een minimum van tijd een maximum aan informatie te verzamelen. Wiskunde. De kortste afstand tussen twee punten is en blijft de rechte.

'Waar heb je vrijdag gezeten?'

'Ik heb geschilderd.'

'En daarna?'

'Ben ik met de kinderen naar de Ardennen gereden.'

'Waar was André?'

'Die heeft zich bezopen.'

'Wanneer ben je teruggekomen?'

'Gisteravond.'

'Hoe reageerde André?'

'Niet.'

'Waarom vergezelde hij je niet?'

'Hij houdt niet van de Ardennen.'

'Waarom vergezelde hij je niet?'

'Hij had weekenddienst.'
'Waarom vergezelde hij je niet?'
'Ik ben vertrokken zonder het hem te vragen.'
'Waarom?'
'Geen zin.'
'Waarom?'
'Zomaar.'
'Waarom?'
'Omdat hij me gestolen kan worden.'
'Waarom?'
'Omdat ik hem niet in mijn buurt wilde hebben! Nu tevreden?'
'Waarom?'
'Daarom.'
'Waarom?'
'Ik had rust nodig.'
'Waarom?'
'Om na te denken.'
'Waarover?'
'Wat een stomme vraag!'

Anderhalf uur lang liet ik haar op de rooster liggen. (Nadat ik haar onder handen had genomen, was ze zo zacht, zo gaar, zo heerlijk doorbakken dat haar vlees wegsmolt in mijn mond. Ik zoog haar naar binnen als een oester.)

Zonder het zelfs maar te beseffen, onthulde ze alles wat ze had willen verbergen. Ik hoorde elk woord dat ze vermeed, zag elk beeld dat ze ontweek, en nóg was ze me bijna te slim af. Dat de liefde had toegeslagen, besefte ik pas toen ik haar ongebroken, bijna huppelend het parkeerterrein zag oplopen.

Nick
december '94

Van alle afstotelijke gezichten was dat van zijn ex-schoonvader het ergste geweest. Hij had de man nooit gemogen. Het sikje dat zo uit een grimeurskoffer leek te komen, de waterige oogjes, het afgrijselijke toupetje, de scheve sigaarmond... Sigaren. Hun stank, de grijze askegels, de walm die niet wilde wegtrekken. Als blauwe mist. Mist... Kilte, nattigheid, condens op de ruiten...
Verloren moeite. Zijn ochtenderectie liet zich niet wegdenken. Wat een vreselijk dilemma! Draaide hij zich op zijn rug, dan ging al haar heerlijke lichaamswarmte verloren. Bleef hij tegen haar aangedrukt liggen, dan liep hij het risico dat ze hem zou verslijten voor een seksmaniak. Zou hij haar niet beter wakker maken? Niki was een langslaper, maar hoe zat het met háár kinderen? Werd het niet stilaan tijd om zijn eigen kamer op te zoeken? Nee! Hij kon haar niet alleen laten ontwaken. Wanneer ze ook maar even het gevoel zou krijgen een eennachtsvlinder te zijn, zou ze hem nooit meer durven aankijken.
Zeven uur. Beneden werd een deur dichtgeslagen. Het dienstertje dat arriveerde? Of het kamermeisje? Zou het haar opvallen dat zijn bed onbeslapen was? Behoedzaam schoof Nick een paar centimeter achteruit en legde zijn hand op Katherines buik. Zacht en toch stevig. Warm, maar niet klam. Haar maag was gespierder dan de zijne. Ze had hem er gisteren nog mee geplaagd.
'Je zou bij mij moeten komen werken. Een beetje lichaamsbeweging zou je geen kwaad doen.'
Haar borsten ontweek hij. Prachtige sleutelbeenderen. Meisjesschouders.

'Beter van niet, meisje,' had hij geantwoord toen ze hem had gevraagd of hij zin had bij haar op de kamer nog een slaapmutsje te drinken. 'Ik weet niet...'

Hij was niet uit zijn woorden geraakt. Zij had de zin voor hem afgemaakt.

'... of ik voor mezelf kan instaan?'

'Zoiets.'

'Ik begrijp het,' had ze gezegd. 'Het was heel fijn dat je er was. Slaapwel.'

Hoe lang had hij daar op de gang gestaan. Tien minuten? Een kwartier? Zodra ze de deur achter zich had dichtgetrokken, had hij geweten dat hij geen oog zou kunnen dichtdoen. Hij wilde geen slaapwel van haar. Slaapwel was het vaarwel der liefdelozen, iets dat je geeuwend mompelde terwijl je elkaar de rug toedraaide. Hij wilde een zoen van haar. Hij wilde weten hoe ze smaakte. Hij wilde... Zijn bescheiden klopje had onnatuurlijk luid geklonken.

'Ja?'

'Mag ik binnenkomen?'

'De deur is los.'

Ze zat op de vensterbank. Naast haar stonden twee glaasjes, het ene vol, het andere leeg.

'Precies op tijd,' zei ze. 'Ik stond net op het punt aan het jouwe te beginnen.'

Van dichtbij leek ze bijna ros. Het kastanjebruin was doorweven met koper. Hij kon er niet langer onderuit. Wilden ze niet verrast worden door een van de kinderen, dan moest hij haar nu wakker maken. Steunend op zijn elleboog kwam hij overeind en streek het haar uit haar gezicht.

'Eindelijk!' zei ze.

Ze draaide zich op haar zij en kroop dicht tegen hem aan.

Nick bevroor. Ze zou het merken. Het was absoluut onmogelijk dat ze het niet merkte. Zo meteen zou ze hem het bed uitgooien. Ze merkte het inderdaad. Hij voelde haar lichaam trillen en zocht wanhopig naar de juiste woorden om het haar uit te leggen. Weer was ze hem voor.

'Zo'n welgemeend goedemorgen heb ik in geen jaren gehad,' zei ze zacht.

Ze rook naar shampoo en lente. Een halfuur later rook ze alleen nog naar hem.

'Tot seffens.'
'Tot seffens.'
In plaats van onder de douche te stappen, kroop Nick in bed. Wat een afschuwelijke kamer. Veel te groot. Veel te kil. Hadden er bij haar ook barsten in het plafond gezeten? Hij sloeg zijn handen voor zijn gezicht en snoof haar geur op. Toen hij tussen zijn vingers door naar het plafond gluurde, waren de barsten verdwenen. Geen twijfel mogelijk, hij hield van haar.

'Zo! Een stiekeme drinkster!'
Iets beters had hij niet kunnen verzinnen.
'Stiekem? Jij bent er toch.'
'Nu wel.'
'Daarnet ook. Je hebt al die tijd op de gang gestaan.'
'Ja.'
'Je bent lief. Nog eentje?'
'Jij?'
'Ik heb genoeg gehad. Vind je het niet schattig?' Ze had hem een kleine verzilverde flacon voorgehouden. 'De glaasjes zitten in de dop. Heb ik altijd bij me. Voor crisissituaties.'
'Is dit een crisissituatie?'
'Ja.'
'Dan wil ik er nog wel eentje.'
Had ze bewust zijn toegestoken glas genegeerd en het hare volgeschonken? Had ze gezien hoe hij het glas had gedraaid om de lichtroze afdruk van haar lippen te kunnen proeven?
'Wil je niet gaan zitten?'
'Nee. Ik wilde je alleen...'
'Zeg het maar.'
'Wachtte je op mij?'
'Ja.'

'Mag ik je...'
'Ja.'
Hij had zich zelfs niet meer afgevraagd of ze het allebei over hetzelfde hadden. Ze had zich van de vensterbank laten glijden en was op een of andere manier in zijn armen terechtgekomen. Zo waren ze onbeweeglijk blijven staan, zijn kin steunend op haar kruin. Zijn mond was vol speeksel gelopen, zijn kleren, even daarvoor ruim en comfortabel, hadden om zijn lijf gespannen. Hij had zich niet durven verroeren. Hij was er zeker van geweest dat zijn biochemische ketel bij de minste beweging zou exploderen. Dan zou hij zich niet meer kunnen beheersen, hij zou zich als een dolleman op haar storten en haar verkrachten.

Ze moest het hebben aangevoeld, want ze had zich van hem losgemaakt om nog twee borrels uit te schenken.

'Ben je bang?' had ze gevraagd.
'Ja. Vind je dat belachelijk?'
'Nee. Ik was ook bang. Voor mezelf. Niet voor jou.'

Hij had niets teruggezegd, had het haar helemaal alleen laten opknappen. Hij had haar zelfs niet geholpen toen hij merkte hoe moeilijk ze het vond om door te gaan. Hij had niet anders gekund. Had het verleden niet bewezen dat ongecontroleerde passie moordend kon zijn?

'Ik kan niets doen wat jij niet wilt,' had ze haperend gezegd. 'Dat geldt ook voor jou. Begrijp je?'

'Nee.'

'Ik bedoel dat ik je nergens toe kan dwingen. Ik wil me niet aan jou opdringen. Ik...'

De woorden waren niet echt tot hem doorgedrongen. Het was de manier waarop ze haar glas achterover sloeg en op de tast naar de flacon greep, die hem duidelijk had gemaakt wat ze probeerde te vertellen. Zijn verlamming was op slag verdwenen.

'Niet meer drinken, meisje.'
'Alcohol verdooft de zinnen.'
'Precies daarom. Geloofde je nu echt dat ik één ogenblik gedacht heb dat jij je aan mij wilde opdringen? Je hoeft niet bang te zijn voor jezelf. Ik ben de boeman! Het zijn mijn zinnen die aan verdoving toe

zijn. Het scheelde verdomme geen haar of ik had je verkracht daarnet!'

Was hij écht van plan geweest de kamer uit te lopen? Ja. Ze had hem op het nippertje tegengehouden.

'Verkrachting met wederzijdse toestemming is geen verkrachting,' had ze gezegd. Een originelere liefdesverklaring had hij nog nooit gehoord.

Hij had de grendel voor de deur geschoven en zich naar haar toegedraaid. Ze stond nog altijd bij het raam en ze zag er even onzeker uit als hij zich voelde. Hoe ze bij elkaar waren geraakt, kon hij zich met de beste wil van de wereld niet meer herinneren. Had hij de eerste stap gezet of was zij dat geweest? Had zij haar hoofd naar hem opgeheven of had hij haar kin opgetild om in haar ogen te lezen hoe het nu verder moest? Terwijl hij met zijn lippen haar gezicht stukje bij beetje tot het zijne maakte, had zij zijn rug gestreeld. Het waren haar vingers die hem hadden verteld dat haar mond op hem wachtte. Ze smaakte precies zo zoet en sappig als hij had gehoopt, zo vertrouwd dat hij niet meer wist waar zijn tong eindigde en de hare begon. Pas toen ze elkaar begonnen uit te kleden en er zo veel te ontdekken was geweest dat ze niet meer wisten waarmee te beginnen, hadden hun monden elkaar losgelaten. Het leek wel of ze samen met hun kleren ook hun schaamte hadden afgestroopt. Voor de spiegel hadden ze elkaar uitgebreid bewonderd. Er bestond geen enkele twijfel: ze pasten bij elkaar. Toen ze het allebei koud kregen, waren ze onder de dekens gekropen. Daar, in het warme duister dat de huid hypergevoelig maakt, had hij haar nectar geproefd. Schokkend was ze weggesmolten. Hij had haar helemaal leeggedronken. Om bij haar naar binnen te gaan, was hij te opgewonden geweest, hij zou het vreselijk hebben gevonden klaar te komen zonder haar eerst tot in de diepste diepte te hebben verkend. Bovendien zou zijn orgasme hoogstwaarschijnlijk een eind hebben gemaakt aan het vuurwerk van de hare, en dat was een gedachte die hij niet had kunnen verdragen.

Hij hoorde Niki uit bed stappen en naar de wasbak lopen. Tijd om zelf ook een douche te nemen. Eigenlijk was het zonde Katherines geur van hem af te spoelen. Wie weet hoe lang... Niet aan denken.

Bij het ontwaken had ze zich onmiddellijk tegen hem aangevleid.
'Nu is het jouw beurt,' had ze gefluisterd.
Ze was begonnen bij zijn linkeroor. Bij zijn tepels, net zo gevoelig als die van haar, was ze blijven steken.
'Heb ik dat gedaan?' had ze gevraagd, met haar wijsvinger kringetjes draaiend om zijn tepelhof.
'Dat heb jij gedaan.'
'Dát ook?'
'Dat ook. Het gaat vanzelf. Mijn lichaam reageert gewoon op het jouwe. Jouw opwinding roept automatisch de mijne wakker. Kijk maar.'
'Nee, Nick. Niet doen. Daar word ik helemaal week van en dan kan ik alleen nog maar aan mezelf denken. Dan ben ik tot niets meer in staat.'
'Sssst!'
Ze was compleet vloeibaar geworden. Trillend, schokkend, zwevend. Hoogtepunt na hoogtepunt. Tot ze zich plotseling had losgerukt.
'Wat...'
Zoenend had ze hem de mond gesnoerd.
'Kom dan.'
'Het hoeft niet van mij, meisje. Je hoeft je niet verplicht te voelen. Ik...'
Zachtjes had ze hem naar binnen geleid.
'Voel dan,' had ze gezegd. 'Voel dan. Je hebt me zo groot gemaakt, zo wijd, zo leeg. Je moet me wel vullen.'
Hun klokken stonden volledig op elkaar afgestemd, al liep de hare dan tien keer sneller dan de zijne.

Katherine
december '94

Hij was wakker.
Ze had hem voelen ontwaken. Het topje van zijn penis was steeds harder tegen haar dij gaan drukken. Nu had hij zich voorzichtig teruggetrokken; waar hij haar had aangeraakt, gloeide de huid nog altijd na.

Wat een vreselijk dilemma! Hield ze zich slapende, dan liep ze het risico dat hij opstond en naar zijn eigen kamer ging. Ontwaakte ze, dan verspeelde ze de kans door hem te worden wakker gemaakt. Ze zou snel een besluit moeten nemen. Sarah en Stefan waren langslapers, maar hoe zat het met Niki? Van beneden klonk gestommel. Het personeel dat aan zijn dagtaak begon of de eerste ontbijtgasten? Hadden kamermeisjes een sleutel? Zou Nick er aan denken zijn bed overhoop te halen? Hoe laat zou het zijn?

Ze voelde zijn hand nog vóór die haar buik raakte. Onmiddellijk stroomde ze vol. Zou hij het merken? Bestond er zo iets als een vrouwelijke ochtenderectie? Zijn hand kroop omhoog. Over haar maag hoefde ze zich geen zorgen te maken, die zou haar niet verraden. Het zouden haar verwachtingsvolle tepels zijn die hem de waarheid onthulden. Wat zou hij van haar denken? De afgelopen nacht had ze zich ook al niet normaal gedragen.

Wat heette normaal? Zoals hij daar ineens voor haar neus had gestaan, was dat normaal?

'Mag ik je mijn dochter voorstellen?' had hij gevraagd. 'Dit is Niki, mijn troost en toeverlaat. Niki, dit zijn Katherine, Sarah en Stefan.'

Ze was zo verrast geweest dat ze geen woord had kunnen uitbrengen. Het was Sarah die de honneurs had waargenomen.

'We gingen net aperitieven,' had ze gezegd. 'Doen jullie mee?' Tijdens de maaltijd had ze zich geen raad geweten. Hoe had hij haar in godsnaam gevonden? Bij toeval? Uitgesloten! Wat wilde hij van haar? Hoe zou Sarah hierop reageren? Zou ze zich bedrogen voelen? Nu hield ze zich prima en speelde vol overtuiging voor gastvrouw, maar hoe zou ze straks uit de hoek komen?

Toen Sarah even later naar het toilet had gemoeten, was ze haar gevolgd.

'Maar mam! Moet je me daarvoor achterna lopen. Natuurlijk geloof ik je. Waar grote mensen zich allemaal druk over maken! Ik heb toch ogen in mijn kop. Je had je gezicht moeten zien! Lijkbleek. Vreselijk komiek. Hij is verliefd op je. Pas maar op! Straks word jij het ook nog. Hij is best leuk, Stefan vindt hem de max. En Niki is een schatje. *No problem*! Zal ik straks met de kleintjes naar boven gaan zodat jullie kunnen praten? Maak er maar iets romantisch van.'

Had ze gedaan. Of niet soms? Katherine voelde een lachbui opkomen. De kriebels volgden dezelfde weg als zijn hand daarnet. Vanuit haar buik regelrecht naar boven. De hand was sneller. Op het moment dat de lach haar keel had bereikt en zich gereedmaakte los te barsten, streken zijn vingers het haar uit haar ogen.

'Eindelijk,' dacht ze.

Ze draaide zich op haar zij en verborg haar gezicht tegen zijn borst. Hij had net zoveel zin in haar als zij in hem. Eén bekkenkanteling zou volstaan om hem naar binnen te laten glijden. Als een levend, vibrerend kluwen begonnen de kriebels aan de terugweg. Hij zou het merken. Het was absoluut onmogelijk dat hij het niet merkte. Zelfs de lakens trilden mee. Ze slikte.

'Wat een prachtige morgen,' zei ze.

'Tot seffens.'

Ze had hem nooit zijn kleren mogen laten aantrekken. Ze had hem niet mogen laten gaan. Ze wilde geen seffens van hem. Seffens was het excuus van de twijfelaars. Ze wilde nu. En altijd. Zijn warmte, zijn geur, het brandende gevoel tussen haar benen. In het ochtendlicht maakte de kamer een vale en trieste indruk. Katherine kroop diep onder de dekens. Onhoorbaar sloop de nacht dichterbij.

Met wijdopen ogen had ze in het donker liggen luisteren naar de argumenten van Ma-Moe en Pa-Monter.

'Wees verstandig, kindje. Zonder een goeie nachtrust ben je morgen een wrak. Mannen houden niet van oogwallen. Geloof je me niet? Wacht maar eens af.'

Ma-Moe had het kort gehouden. Uit ervaring wist ze dat saaie redelijkheid en drenzerig doemdenken effectiever werkten dan valium. Het was nog nooit nodig gebleken Pa-Monter het zwijgen op te leggen. Tegen de tijd dat hij aan het woord kwam, sprak hij toch voor dovemansoren. Deze keer had ze zich echter misrekend. Verliefdheid en passie verdragen geen redelijkheid. Katherine was van al dat gezeur alleen maar onrustig geworden. Pa-Monter had de kans met beide handen gegrepen.

'Slapen? Puur tijdverlies! Kijk naar hem. Zie je dat littekentje bij zijn oor? Een kleine ster. Volg ze maar. Dichter. Nog dichter. Ruik je hem? Hij ruikt naar jou. Lekker, nietwaar? Hoor hoe hij ademt. Net een kleine jongen. Zou hij gaan snurken? Nee? Als je wakker blijft, weet je het zeker. Wil je hem aanraken? Doe maar. Je hoeft niet bang te zijn, hij slaapt als een roos. Laat Ma-Moe maar zaniken. Ze is jaloers omdat zij nooit zo'n nacht heeft gehad. Stop je oren maar dicht. Oogwallen? Niks van! Je zal er morgen stralend uitzien.'

Hij had gelijk gekregen, ze zág er stralend uit.

Zonder de kinderen had de tafel ineens te groot geleken. Had hij dat ook aangevoeld? Was het daarom dat hij de koffie in het salonnetje had laten serveren? Of was het omdat die piepkleine rotantafels geen ruimte lieten voor afstandelijkheid?

'Ik wilde je stem horen,' had hij gezegd, 'en nadat ik twee dagen lang de bezettoon had gekregen, werd er opgenomen door je man die niet wist waar je uithing. Toen heb ik de tandenborstels van de badkamer gehaald en ben ik hierheen gereden.'

'Ik had evengoed ergens anders kunnen zitten.'

'Nee.'

Hij had cognac besteld en nadat ze mekaar hadden toegeklonken, was hij over de overval begonnen.

'Alles goed verlopen? Niet door de mand gevallen?'

'Natuurlijk niet. Fluitje van een cent. Laat ons die affaire maar zo spoedig mogelijk vergeten. Vertel me liever of je nog iets hebt gehoord van Gerard.'

'Nee. Heb je ruzie gehad met André?'

'Heb jij 't aan de stok gehad met Gerard?'

Over hun glazen heen hadden ze elkaar aangekeken om gelijktijdig tot hetzelfde besluit te komen. Met een bijna komische eensgezindheid hadden ze de schouders opgehaald en waren over iets anders begonnen. Zij over Niki, hij over Sarah en Stefan. Het had een onuitputtelijk onderwerp geleken tot ze zo dom was geweest om te vragen of Niki die prachtige ogen van haar moeder had geërfd.

'Ander thema graag.'

'Het spijt me.'

'Geeft niet. Ik heb me vanavond ook niet als een toonbeeld van diplomatie gedragen, geloof ik. Wat is er met ons aan de hand, meisje?'

Beetje moe. Beetje beduusd. Beetje gestresst... De rationele antwoorden hadden voor het grijpen gelegen. Zijn zangerig-zachte meisje had ze weggeblazen.

'Sarah denkt dat we verliefd zijn,' had ze gezegd.

'Vind je dat erg?'

(Wat? Die verliefdheid of Sarahs opmerking?)

'Niet echt.'

'Wil je erover praten?'

(Waarover? Over die verliefdheid of over Sarahs opmerking?)

'Liever niet.'

'Wil je graag naar bed?'

(Alleen of met jou?)

'Eigenlijk wel.'

(Met jou.)

'Zin in een slaapmutsje?'

'Beter van niet, meisje.'

Ze had gebloosd. Zijn antwoord had haar vraag dubbelzinnig gemaakt en dat was niet de bedoeling geweest. Nee? Had ze niet stilletjes gehoopt dat... Nee! Waarom had ze dan twee glazen uitgeschonken? Dat was later geweest... Nadat ze had staan wachten op het geluid van zich verwijderende voetstappen. Zodra ze had geweten dat hij niet van plan was om weg te gaan, was het verlangen komen opzetten. Samen met de angst. Ze wilde niet vrijen. Niet zolang haar ganse lijf ernaar snakte. Ze wilde graag gezien worden. Seks en liefde hadden niets met elkaar te maken. Ze had altijd het tegendeel beweerd, zou in het openbaar ook altijd het tegendeel blijven beweren, maar ze geloofde er niet meer in. Al lang niet meer. Seks was een kwestie van hongerig makende hormonen. Het kwam er gewoon op aan die honger te stillen. Hoe je dat deed, was onbelangrijk. Individualisten aten zichzelf op, kapitalisten gingen naar de slager, despoten líeten zich voeden en slimmerikken schakelden de liefdesgod in om levenslang gratis aan hun trekken te komen. Liefde was het meest misbruikte woord ter wereld.

(Zie je me graag of wil je me neuken?)
   'Zeg het maar.'
   'Wachtte je op mij?'
(Natuurlijk niet. Wat dacht je wel!)
'Ja.'
   'Mag ik je...'
(Nee!)
'Ja.'

Verliefde ledematen laten zich slecht controleren. Dat Sarahs waarschuwing te laat was gekomen, had ze vermoed toen ze van de vensterbank pardoes in Nicks armen was beland. Heel even waren ze zo blijven staan, buik aan buik, zijn handen losjes op haar billen, zijn kin rustend op haar kruin. Omdat de jacht op verfoeilijke hormonale kriebels al haar aandacht had opgeëist, had ze het moment maar half naar waarde weten te schatten, een situatie die abrupt was veranderd toen het tot haar was doorgedrongen dat de gevreesde honger uitbleef. Hem aanraken had aangevoeld als thuiskomen. Het besef dat ze zichzelf had overwonnen, had verder verzet overbodig gemaakt. De overwinning gaf haar het recht verliefd te zijn, het recht van hem te houden, het recht met hem naar bed te willen. Ineens was de verleiding om toe te tasten onweerstaanbaar geworden. Zijn geur had haar het water in de mond gebracht, zijn stevige, warme lijf had het hare veranderd in een rillende leegte. Ze snakte ernaar te eten en te worden gegeten. Een beetje verlegen had ze zich van hem losgemaakt. Zolang het gevaar had bestaan dat ze hem levend zou opvreten, had ze hem niet recht durven aankijken. Nu dat gevaar bezworen was, had ze zich die luxe wel kunnen permitteren. Om het te vieren, had ze nog twee borrels ingeschonken.

'Niet meer drinken, meisje.'

Ze was zich niet eens bewust geweest van de flacon in haar hand. Ze had gepraat en gepraat zonder te luisteren, gekeken en gekeken zonder te zien.

Alcohol verdooft, had ze willen zeggen, maar ineens had hij bij de deur gestaan, en ze was zo bang geweest hem te zien verdwijnen dat ze haar ongecensureerde gedachten naar buiten had laten stromen.

'Je hoeft niet bang te zijn,' had ze gezegd. 'Ik drink alleen als ik geen dorst heb.'

'En honger?'

De vraag was niet aan haar gericht geweest. Toch had ze hem beantwoord.

'Honger die al etende gewekt wordt, is geen honger.'

Het was de eerste keer geweest dat ze een rug had zien glimlachen.

'Zin in een proevertje?' had hij gevraagd.

Een originelere liefdesverklaring had ze nog nooit gehoord.

Achter slot en grendel had hij er even onzeker uitgezien als zij zich had gevoeld. Hij was bij de deur blijven staan en zij had niet geweten hoe ze haar plaats bij het raam kon verlaten. Uiteindelijk had de kamer medelijden met hen gekregen. Onmerkbaar waren de muren naar elkaar toe gekropen. Als pionnen op een schaakbord werden zij en Nick vooruitgeschoven tot ze onder de namaak-kaarsenkroon niets anders konden doen dan zich aan elkaar vastklemmen. Nog had de kamer van geen wijken willen weten. De druk was zo groot geworden dat ze hun kleren hadden moeten uittrekken om vrij te kunnen ademen. Pas toen ze zich als een siamese tweeling hadden verloren in elkaars huid, toen zij werd gedragen door zijn benen en hij ademde door haar mond, waren de muren uiteengeweken. Vol verbazing hadden ze zichzelf en elkaar in de spiegel bekeken. Later, in het beschermende duister van de dekens, was hij ónder haar huid gekropen. Hij had haar binnenste-buiten gekeerd. Schil na schil na schil had hij afgepeld. Hij had het verborgene zichtbaar, het harde week en het weke vloeibaar gemaakt. Ze had willen lachen en huilen en schreeuwen. Haar geluk was vermengd geweest met een intense woede om al die verloren jaren. Hoe was het mogelijk dat Nick met een spinsel van zenuwen en spiertjes en bloedvaatjes een web van genot kon weven, daar waar anderen haar alleen maar pijn hadden gedaan! Waarom had niemand haar ooit verteld dat honger, wanneer die wederzijds was, niet noodzakelijk leidde tot het opvreten van de ander, maar zich ook kon uiten in het voeden van de ander? Nick had haar bespeeld als een zeldzaam instrument. Als hij al een melodie in zijn hoofd had gehad, dan was daar in zijn spel niets van te merken geweest. Het waren haar tonen die zijn vingers leidden, niet omgekeerd. Zij had zich láten bespelen. Eén keer had ze geprobeerd een einde te maken aan de halfverdoofde toestand waarin ze zich bevond. Ze had weer strak en stijf en stevig willen worden, een denkend, handelend wezen met huid aan de buitenkant en gevoel in de vingertoppen, een redelijk wezen dat niet alleen nam, maar ook wist te geven. Precies op dat moment had een voorbijrijdende auto zijn lichtend spoor door de kamer getrokken en had ze Nicks gezicht gezien. Ze zou het nooit meer vergeten. Ze had concentratie verwacht, spanning, ongeduld zelfs; ze had alleen onvervalst genot gezien, de volmaakte weerspiegeling van het hare.

In de aangrenzende kamer hoorde ze Sarah en Stefan giechelen. Tijd om op te staan. Ze ging niet in bad. Er kon geen sprake van zijn deze liefde van zich af te wassen. Dat híj van háár hield, had ze geweten toen hij haar in het donker had toegefluisterd dat hij niet bij haar naar binnen wilde gaan.

'Niet nu,' had hij gezegd. 'Ik zou de tijd niet krijgen om ervan te genieten. Het enige wat ik wil, is naast jou slapen en wakker worden.'

Dat zíj van hém hield, had ze pas deze morgen geweten. Terwijl ze naar hem had liggen kijken, was het weliswaar heel erg moeilijk geweest niet van hem te houden, maar dat was geen échte liefde geweest, eerder een reflectie. Een glasscherf die zonnestralen reflecteert en warmte uitstraalt die ze zelf niet bezit. Het had haar verdrietig gemaakt. Zo'n liefde wilde ze niet. Dat ze zelf ook zon kon zijn, had ze niet beseft voor Nicks tepels haar warmte hadden weerkaatst. Op slag was haar lichaam veel te groot geweest voor haar alleen.

Dat ze van elkáár hielden, én straalden én weerkaatsten, én glasscherf én zon waren, had ze geweten toen ze gelijktijdig naschokkend elkaars gedachten hadden geraden.

Ze hadden allebei een vreselijke honger gehad.

IV

Vuur

Katherine

januari '95

'Meneer Vynckier? Notelaers hier. Katherine Notelaers... Goed. Heel goed, dank u... Inderdaad, ja... Nergens voor nodig, ik heb de knoop doorgehakt... Ja, u mag ze komen halen... Wanneer het u uitkomt... U zet er wel spoed achter... Nee, helemaal niet... Een uur of zeven? Prima... Contant graag... Nee, geen cheque... Afgesproken. Tot morgen.'

Met stijve vingers probeerde Katherine het gehaakte hoesje weer over het toestel te trekken. Om de aandacht af te leiden van haar geprurs bestelde ze nog een kop koffie.

'Ga maar gerust zitten, ik breng hem wel. Laat dat frulleke maar liggen, het is een beetje klein. Ik zou eens een nieuw moeten crocheteren. In de kleur van de tafelkleedjes, dan valt het minder op. Die oude zwarte telefoons konden er nog mee door, maar die laatste nieuwe lijken nergens op. Zeg nu zelf, ge kunt zo'n lelijk ding toch niet in zijn blootje laten staan.'

'Nee, u heeft gelijk. Het zou niet bij het interieur passen. Kan ik iets te eten krijgen?'

'Nu?'

'Het is geen etenstijd, ik weet het, maar ik heb honger.'

'Serieus eten?'

'Hoeft niet.'

'Ik zou een boterham voor u kunnen maken. Hesp of kaas?'

'Kaas graag.'

'Dan zal ik u wel even alleen moeten laten. Vindt ge dat erg?'

'Nee. Ga gerust uw gang, ik wacht wel.'

Een dorpscafé midden in de stad. Ze had niet geweten dat zoiets nog bestond. Katherine schoof dichter bij de kachel. Ze had het door en door koud.

'Dat is wat anders dan die chauffages van tegenwoordig, nietwaar? Mosterd?'
'Nee, dank u.'
'Tast maar toe. Dat ge weer een beetje kleur krijgt. Voelt ge u wel goed?'
'Beter dan ik eruit zie.'
'Een pak van mijn hart. Dan ga ik nu mijn patatten schillen, als ge het niet erg vindt. Iedere dinsdag komen de kinderen van mijn dochter hier friet eten. Drie kilo voor hun gevieren. Ge kunt er een voorbeeld aan pakken.'
'Zal ik doen. Vanavond zal ik voor de mijne ook friet bakken.'
'Ah! Ge hebt ook kinderen? Eet dan maar vlug uw boterham. Niet dat ik u wil wegjagen, maar over tien minuten is de school uit. Ge zult u nog moeten haasten om op tijd te zijn. Laat uw man maar in zijn eigen sop gaar koken. Dacht ge dat ik het niet gezien had? God, meiske, ik ben vierenzestig. Moest ik nu nog niet weten wat er in de wereld te koop is... Hoe zou een poppeken als gij hier anders terechtkomen? Nee, da's veel te veel. Honderd frank is meer dan genoeg, ik kan u dat stukske brood toch niet aanrekenen! Over dat telefoontje moet ge u geen zorgen maken, dat is inbegrepen. Ga nu maar. En houd u taai!'
'Bedankt. Tot ziens.'
Met de wind in de rug kon ze tegen halfzes thuis zijn.

Eindelijk vrij, had ze die middag gedacht toen ze Verfailles deur achter zich had dichtgetrokken. Eindelijk verlost! Ik zou hem kunnen zoenen, die smeerlap. Zijn rijk is uit. En dat van André ook. Minnaar of geen minnaar, meineed of niet, geen enkele rechter zal het in zijn hoofd halen om Sarah en Stefan toe te wijzen aan een pooier! Vanaf nu hoef ik nooit meer bang te zijn. Geen slapeloze nachten meer, geen schuldgevoelens, geen twijfels, geen gepieker. Ze kunnen oprotten. Allebei. Ik wil hen nooit meer zien. Eindelijk, eindelijk ben ik mijn eigen baas!
Vrij, vrijer, vrijst... was ze de trap afgehuppeld. Waar de ongegeneerde blik van het stuk achter de balie haar tot gisteren nog aan het blozen had gebracht, had ze zich nu sterk genoeg gevoeld om hem te

vergasten op een vrijmoedige glimlach. Vrij, vrijer, vrijst... was de poort in het slot gevallen. De straat was haar vrijhaven geweest, de wind had vrij spel gehad, op vrije voeten was ze tot aan de hoek gelopen. Daar had ze even staan treuzelen. Zou ze in het café verderop een taxi bellen of zou ze zijn spiedende blik trotseren? Was hij die verrekijker vorige week vergeten opbergen of had hij hem expres op de vensterbank laten liggen? Het was verrukkelijk geweest om ten slotte uit vrije wil, via de grootst mogelijke omweg, naar haar auto te lopen. Voor ze instapte, had ze over haar schouder een blik naar boven geworpen. Ze had hem niet kunnen betrappen, maar achter die luxaflex-strepen moest hij er hebben uitgezien als zijn eigen gevangene.

De kou overviel haar halverwege de Kleine Ring. Misschien kon ze zich van haar schildergeld een auto kopen met een functionerende verwarming. Toen ze het industrieterrein opreed, had ze drie dode vingers.

'Zijt ge ziek?'

Geert had zitten wachten. Ze had gedaan alsof ze hem niet zag en was regelrecht op de voordeur afgelopen. Drie keer had ze de sleutel naast het slot gestoken.

'Nee. Waarom?'

'Ge hebt toch niet gedronken?'

'Is dat mijn gewoonte?'

'Nee, maar...'

'Wat?'

'Zal ik het doen?'

'Het gaat wel. 't Komt door de kou. Mijn vingers zijn totaal gevoelloos.'

'Laat eens kijken.'

Zonder haar reactie af te wachten had hij haar handen tussen de zijne genomen.

'Laat me los!'

'Maar...'

'Niets te maren. Doe gewoon wat ik zeg.'

Beledigd had hij haar de rug toegedraaid. Tegen de tijd dat het haar was gelukt de deur open te krijgen, had ze staan trillen op haar benen.

'Ge zijt wél ziek.'

'Waarom zou ik?'

'Ge zoudt uzelf eens moeten zien. Zo wit als Pietje de Dood.'

Van het ene moment op het andere had ze gecapituleerd.

'Je hebt gelijk. Ik denk dat ik beter naar huis kan gaan.'

Capitulatie? Wat een flauwekul. Ze was helemaal niet gecapituleerd. Plantrekkerij was het geweest! Zijn verdiende loon. Hij had het uitsluitend aan zichzelf te danken. Die ziekte was zijn idee geweest, niet het hare. Als hij haar met zijn belachelijke, geile, overbodige bezorgdheid de koude beverd bezorgde, dan moest hij daar ook de gevolgen van dragen. Terwijl zij haar herwonnen vrijheid ging vieren, mocht hij het werk afhandelen.

Zonder verdere discussie was ze vertrokken. Zonder richting. Zonder doel. Gewoon haar neus achterna.

'Wou je voor Wandelende Jood spelen! Waarom heb je mama niet gebeld? Je had wel eeuwig kunnen blijven ronddwalen!'

'Nee,' had hij geantwoord. 'Wie zijn neus volgt, vindt altijd wat hij zoekt.'

Dat was vijftien jaar geleden. Het huis waarin ze een studentenkamer huurde, werd verbouwd en haar vader zou haar komen helpen met de verhuis. Om halftien had hij er moeten zijn. Toen hij 's middags nog niet was gearriveerd, was ze bij de bakker haar moeder gaan bellen.

'Mam, is papa mij vergeten?'

'Wat! Is hij er nog niet? Hij is al weg vanaf negen uur.'

Tot drie uur had ze zich zitten verbijten.

'Dag juffertje.'

'Pa! Waar heb jij in godsnaam uitgehangen? Het scheelde niet veel of ik had de politie verwittigd. Mama is ook in alle staten.'

'Ik kon me je adres niet meer herinneren,' had hij gezegd. 'Het huis zag ik duidelijk voor me, de straat eveneens, maar de naam die erbij hoorde, wilde me niet te binnen schieten. Daarom heb ik de auto achtergelaten en ben ik te voet verder gegaan. Het viel nogal tegen. In het echt is de stad stukken groter dan op de kaart.'

'Maar waarom ben je niet ergens binnengestapt om ma te bellen?'

'Al die rompslomp...' had hij geantwoord. 'Al die vreemden... Je weet hoe vervelend ik het vind om onbekenden aan te spreken en ik wist toch dat ik je zou vinden. Wie zijn neus volgt, vindt altijd wat hij zoekt.'

'Heb je al gehoord hoe Julien gans 't stad heeft afgedweild op zoek naar een geel geschilderd huis in een smal, somber steegske?'

In minder dan twee maand was de anekdote uitgegroeid tot een waar verhaal dat menig familiefeest had opgeluisterd. In het begin had Katherine meegelachen. Later was ze zich gaan ergeren. Hielden ze dan nooit op? Nog later had de vertedering toegeslagen. De hele historie had epische allures gekregen. Op papa kon ze rekenen! Waar ze ook terecht kwam, altijd zou hij haar weten te vinden. Hij hoefde alleen maar zijn neus te volgen.

Vandaag had ze precies hetzelfde gedaan. Rust had ze gezocht, en warmte, en een boterham. Ze had het allemaal gevonden. Als ze nu ook nog haar auto terugvond, was alles in orde.

In plaats van naar huis te gaan, had ze deze middag de afslag naar het centrum genomen. Ze zou naar *De Wolff* rijden. Misschien zat Johan er wel. Deed hijzelf geen echtscheidingen, dan kon hij haar in elk geval een van zijn collega's aanbevelen. Terwijl ze rond de markt cirkelde op zoek naar een parkeerplaats had ze het steeds kouder gekregen. Dat die kou niets te maken had met het winterweer had ze pas beseft toen haar ogen gingen lekken.

Shock! Het woord had meteen alle symptomen opgeroepen. Blind, doof en stom was ze rondjes blijven draaien tot de motor was stilgevallen en ze zichzelf had teruggevonden in een haar totaal onbekend stadsdeel.

Kon vrijheid alleen maar vertaald worden als echtscheiding? Was André niet eerder een slachtoffer dan een misdadiger? Zou Nick vertrouwen kunnen hebben in een vrouw die van de ene dag op de andere veertien jaar huwelijk afschreef? Kon ze een verleden ontkennen dat haar gemaakt had tot wie ze was? En de kinderen? Welke verklaring kon ze hun geven?

De auto had zo boordevol vragen gezeten dat er amper plaats was overgebleven voor haarzelf. Het enige wat ze zich niet had afgevraagd, was of die smeerlap de waarheid had gesproken. Ze wist dat hij niet had gelogen. Zijn onthulling verklaarde alles wat ze nooit had begrepen: Andrés uithuizigheid, zijn agressie, zijn nachtelijke impotentie... Alles. Ze was uitgestapt en was haar neus achterna gelopen.

Was ze daarstraks ergens afgeslagen? Ze kon het zich niet herinneren. Het leek haar het simpelste gewoon rechtdoor te blijven gaan. Rechtdoor was naar overal, had ze ooit ergens gelezen. Het moest een bijzonder man geweest zijn die zoveel levenswijsheid in één klein zinnetje had weten te proppen. Die boterham had haar deugd gedaan. Het holle gevoel was verdwenen. Ze was blij dat ze Gerard had opgebeld. Ze was het niet van plan geweest. Eigenlijk had ze Johans nummer willen draaien, maar toen ze verbonden werd met Kamikaze had ze geweten dat het zo moest zijn. Ze kón het verleden niet afschrijven. Een definitieve breuk zou ook de goede momenten uit haar leven wissen. De kinderen zouden opnieuw geboren moeten worden, ze zou weer moeten leren schilderen, Nick zou gedegradeerd worden tot een toevallige passant en het genotsweb in haar buik zou zich misschien nooit meer laten wakker kietelen. Uitgesloten!

Waarom speelde ze niet zelf voor advocaat? Ze kénde de hamvragen. Wat vermoed je? Wat weet je? Wat wil je bereiken?

De derde was het makkelijkst. Ze wilde een status-quo. Sedert haar laatste uitstapje naar de Ardennen voelde ze zich volmaakt gelukkig, en die toestand wilde ze handhaven.

Gedroeg ze zich niet een tikkeltje pervers? Was het nu echt allemaal rozengeur en maneschijn geweest? Was ze soms vergeten hoe ze André die zondagavond had aangetroffen? Nee. Ze was het niet vergeten.

Omdat er nergens licht had gebrand, was ze ervan uitgegaan dat hij niet de moeite had genomen op haar te wachten. Ze was er niet rouwig om geweest. Nicks summiere samenvatting van hun telefoongesprek had haar het ergste doen vrezen. Het waren de kinderen die hem hadden gevonden. Terwijl zij de auto leegmaakte, waren Sarah en Stefan nietsvermoedend naar binnen gelopen en hadden het licht aangestoken.

'Mamaaaaa!'

Er had zoveel afgrijzen in doorgeklonken, zoveel angst. Ze zou het hem nooit vergeven dat hij hen die aanblik niet had bespaard. Zoals hij daar op de sofa had gelegen, te midden van die rottende bloemen en het stinkende huisvuil, met die lodderige, dronken grijns op zijn gezicht, leek hij nog het meest op zo'n idioot Turtlemonster.

'Ga maar naar boven. Papa heeft een beetje te veel gedronken.'

'Gedronken?! Moet hij daarom die mooie bloemen kapotmaken? En de vuilzakken leegkieperen? Hij is niet dronken. Hij ademt niet meer. Hij is dood! Wie gaat dat allemaal opruimen?'

'Ga slapen, meisje. Jij ook Stefan. Ik kom jullie seffens onderstoppen. Toe maar. Het lijkt veel erger dan het is.'

Geen moment was ze in paniek geraakt. Ze was zelfs niet kwaad geworden. Ze had de ramen opengezet om de stank te laten wegwaaien, had een extra trui aangetrokken en was begonnen de smeerlapperij op te ruimen. Ze had haar werk alleen onderbroken om de kinderen slaapwel te zoenen.

'Mogen we bij elkaar slapen, mama?'

'Natuurlijk.'

'Is hij dood?'

'Nee, zotteke. Heel erg dronken.'

'Gaat hij dood?'

'Nee. Hij zal er wel een paar dagen hoofdpijn aan overhouden.'

'Welbesteed!'

'Sssst! Willen jullie me iets beloven?'

'Wat?'

'Dat jullie hier nooit over zullen praten. Ook niet met Bertha. Ook niet met papa zelf. Ik maak het huis schoon en we vergeten wat er gebeurd is. Akkoord?'

'Waarom?'

'Papa heeft het niet met opzet gedaan. Van al dat bier is hij gewoon een beetje gek geworden. Wanneer hij wakker wordt, zal hij zich niets kunnen herinneren en dat lijkt me het beste.'

'Waarom?'

'Ik weet het niet. Zomaar een gevoel.'

'Oké.'

Stefan was al half in slaap geweest. Ze had hem bijna benijd om het gemak waarmee hij het gebeurde van zich afzette.

'Jij ook, Sarah?'

Haar dochter had zich minder makkelijk laten vermurwen.

'Het zal wel moeten, zeker?'

'Ja,' had ze geantwoord. 'Het moet.'

'Oké. Maar alleen als jij belooft geen Duvel meer in huis te halen.'

Een redelijke eis.

'Beloofd.'

Ze had haar belofte gehouden.

Tot na middernacht had ze gepoetst. Vegend, dweilend, boenend en schurend was ze zich steeds beter gaan voelen. Nick hield van haar en zij van hem. Zij hield van Nick en hij van haar. Al de rest was onbelangrijk. André was niet bijgekomen; hij had wel een paar keer gekreund. Bij elk gesteun was ze verstard. Ze wilde geen confrontatie. Niet nu. Hoewel ze het licht had gedimd, was ze vanaf de straat duidelijk zichtbaar geweest. Ze had zich afgevraagd hoe een toevallige passant de situatie zou beoordelen. Een harteloos kreng dat onbekommerd grote schoonmaak hield terwijl haar man lag te creperen? Ze had direct de televisie aangezet. Op slag omkaderde het raam een totaal ander tafereel: een onvermoeibaar huisvrouwtje dat zich tot laat in de nacht uitsloofde terwijl haar man het voetbal savoureerde. Voor het eerst bewees het belachelijke voortuintje zijn nut; die verwaarloosde bufferzone waaraan ze zich zo vaak had geërgerd, vormde een plausibele verklaring voor de onhoorbare verslaggeving. De kille doordachtheid waarmee ze te werk ging, had haar eventjes onbehaaglijk gestemd. Was ze misschien hartelozer dan ze zichzelf wou toegeven? Ze had de vraag verdronken in een emmer vuil sop. Het was niet de eerste keer dat André zich lazarus dronk en er was geen enkele reden om te veronderstellen dat het vandaag de fatale laatste keer zou zijn. Ze had de dichtgebonden vuilniszakken buiten gezet, het poetsgerief weggeborgen en twee bussen luchtverfrisser leeggespoten. Vervolgens had ze de koffers uitgepakt en het wasgoed in de machine gedaan. Nadat ze de ramen had gesloten en de overgordijnen had dichtgetrokken, was ze bij hem gaan zitten.

Van dichtbij had hij er oud, verkreukeld en absoluut ongevaarlijk uitgezien. Was het daarom dat ze zijn boord had losgemaakt en zijn das had uitgetrokken? Er was een knoopje van zijn hemd gesprongen en onder de salontafel gerold. Ze had er niet naar gezocht. Zijn buik golfde zwaar over zijn broeksband. In een opwelling had ze zijn hemd helemaal losgeknoopt. Geen spieren. Vet. Veel vet. Grijs, door zweet vastgeklit borsthaar. Zou zijn schaamhaar ook grijs zijn? Om dat te weten hoefde ze alleen... Wat bezielde haar eigenlijk?! Ze was naar boven een deken gaan halen en had hem toegedekt. De rest van de nacht had ze doorgebracht op de logeerkamer. Tegen de morgen was hij naar boven gesukkeld. Pas toen ze hem hoorde snurken, had ze zichzelf toegestaan in slaap te vallen.

Was hij zich bewust van de staat waarin ze hem die avond had aangetroffen? Ze wist het niet, de gebeurtenissen van dat weekend waren nooit meer ter sprake gekomen. Toch moest hij er minstens een vermoeden van hebben dat zijn gedrag de grenzen van het toelaatbare had overschreden, zijn manier van doen was sinds die avond spectaculair veranderd. Hij ging nog even vaak uit, maar kwam nuchter thuis, soms leek het bijna of hij tegen zijn zin de deur uitging. Het gebeurde steeds meer dat hij als eerste bij Bertha op de stoep stond, hij had nog geen enkele keer het avondeten gemist. Ook de scheldpartijen waren van de baan. Veel had hij haar niet te vertellen, maar waar hij vroeger zijn mond enkel opende om bevelen te schreeuwen of kritiek te uiten, probeerde hij nu deel te nemen aan de gesprekken van alledag. Twee weken geleden had hij haar gevraagd om weer bij hem te slapen. Omdat ze geen enkele reden had kunnen bedenken om te weigeren, was ze terug naar de slaapkamer verhuisd. Elke avond had ze met de dood in het hart zijn toenaderingspogingen afgewacht; verder dan een kuise zoen of een onhandige aai had hij niet durven gaan.

Opletten nu. Die afgebladderde gevel herkende ze. Beroepsmisvorming. Als ze het goed had, kwam ze dadelijk bij het pleintje waar ze een paar uur geleden haar neus had gesnoten en een sigaret had opgestoken. Daar moest ze... links. Of was het rechts? Een zonloze straat waar ze nooit zou willen wonen. Ze was er bijna. Zeker weten. Hier om de hoek... Voilà! Daar stond hij. Veertien jaar oud, roestig en gedeukt, weinig meer dan een motor op wielen. Katherine had zich gedwongen zo weinig mogelijk na te denken over André's ommezwaai. Nu, terwijl ze geduldig aanschoof in de file, liet ze haar gedachten de vrije loop.

Was het niet mogelijk dat zij die verandering teweeg had gebracht? Ze had al het mogelijke gedaan om haar verhouding met Nick verborgen te houden. Ze had hem alleen ontmoet tijdens gespijbelde werkuren, was op tijd naar huis gekomen, had hem nooit opgebeld waar er anderen bij waren... Heel discreet allemaal. Waarom had ze zich eigenlijk zoveel moeite getroost? Dat had André toch ook nooit gedaan? Was al dat achterbakse nu echt nodig geweest? Ze vond van wel. In de steek gelaten worden, was pijnlijk. Dat had ze aan den lijve ondervonden. Ze had er geen behoefte aan gehad André kapot te maken met misplaatste eerlijkheid. Het zou haar niet gelukkiger hebben gemaakt. Toch was het onmogelijk dat hij niets gemerkt had. Nicks invloed op haar zou zelfs een blinde zijn opgevallen. Nooit was ze zo onveranderlijk welgezind geweest, nooit had ze zo veel geduld kunnen opbrengen, nooit had ze er mooier uitgezien. Ze was ronder geworden, zachter, vrouwelijker en ze was niet meer op zolder geweest. Dat was nog het meest verbazingwekkende. Een maand lang had ze niet eens aan schilderen gedácht. Het had haar geen donder kunnen schelen dat de inspiratie haar in de steek liet. Integendeel, ze had haar best gedaan de muze af te schepen. Waarom zou ze haar tijd besteden aan het creëren van geluk wanneer ze dat geluk gratis en voor niets thuisbezorgd kreeg? Het was onvoorstelbaar dat dit alles onopgemerkt was gebleven. Ze diende ervan uit te gaan dat André minstens vermoedde dat ze van iemand anders hield. Was dat een reden om Nick opzij te schuiven? Nee. Nee? Kon het haar dan opeens niet meer schelen dat ze André pijn deed? Toch wel. Nu meer dan ooit. Ze wist hoe hij vroeger was geweest: geen droomprins, maar wel een aanvaardbare echtgenoot. Tot hij was ingegaan op het aanbod van Gaston en zich in de nesten had gewerkt. Hij had van meet af aan gelogen over zijn job en nooit had ze verdenkingen gekoesterd. Vertelde dat niet meer over haarzelf dan over hem?

'Ik heb werk gevonden, liefje. Eindelijk! Maandag kan ik aan de slag.'

Haar blijdschap was nogal egoïstisch geweest. Financieel hadden ze weinig problemen gehad, maar omdat André er rotsvast van overtuigd was dat de man kostwinner hoorde te zijn, was hij als werkloze een ramp geweest. Heel diep was ze niet ingegaan op die job van hem.

'Fijn,' had ze geantwoord. 'Daar drinken we op. Waar?'

'Absoluut onbekend. Een eenmansbedrijfje uit het Antwerpse dat op zoek was naar een vertegenwoordiger.'

'Welke branche?'

'Horeca. Fluitje van een cent. Vaste clientèle, prima salaris, af en toe een extraatje... Ik zie het echt zitten, liefje. Wat zou je er van denken als we mijn baas eens te eten vroegen?'

Het weekend daarop had ze kennis gemaakt met Gaston. Ze had direct een hekel aan hem gehad. Het wicht dat haar werd gepresenteerd als zijn echtgenote was helemaal een giller geweest. Had in ijltempo een halve fles gin leeggezopen om vervolgens tijdens de maaltijd van haar stoel te tuimelen.

'*Les charmes discrets de la bourgeoisie*,' had André verontschuldigend gezegd. Ze had hem kunnen wurgen.

'Waar heeft hij die opgepikt?' had ze hem gevraagd terwijl ze met veel gerammel de vaatwasmachine leeghaalde. 'In een bordeel? Het zou me niets verwonderen. Zo ziet ze er uit. Hij ook trouwens. Ik zou nog liever in het klooster gaan dan voor zo iemand te werken.'

Als hij al van plan was geweest om haar te vertellen in welk milieu hij verzeild was geraakt, dan had ze hem met die woorden voorgoed de pas afgesneden. Zou alles anders zijn gelopen wanneer hij haar eerlijk had bekend wat er was gebeurd? Daar durfde ze geen antwoord op te geven. Ze kon zich met de beste wil van de wereld niet voorstellen hoe ze gereageerd zou hebben. Zou ze hebben kunnen slapen naast een bijna-moordenaar? Zou ze in staat geweest zijn de hemden te strijken van een hoerenbaas? En wat belangrijker was: zou ze straks tegenover zo'n man aan tafel kunnen zitten? Binnen een half uur zou ze het weten.

Ze was net klaar met het voorbakken van de frieten toen hij binnenkwam.

'Een aperitiefje?'
'Is er Duvel?'
'Nee.'
'Duvel is ongezond. Als je er teveel van drinkt, kan je zot worden.'
'Sarah!'
'Is er iets?'
'Hou op met die onzin!'
'Je hebt zelf gezegd dat...'
'Sarah!!'
'Zijn grapjes nu ook al verboden?'
'Mond houden!'

Tijdens de maaltijd werd er nauwelijks gesproken. Sarah zat te mokken, Stefan, die geen biefstuk lustte, bokte omdat ze er niet aan gedacht had een hamburger uit de diepvriezer te halen en zijzelf zat wanhopig te broeden op een geschikt gespreksonderwerp. Nadat de kinderen van tafel waren gegaan, werd de stilte nog drukkender.

'Koffie?'
'Ja.'
'Ben je thuis vanavond?'
'Nee, ik moet nog een paar klanten bezoeken.'
'Neuken?'
'Wat zei je?'

De koffiezet pruttelde, ze stond met haar rug naar hem toe en ze was er bijna zeker van dat hij haar niet had verstaan. Toch voelde ze zich rood worden.

'Ik vroeg of het leuke klanten waren.'
'Wat is dat nu voor een vraag? Klanten zijn klanten en daarmee uit. Scheelt er iets? Je doet raar, vanavond.'
'Beetje moe.'
'Kruip maar vroeg in bed. Je hoeft niet op mij te wachten.'
'André?'
'Wat?'
'Waarom heb je...' me nooit verteld dat je een pooier en een hoerenbok bent? Durfde je niet of wilde je me sparen? Wat had dat zwarte hoertje je misdaan? Waarom doe jij al jaren raar? Is het omdat

ik verliefd ben? Ben je bang of ben je gewoon jaloers? Hou jij nog van mij? Denk je nu echt dat ik...

'Heb ik wat?'

'Laat maar.'

Tegen de tijd dat ze zich in staat voelde om hem weer aan te kijken, was hij weg.

Zodra de kinderen naar boven waren, belde ze Nick.

'Dag meisje. Ik mis je.'

'Ik jou ook.'

'Ik wou...'

'Niet zeggen, Nick. Niet zeggen. Alles wat jij wilt, wil ik ook en nog veel meer.'

'Zie ik je morgen?'

'Nee, ik heb een veel beter voorstel. Morgen...'

Abrupt hield ze op. Welk voorstel? Haar hoofd was totaal leeg. Ze wilde alleen maar huilen.

'Morgen?'

'Ik weet het niet meer.'

'Als ik nu direct vertrek, kan ik om elf uur bij jou zijn.'

Hij begreep het. Hij begreep haar altijd. Zelfs van op een afstand slaagde hij erin datgene te zeggen wat zij wilde horen. Geluidloos huilde ze haar verdriet weg. Het was nergens voor nodig dat hij kwam, hij wás er. Dichterbij dan André ooit was geweest.

'Gaat het, meisje?'

'Nu wel ja.'

'Zal ik afkomen?'

'Nee, ik kan de kinderen niet alleen laten, maar ik heb het zo vreselijk koud.'

'Dan zal ik je opwarmen. Niki ligt in bed en ik zit aan mijn bureau. De kamer is schemerdonker. Nu sta ik op en loop naar de sofa. Hoor je het?'

'Ik hoor je en ik zie je.'

'Ik zie jou ook. Je staat in de hal bij het kastje. Je hebt zin in een sigaret. Ga er maar eentje halen, ik wacht wel even. Vergeet de asbak niet. Ondertussen schenk ik me een drankje in... Klaar?'

'Ja.'

'Je bent ook gaan zitten.'
'Ja. Op de grond, met mijn rug tegen de muur. Hoe wist je dat?'
'Ik zie je toch.'
'Je hebt gelijk. Ik jou ook. Met je voeten op de salontafel.'
'Stoort het je?'
'Nee.'
'Nu trek ik je naar mij toe. Niet bewegen. Anders krijg ik je nooit door die draad. Donker daarbinnen, nietwaar?'
'En smal! Ik word helemaal platgedrukt. Help je me een handje?'
'Niet nodig, je bent er bijna. Kom je op mijn schoot?'
'Mmmmm! Lekker warm.'
'Kruip maar dicht tegen me aan. Beter zo?'
'Nick?'
'Ja.'
'Het is net echt, ik gloei helemaal en ik wil hier niet mee doorgaan, want dan vergeet ik weer wat ik je daarstraks wilde voorstellen.'
'Heb je het teruggevonden?'
'Ja. Morgen ga ik me te pletter werken zodat ik donderdag vrijaf kan nemen.'
'De hele dag?'
'Ja.'
Stilte. Ze was er zeker van dat ze allebei hetzelfde dachten. De afgelopen weken hadden ze zich in bochten gewrongen om elkaar te kunnen ontmoeten. Hij had opdrachten afgezegd, zij had afspraken met klanten verzonnen om buiten te raken, ze hadden elkaar ontmoet in cafés, op perrons, op straat, in zijn of haar auto. Ze hadden gewandeld, gepraat, elkaars geur opgesnoven, koffie gedronken. Op een vluchtige zoen na, hadden ze elkaar nauwelijks aangeraakt. Zonder dat het ooit ter sprake was gekomen, hadden ze beiden geweten dat het alles of niets moest zijn. Geen geknoei achter bewasemde ruiten, geen gefriemel in een duister portiek, geen geneuk in een gore huurkamer.
'Je bent nog nooit bij mij thuis geweest. Zin?'
Ze haalde diep adem. Ja was alles. Nee was niets. Zou een tweede alles niet tegenvallen? Kon een herhaling ooit een initiatie evenaren?

Haar keel was kurkdroog.

'Ja.'

'Fantastisch. Dan kan ik je eindelijk mijn foto's laten zien. Kom je vroeg? Zo vroeg mogelijk? Ik wil voor je koken. Als dessert nemen we taartjes. We zullen ze samen uitkiezen bij madame Germaine, ik wil die vrouw wel eens in heksengedaante zien. Misschien kunnen we ook dat Romaanse kerkje bezoeken waar ik je over verteld heb en het park met het zwarte-zwanenmeer en het kasteel van Blauwendael, je weet wel, dat met al die engeltjes. Kun je geen week vakantie nemen? Of een maand? Of een jaar? Er zijn duizenden dingen die ik samen met jou wil doen, en sommige ervan zijn heel tijdrovend.'

'Wat dan?'

'De wereld veranderen bijvoorbeeld. Samen dronken worden. Eten. Heb je ooit al eens een stukje chocola op je tong gelegd om het te laten wegsmelten? Heb je er enig idee van hoe lang het duurt voor het laatste smaakpapilletje weer in slaap is gesust?'

'Nee, ik zal het seffens uittesten, er ligt nog een reep in de koelkast.'

'Chocola moet in de kelder bewaard worden. In de koelkast verliest hij zijn smaak.'

'Ik zie je graag.'

'Ik zie jou graag. Kom je met de trein? Een geliefde verwelkomen op het perron lijkt me het toppunt van romantiek.'

'Is het ook. Zolang het niet regent.'

'Het zal niet regenen. Ik ga zo meteen sneeuw bestellen.'

'Bij de Arme Klaren?'

'Bij wie?'

'Ken jij de Arme Klaren niet?'

'Dat wel, maar wat hebben zij met het weer te maken?'

'Gat in je cultuur. Ik zal het donderdag dichten. Ik neem de trein van kwart voor negen. Tot dan?'

'Tot dan. Pas goed op jezelf, meisje. Slaap lekker.'

'Droom zacht.'

Zelfs hun afsluitklikjes waren op elkaar afgestemd. Volkomen gelijktijdig hingen ze op.

Nadat ze de chocola van de koelkast naar de kelder had verhuisd, ging Katherine meteen naar bed. Slaap was een prima middel om de tijd te versnellen. Wanneer ze opstond, zouden de vijfendertig lange uren die haar van Nick scheidden in één klap gereduceerd zijn tot een aanvaardbare achtentwintig.

Nooit eerder had een man speciaal voor haar gekookt. Hoewel André in zijn werkloze periode bewezen had dat hij best in staat was 'voor het eten te zorgen', had hij de keuken altijd gezien als een vrouwendomein. Hij had haar wel vaak mee uit eten genomen.

'Uit zelfbehoud,' had hij haar ooit meesmuilend bekend. Pas onlangs had ze ingezien dat hij dat waarschijnlijk letterlijk had bedoeld. Haar favoriete gerechten bevielen hem maar matig. Een restaurantbezoek was voor hem de ideale gelegenheid geweest om zich vol te proppen met kilo's halfrauw vlees, overgoten met machtige saus. Belandden ze toevallig in een gelegenheid waar het eten háár beviel, dan bleek het steevast een vergissing te zijn. Kaarslicht en exotische aroma's hadden hem nooit kunnen bekoren.

'Samen dronken worden. Eten. Wegsmelten om de papilletjes weer tot rust te laten komen.' Zou Nick zich hebben gerealiseerd hoe erotisch dat klonk? Vast wel. Hij had evenveel naar de honger verlangd als zij. Ze zou ervoor moeten zorgen dat ze sliep voor André thuiskwam. Echt. Niet alsof. Dat hield ze toch nooit vol. Er kwam altijd wel een moment dat ze aan zichzelf begon te twijfelen. Ademde ze regelmatig genoeg of te regelmatig? Werd ze verondersteld te bewegen in haar slaap of hoorde ze stil te liggen? Wat moest ze in godsnaam verzinnen als André met haar wou vrijen? Ze zou het niet kunnen. Hoe kon je nu vrijen met een man die nooit een interessant gesprek met je voerde? Een man die deed alsof je alleen buitenkant was? Een man die geen belang stelde in je gedachten? Een man die niets met je deelde? Hoe kon je vrijen met een man waarvoor je medelijden voelde?

Medelijden? Katherine knipte het licht aan en ging rechtop zitten. Compassie was het vernederendste wat er bestond. Daar kon zelfs onverschilligheid niet aan tippen en haat al helemaal niet. Haat was diapositieve liefde: slopend, vermoeiend, spectaculair en volkomen ongevaarlijk. Onverschilligheid was erger, maar omdat ze meestal geboren werd uit een drang naar zelfbescherming viel er best mee te leven; wie zichzelf wilde verdedigen, bekende immers onder invloed te staan, wat toch een zekere vorm van gelijkheid veronderstelde. Daar was bij medelijden geen sprake meer van. Compassie betekende het neerkijken op, het verwerpen van, het geen begrip kunnen opbrengen voor een lagere diersoort. Medelijden was minachting in het kwadraat.

Ze hield het niet meer uit in bed. Op haar tenen sloop ze naar de zolder. Afscheid nemen. Morgen zou het verdwenen zijn, al dit omgetoverd verdriet. Gedroeg ze zich nu niet heel erg dikke-nekkerig? Voelde ze zich echt boven André verheven? Was ze niet gewoon kwaad omdat ze jarenlang voor het lapje was gehouden? Kon ze er maar met Nick over praten. Tot nog toe had ze het onderwerp André gemeden als de pest. Haar echtgenoot doodzwijgen was de enige manier geweest waarop ze haar verhouding met Nick kon legitimeren. Overspel... Het klonk zo vies. Een mens hoorde trouw te blijven. Gemaakte engagementen dienden nageleefd te worden. Zelf zou ze nooit, maar dan ook nooit een verhouding kunnen beginnen met een getrouwde man. Ze hield niet van bedrog. Hoe kon Nick van haar houden terwijl hij wist... Niet over nadenken. Ze was nog steeds bij André. Ze zou hem niet in de steek laten, ze zou lief voor hem zijn, ze zou hem beschermen. Zou ze ooit nog van hem kunnen houden? *'Meisjesdroom'* verkocht ze niet, net zo min als *'Heksenjacht'*. Blootsvoets rondscharrelend probeerde ze zich voor te stellen hoe André lieve woordjes fluisterde in andermans oor. Het deed haar niets. *'Feest'* mocht weg, *'Zand'* eveneens. *'Treinen'* bleef hier. Ze ging nog een stapje verder. Nu lag hij bovenop die vriendin: hijgend, pompend, kreunend. Niets. Haar polsslag bleef volkomen normaal. Toen wist ze het zeker. Het was uit. Voor een man die niet meer in staat was haar pijn te doen, kon zij geen liefde voelen. Ze huppelde de trap af en schonk zich beneden in de living een dubbele cognac in. Gezondheid! Op de vrijheid! Op een lang en gelukkig leven! De pijn voorbij! Ze giechelde. Oppassen. Oppassen. Zo meteen zou ze hardop tegen zichzelf gaan praten. Zo ging het altijd wanneer ze teveel dronk. Nog een cognacje? Een kleintje? Begrijp je het André? Een beetje pijn is prima. Niets op tegen. Maar je bent te ver gegaan.

Je hebt me immuun gemaakt en dat is gevaarlijk. Heel gevaarlijk. Dag André. Het ga je goed. Jou ook, smeerlap. Ik was van plan om je te schrappen, ik ben van gedachten veranderd. Nog een cognacje? Waarom niet? Daar slaap ik zo lekker van. Diep en droomloos. Ik ga je niet schrappen, smeerlap, ik ga je kapot maken. Dat heb jij met mij geprobeerd. Het is mislukt. Mij zal het wel lukken. Ik zal je laten bloeden en als je helemaal bent leeggebloed, zal ik je, zal ik je... overschilderen. Niet nu. Te moe. Slapen is leuk. Nog een geluk dat de trap een leuning heeft. Licht uit. Oogjes dicht en snaveltje open. Dag André. Dag Smeerlap. Het zou niet nodig mogen zijn slaap voor te wenden. Het...

Het was niet meer nodig. Katherine sliep.

Nick

januari '95

Oranje kuipstoelen, formica tafels, koud neonlicht. De architect die dit had verzonnen, zou geëxecuteerd moeten worden. Zes voor. Nu zou de stationschef de deuren controleren en op zijn uurwerk kijken. Nog dertig seconden. Tien. Vijf. Met veel kabaal reed de trein het station uit. Het was voorbij. Nick legde vijftig frank op tafel en liep naar buiten.

'Ik wil je niet zien wegvoeren,' had hij gezegd.

'Ik wil jou niet zien achterblijven,' had ze geantwoord.

Ze was naar de drankautomaat gelopen en hij had gewacht tot ze de munt in de gleuf deed; toen was hij de trap opgeklommen. Tegen de afspraak in had hij zich nog één keer omgedraaid. Net op tijd om te zien hoe ze het ongeopende blikje in de afvalmand gooide.

Terwijl hij langzaam naar zijn auto liep, vroeg hij zich af of het wel zo'n goed idee was geweest om het afscheid over te slaan. Niets van wat hij had willen vermijden, was hem bespaard gebleven: roerend in het drabbige brouwsel dat voor koffie moest doorgaan, had hij de deuren horen dichtschuiven en het licht op groen zien springen, hij had de schok voorvoeld waarmee de trein zich in beweging zette, had de flauwe dieselgeur opgesnoven en had de tot Märklinformaat krimpende intercity mondenvol zoenen nagestuurd, zoenen die waren terechtgekomen in een lege trein. Wat hij had willen bewaren — het timbre van haar stem, een samenzweerderige knipoog, liefdesschokjes, meisjesgeuren en de gedeelde smaak van chocola — was hij kwijt. Zijn poging om Katherine vast te houden door het ritueel van het afscheid achterwege te laten, was jammerlijk mislukt. Nu ze was verdwenen zonder te vertrekken, leek het of ze er nooit was geweest. Dat mocht hij niet laten gebeuren. Abrupt maakte hij rechtsomkeert.

Op een paar verveelde forenzen na lag het perron er verlaten bij. Zo rustig mogelijk liep Nick naar de afvalmand. Het blikje lag bovenaan. Hij zou het op zijn nachtkastje zetten. Zou ze het herkennen wanneer ze...

'Iets verloren, meneer?'

'Nee, dank u. Ik had dit per ongeluk weggegooid. Een beetje verstrooid. U weet hoe dat gaat, nietwaar?'

Met de cola veilig in zijn jaszak liep hij voor de tweede keer de trap op. Ook nu voelde hij de neiging nog even om te kijken. De stationschef stond hem na te gapen. Nick zwaaide naar hem. Toen zette hij het op een rennen.

Twee zielen, één gedachte. Ze had geweten dat hij terug zou keren om afscheid te nemen, ze had precies hetzelfde gevoeld. Nadat hij was weggegaan, moest ze het blikje weer hebben opgevist. Tussen het lipje zat een stijf opgerold papiertje. Voorzichtig peuterde hij het los. Naast hem werd dwingend geclaxonneerd. Een felgele Mazda met parkeerperikelen. Nick knipte de binnenverlichting aan en gebaarde de ander door te rijden. Een half agendablaadje. Haar handschrift was zoals hij het zich had voorgesteld: rond en precies, een schilderij in miniatuur.

De lelijke zwaan was de liefste.
Ik zie je graag.
K.

In zijn achteruitkijkspiegel dook een roestig vehikeltje op. Nick wachtte tot de Mazda uit het zicht was en pinkerde naar rechts. Hij had altijd al een voorkeur gehad voor lelijke eendjes.

Het tweede kattebelletje vond hij op de badkamer.

Ruik je mij nog?

Nummer drie zat vastgekleefd op de wodkafles.

Drink er ook eentje voor mij.

Wat zou ze verwacht hebben dat hij nu deed? Haastig liep hij naar de keuken. Hij werd helemaal warm vanbinnen. Ze had het memoblok van de muur gehaald en op tafel gelegd.

Niet beginnen zoeken, je vindt ze ook zo wel.

Nick installeerde zich op de sofa. Hij was blij dat zijn ouders hadden voorgesteld Niki vannacht bij hen te laten slapen.

'Een uitje met een vriendin,' had hij gezegd. En dat het misschien laat kon worden.

'Eindelijk,' had zijn moeder geantwoord. 'Het werd stilaan tijd dat je uit dat isolement stapte. Je hebt lang genoeg getreurd. Hoe heet ze?'

'Katherine.'

'Breng je haar eens mee?'

'Later.'

Zijn moeder had niet doorgevraagd.

'Laat Niki hier maar logeren,' had ze gezegd.

'Ik wilde net hetzelfde voorstellen,' had zijn vader daarop gerepliceerd. Een duidelijker fiat hadden ze niet kunnen geven.

Het was voor het eerst sedert hij zijn dochter toegewezen had gekregen dat hij in staat was te genieten van haar áfwezigheid. Hij had haar altijd angstvallig in de buurt gehouden. Er was zoveel in te halen geweest. Ook zij moest dat hebben aangevoeld. Thuis holde ze voortdurend achter hem aan. Ze hield hem gezelschap tijdens het koken, kwam bij hem zitten wanneer hij aan het werk was, volgde hem tot in de badkamer. Ze overstelpte hem met anekdotes, verhalen en verzinsels, bestookte hem met duizenden waaroms, liet tijdens hun gezamenlijke uitjes nauwelijks zijn hand los. Wat geen enkele dokter voor elkaar had gekregen, was haar wel gelukt; haar opgewonden meisjesstemmetje had hem bevrijd van een stilte vol nachtmerries.

Nu Katherine zijn dromen voor hem had teruggevonden, was stilte weer welkom.

Ze had er zo mooi uitgezien toen ze van de trein stapte. Helemaal in het zwart — van kop tot teen zoals hij later zou constateren — met dat koperachtige haar en die bijna doorschijnend bleke huid. Ze was zenuwachtig geweest. Hij had het gemerkt aan de manier waarop ze in de auto haar handtas tegen haar buik klemde, aan de onzekere passen waarmee ze later de straat overstak, aan de spanning in haar schouders toen hij haar uit de zware jas hielp.

'Zin in koffie?' had hij gevraagd.

'Altijd.'

Ze waren in de keuken blijven zitten. Tegenover elkaar. Erg onwennig. Als twee pubers die voor het eerst een afspraakje hadden.

'Een hele dag,' had hij ten slotte gezegd. 'We hebben nog nooit zoveel tijd samen doorgebracht.'

'Toch wel, maar toen was het donker.'

'Toen was het nacht.'

'Ja. Duisternis maakt alles makkelijker. Urenlang heb ik naar dit moment lopen verlangen en nu ik hier ben, weet ik niets te zeggen. Hoe zit het met de sneeuw die je zou bestellen?'

'Uitverkocht.'

'Niets van. Je wist gewoon niet hoe het moest. Ik zei het je al aan de telefoon. Gat in je cultuur.'

'Ben je nog altijd bereid om het te dichten?'

Terwijl ze zat te vertellen over haar moeder die rotsvast had geloofd in de kracht van het gebed, had hij een steek van jaloezie gevoeld.

'Ik wou dat ik je vroeger had leren kennen, dan had ik al die folklore met jou kunnen delen.'

'Je zou gillend zijn weggelopen. Als kind was ik niet om aan te zien. Moddervet.'

'Jij?!'

'Ja, ik werd er vreselijk mee gepest, maar daar praat ik niet graag over. Mijn moeder is veel interessanter als gespreksonderwerp. Haar probleem was dat ze geen tijd had om te bidden. Overdag stond ze in de winkel en 's avonds moest ze poetsen. Ze leed aan de kuisziekte. Wanneer ze ook maar ergens een stofje ontdekte, werd ze prompt misselijk. Daarom besteedde ze haar gebeden uit. Kwezels genoeg die in ruil voor een kilo suiker of een pakje koffie haar schietgebedjes wilden overnemen! Maar voor de weergebedjes ging ze naar de nonnen. Het weer kwam tenslotte rechtstreeks van de hemel en daar had de geestelijkheid toch nog altijd een streepje voor. Je had twee zusterorden bij ons: de Maricollen en de Klaren. De eersten kon ze niet uitstaan. Die waren te rijk. Ze hadden zelfs een Mercedes. Mijn moeder hield het bij de Klaren. Die waren arm en goedkoop. Voor een mand eieren baden ze je regelrecht het paradijs in en een kartonnetje van zes volstond om je te verzekeren van stralende zonneschijn tijdens de vakantie.

'Echt?'

'Zij geloofde erin, ik niet. Haar gebeden werden dus verhoord, de mijne nooit.'

'Heb je geen foto van jou als kind?'

'Massa's, maar ik val nog liever dood dan die te laten zien. Toon jij me liever jouw collectie, en de donkere kamer waar je zoveel van je tijd doorbrengt.'

Daar, in die piepkleine ruimte hadden ze de resterende onwennigheid weggekust. Daarna hadden ze elkaar nog nauwelijks losgelaten.

'Nooit mensen?' had ze gevraagd toen ze samen zijn fotomappen doorbladerden.

'Heb ik voor vandaag nooit aan gedacht,' had hij geantwoord.

Ze had gebloosd als een klein meisje.

's Middags waren ze hand in hand naar de bakker gelopen. Niki had gelijk. Madame Germaine was een heks. De blik die ze Katherine had toegeworpen, was ronduit giftig geweest. Van koken was er niet veel terecht gekomen. Terwijl hij een kruidenomelet bakte, had zij sla aangemaakt. Hij had haar nek gezoend, zij had zich naar hem toegekeerd en ineens had de keuken vol rook gestaan. De eieren waren met de pan erbij in de vuilnisbak beland.

'Zal ik opnieuw beginnen?'

'Nee. Laat ons omgekeerd eten.'

'Omgekeerd?'

'Ik heb desserten altijd lekkerder gevonden dan hoofdschotels en voorgerechten en ik droom er al jaren van om een maaltijd te beginnen met het toetje.'

Dus hadden ze koffie gedronken en taartjes gegeten. Daarna had hij haar chocola gevoerd. Nooit hadden zoenen zoeter gesmaakt. Ze hadden gevreeën op de keukenvloer. Ze was er bang voor geweest, had ze hem achteraf bekend. Hij ook. Later, tijdens hun wandeling door het park — voor de rest van de geplande bezoeken was er geen tijd meer geweest — was ze er nog even op teruggekomen. Of hij haar bij hem thuis had uitgenodigd om met haar te kunnen vrijen.

'Ben jij gekomen om te vrijen?'

'Ja en nee.'

Hij wist precies wat ze bedoelde.

'Natuurlijk wilde ik met jou vrijen, maar er was meer. Ik wilde je vooral bij mij thuis hebben. Ik wilde je door de kamers zien lopen zodat de spiegels je beeld konden vasthouden, ik wilde dat je stem de ruimte vulde zodat ik om het even wanneer de echo zou kunnen oproepen en natuurlijk wilde ik ook je geur in mijn bed, maar het is zeker niet daarvoor dat ik je vroeg te komen.'

'Slaap je nu vannacht in de keuken?' had ze gevraagd.

'Misschien wel.'

'Nergens voor nodig.'

Ze hadden nauwelijks de tijd genomen om de zwanen vaarwel te zwaaien.

Nummer vijf zat verstopt in de broodzak.

Smakelijk!

Hoe had ze het eigenlijk voor elkaar gekregen? Terwijl hij onder de douche stond? Had hij haar zo lang alleen gelaten? Had hij zoveel van hun kostbare tijd verprutst? Ze was behoorlijk geschrokken toen ze merkte dat ze twee uur langer was gebleven dan voorzien.

'Krijg je moeilijkheden?'

'De kinderen zullen ongerust zijn.'

Geen woord over André. Ze sprak nooit over hem. Bracht hij het onderwerp ter sprake, dan haalde ze haar schouders op en schakelde over op iets anders. Hield ze nog van haar man? Beschouwde ze al die gestolen uurtjes, deze gestolen dag als een verzetje, als een tussendoortje? Onmogelijk! Tot zo'n bedrog was ze niet in staat. Ze lag gewoon in de knoop met zichzelf. Door te zwijgen probeerde ze haar huwelijk te ontkennen. Hoogstwaarschijnlijk voelde ze zich vreselijk schuldig. Naar wat hij uit haar verhalen over vroeger had kunnen opmaken, was ze zeer traditioneel en katholiek opgevoed. Hij zou het met haar moeten uitpraten. Waarom had hij die kans deze namiddag niet aangegrepen? Ze had hem notabene de pap in de mond gegeven.

De slaapkamer bood uitzicht op het marktplein met de onlangs gerestaureerde kiosk. Ze hadden samen voor het raam gestaan.

'Wat een prachtige stad,' had ze gezegd, 'en wat een zalig huis. Ik ben gek op die oude onpraktische huizen. Je zou hier een hele kolonie kunnen herbergen zonder er last van te hebben.'

'Ik wil geen kolonie. Met jou, Sarah en Stefan ben ik al dik tevreden.'

'Zou lelijk kunnen tegenvallen. We zijn heus niet zo lief als we eruit zien.'

Ze had gelachen en een zoentje op zijn neus gedrukt.

Het was bijna een jawoord geweest en hoe had hij erop gereageerd? Op de stomst mogelijke manier! In plaats van serieus op haar antwoord in te gaan, had hij haar opgetild en naar het bed gedragen. Heel stom. Verrukkelijk stom. Hun lichamen hadden nog niet de tijd gekregen af te koelen en ze waren allebei hypergevoelig geweest. De warmte van zijn adem had volstaan om haar te laten veranderen in vloeibaar goud, zelf was hij onder haar blik opgeklommen tot een hoogte waarvan hij nooit het bestaan had vermoed; ze waren allebei klaargekomen zonder elkaar zelfs maar aan te raken.

Maandag zag hij haar weer. Morgen kon ze zich niet vrijmaken.

'En het weekend?' had hij gevraagd.

'Absoluut onvoorspelbaar,' had ze geantwoord.

André, vermoedde hij.

Het laatste *billet doux* lag op zijn hoofdkussen.

Ik zie je.
(graag)

Hij sloot zijn ogen, zag hoe ze vijftig kilometer verder naar hem lag te kijken, voelde hoe zijn bloed van baan veranderde en wist wat hem te doen stond. Maandag zou hij haar vragen met hem te trouwen.

André

januari '95

'Zullen we naar de dierentuin gaan?' had hij gevraagd.
'Wij?'
Hij had geweten dat ze verbaasd zou zijn. Hij had verwacht dat ze zou tegenpruttelen. De zoo? Nu? Bij deze kou? Die nadruk op wij had hij niet voorzien. Daarom had hij er ook geen verweer tegen gehad. Hij had een immense woede voelen opkomen. Waren er soms anderen waarmee ze liever een uitstapje zou maken? Hij zou die vuile slet bij haar haren naar boven moeten sleuren om haar een flink pak slaag te geven!

Waren de kinderen er niet geweest, dan had hij dat waarschijnlijk ook gedaan, al zou het even waarschijnlijk hun laatste gezamenlijke activiteit geworden zijn. Hij zou haar hebben doodgeslagen, en had hij zich al weten te beheersen, dan zou zij hém de trap wel hebben afgegooid. Zoals ze in de auto naast hem had gezeten, met dat strakke, witte gezicht en die op alles voorbereide blik in haar ogen, had ze er gevaarlijker uitgezien dan de ratelslangen die ze daarnet waren gepasseerd. Hij had er voorwaar een stijve van gekregen.

'De Grote Zoo?'
'Die van Antwerpen?'
'Jullie moeder schijnt er niet zoveel zin in te hebben,' had hij het enthousiasme van Saar en Stef ingedijkt.

Tegen hen had ze natuurlijk niet op gekund. Haar redelijke argumenten hadden niet de minste indruk gemaakt.

'Doe niet zo flauw, mama! Dan trekken we gewoon een extra trui aan, en als alle tropische dieren achter slot zitten, dan hebben we dubbel zoveel tijd voor de ontropische. Krijg ik eindelijk eens de kans om een gelukkige ijsbeer te zien. De laatste keer dat we er waren, konden die beesten zich nauwelijks bewegen van de hitte.'

Katriens positie was helemaal onhoudbaar geworden toen Stef zijn geschut in stelling bracht.

'Ik vind dat we moeten gaan. Voor die ene keer dat papa eens tijd heeft. We doen bijna nooit iets samen.'

'Vind ik ook,' was Saar hem bijgevallen.

Daarmee was het pleit beslecht. Hoe ze er ook tegenop zag om de namiddag met hem door te brengen, aan de kinderen wou ze dat duidelijk niet laten merken. Heel interessant. Zou hem in de toekomst nog van pas kunnen komen.

Wat de kou betreft had ze in elk geval gelijk gehad; het was ijzig. Hij zou voorstellen dat ze de buffels — of wat het ook waren — oversloegen en meteen naar de apen gingen. Dan konden ze daarna misschien een koffietje gaan drinken. Hij vroeg zich af waarom ze die tropische kassen per se voor het laatst wilde bewaren. Hoopte ze soms dat hij een toeval zou krijgen? Niet denkbeeldig. Kwam meer voor dan je wel zou denken. Onlangs nog. Het had in de krant gestaan. Een oud moedertje. Bevangen door de kou terwijl ze stond te wachten op de tram. Dood. Hij was natuurlijk twintig of dertig jaar jonger dan dat mens, maar zijn conditie was verre van schitterend. Hoe zou ze reageren wanneer hij in elkaar zakte? Zou ze toch niet een beetje schrikken? Was ze echt in staat om hem achter te laten en...

'Wel, wel, wie we hier hebben! Onze voorbeeldige huisvader! Is dat je vrouwtje? Zou je ons niet even voorstellen? Wat scheelt eraan, André? Gaat het niet? Je tong verloren?'

'Wat doen jullie hier?'

Verkeerd. Helemaal verkeerd. Als ze er nu maar niet op ingingen! Deden ze natuurlijk wél.

'Wij? Antwerpen is onze thuishaven, dat weet je toch. En we willen ook wel eens een frisse neus halen, een mens kan tenslotte niet altijd werken, nietwaar? Hoe zit het, stel je ons voor of moeten we zelf de honneurs waarnemen?'

Ze hadden er plezier in, die krengen. Zoals ze daar stonden te gniffelen. Dat zou hij hun betaald zetten. Met zijn knuppel tussen

hun benen zouden ze wel anders piepen!
'Nadine en Alexandra. Klanten van mij.'
'Goeie klanten, nietwaar André?'
Hij besloot hen te negeren.
'Katrien, mijn vrouw, en dit zijn...'
'Ik heb liever dat je de kinderen er buiten laat. Dat zullen de... dames wel begrijpen, denk ik?'

Die kleine pauze voor 'dames', die tot boogjes gekrulde wenkbrauwen... Ze wist het! Ze moest het al eerder geweten hebben. Geen verbazing, geen afgrijzen. Enkel...

'Net zoals de dames wel zullen begrijpen dat de heer die wekelijks bij hen de bestelling komt opnemen — of is het leveren? — in niets lijkt op de heer die ik gewend ben. Als de dames ons nu willen excuseren. Het is tamelijk fris vandaag. Goedemiddag.'

Het zweet liep tappelings langs zijn rug. Hij wilde maar dat de kinderen bij hen aan tafel waren gebleven.

'Niets van,' had hij geantwoord toen ze twintig frank hadden gevraagd voor het biljart.

'Waarom niet?' had Katrien hem tegengesproken. 'Hier aan tafel zitten ze zich toch maar te vervelen. Hier.' Ze had hen honderd frank toegestopt. 'Ga maar wisselen. En dat is voor een extra drankje. Jullie pa en ik hebben een cognacje besteld. Wij zullen ook wel een tijdje zoet zijn.'

Hij wilde haar niet aankijken. Wetende dat zij wist wat hij wist dat ze wist... Toch kon hij zijn ogen niet van haar afhouden. Sinds wanneer was ze zo mooi? Wat een figuurtje! En die lippen. Donkerrood en glanzend. Gebruikte ze lippenstift? Sinds wanneer? Hoe lang was het geleden dat hij haar naakt had gezien? Ze was ronder geworden. Moest je die borsten eens bekijken. Het zou hem niets verwonderen dat ook haar heupen hun benigheid hadden verloren. Hoe had ze 'm dat gefikst? Had ze soms...

'Heb jij een minnaar?'

Het was eruit voor hij het besefte. Godallemachtig! Als ze maar geen scène maakte.

'Ben jij een pooier?'

Hij kon zijn oren niet geloven. Dat toontje van haar! Ben jij een pooier? Even rustig, even koel alsof ze zou gevraagd hebben of hij moe was, of ziek, of de zoon van Alfons en Clementine.
'Nee.'
'Nee. Geen minnaar.'
Hij nam een grote slok cognac.
'Wil je praten?'
'Zijn we toch mee bezig.'
'Hoelang weet je het al?'
'Weet ik wat?'
'Wel, eh...'
Nee. Geen bekentenis! Hij stak nog liever in het openbaar zijn broek af dan toe te geven dat hij een pooier was. Dat was hij trouwens niet. Net zo min als zij het lief was van iemand anders. Hoe zou zijn vrouw nu andermans lief kunnen wezen? Het was niet meer dan een dreigement geweest. Mannetje, pas op! Ik hou je in de gaten! Ga jij over de schreef, dan doe ik dat ook. Niets aan de hand.
'Ja?'
'Dat Gaston er een bizarre cliëntèle op nahoudt?'
'Ik had het kunnen weten nadat ik zijn vriendin had gezien.'
'Officieel ben ik financieel bemiddelaar.'
'En officieus?'
'Ook.'
'Wil dat zeggen dat je promotie hebt gemaakt?'
'Promotie?'
'Je was toch aangenomen als vertegenwoordiger.'
'Dat ben ik ook.'
'André, wil je ophouden met me te belazeren.'
'Maar nee, liefje...'
'Ik ben je liefje niet.'
Niet op ingaan, hield hij zichzelf voor. Geen aandacht aan schenken. Ze was over haar toeren door die ontmoeting met Nadine en Alexandra. Waar haalden die twee eigenlijk het lef vandaan om hem in het openbaar aan te klampen? Wat déden ze in de dierentuin? Was dat tegenwoordig de *place to be* of waren ze aan het tippelen geweest? Voilà, die kwestie was ook weer opgelost. Deden ze lastig, dan zou

hij aan Gaston vertellen dat hij hen op heterdaad had betrapt. Ze wisten maar al te goed hoe Gaston zwartwerkers aanpakte. Ze zouden héél lief moeten zijn als ze wilden dat hij zijn mond hield. Hij voelde zich meteen een stuk opgewekter.

'Nu moet je eens goed naar mij luisteren, Katrien. En me niet voortdurend onderbreken. Het zit zo. Ik ben aangeworven als financieel bemiddelaar en dat is ook mijn job, maar je weet net zo goed als ik dat Gastons klanten nu niet precies uitblinken in verstand...'

'Uitblinken in verstand? Wat is dat voor een uitdrukking? En voor alle duidelijkheid: het intelligentiequotiënt van hoeren is niet mijn specialiteit. Van bordelen weet ik evenveel af als van xenogamie.'

'Xenogamie? Wat is dat voor iets?'

'Geen flauw idee.'

'Katrien, wil je asjeblieft je mond houden!'

'Sorry. Ga door.'

'Waar was ik nu gebleven?'

'Uitblinken in verstand.'

'Wat?'

'Je zei dat ik heel goed wist dat Gastons klanten nu niet precies uitblinken in verstand.'

Ze zat hem uit te lachen. Haar gezicht stond doodernstig, maar toch zat ze hem uit te lachen. Hij kon het voelen aan zijn eksterogen. Dat ze zich die houding nog bitter zou beklagen, voelde hij ook. Diep vanbinnen was alles aan het borrelen en gisten. Stukje bij beetje veranderde zijn maag in een donker gat. Het zou niet lang meer duren voor die donkerte zou exploderen; dat zou Katrientje niet overleven. Zonder hulp van broeder-roetmop zou die nikkerdel het evenmin hebben overleefd. Hij had haar direct de hersenen moeten inslaan, hij had nooit mogen wachten tot ze was uitgekleed. Zoals ze daar voor hem had gestaan, in dat vieze, blote zwart, alsof iemand haar binnenstebuiten had gekeerd... Hij rilde. De voet waarmee hij haar een schop had verkocht, was wekenlang gevoelloos gebleven. Zijn schoen had eruit gezien alsof hij in kokende pek had gelegen. Dat peeskamertje had een eindpunt kunnen zijn, of een keerpunt, dat wist hij niet precies. Er had bloed moeten vloeien, dik en doorschijnend. Bloed zou het kolken vanbinnen hebben bedaard. Katrien zou veilig geweest zijn. Alles zou totaal anders zijn gelopen.

'André?'

'Precies. Je begrijpt toch dat je in zo'n milieu niet met ronkende titels of geleerde woorden hoeft aan te komen. Dat soort volk heeft veel meer fiducie in een simpele vertegenwoordiger.'

'En wie of wat vertegenwoordig jij?'

'Gaston natuurlijk. Vertrouwt me onvoorwaardelijk. Geld ontvangen, de drankvoorraad inventariseren, vergunningen lospeuteren...'

'Voor boeman spelen?'

Hij haalde zijn schouders op, goot de rest van zijn cognac naar binnen en wenkte de ober.

'Hetzelfde, meneer?'

Katrien was hem voor.

'Nee,' zei ze, 'tijd om af te rekenen.'

'Terug naar huis? Het wordt stilaan donker.'

'Maar papa, we hebben niet eens de apen gezien!'

'En de vlinders. Die hebben we nog nooit bezocht!'

'Ze hebben gelijk, André. We hebben nog meer dan een uur. Eerst het apenhuis en daarna het kleine gespuis. Akkoord?'

Hij voelde zich niet op zijn gemak. Dat verergerde nog toen ze haar arm door de zijne haakte. Net of alles koek en ei was. Hij vertrouwde het voor geen cent.

'Even mijn veter vastmaken.'

Zijn hoop werd de bodem ingeslagen. In plaats van samen met de kinderen door te lopen, bleef ze rustig op hem wachten. Als een veroordeelde sjokte hij naast haar voort.

'Moe?'

'Niet echt.'

'Scheelt er iets?'

Waarom hield ze haar mond niet.

'Apen interesseren me niet. Wat zie je erin?'

'Het menselijke, denk ik. Kijk eens naar dat vrouwtje. Vind je het niet ontroerend zoals ze haar baby zit te vlooien?'

Het enige wat hij zag, was een vuile, zwarte teef. Net op tijd slikte hij een vloek in.

'Ze gaan sluiten,' zei hij mat. 'Ik ga alvast de auto ophalen.'

'Pas op! 't Is rood! Wat scheelt je toch? Dat is nu al de tweede keer!'

'Katrien, wil je asjeblieft je snater houden, je maakt me doodnerveus!'

'Het is mama's schuld toch niet! Ze heeft gelijk. Weet je niet hoe gevaarlijk het is om door het rood te rijden? We hadden allemaal dood kunnen zijn!'

Saar natuurlijk. Dat wicht verdedigde haar moeder als een kloek haar kuikens. Hij zou zich met plezier te pletter rijden. Was hij maar nooit... Met ongelovige verbazing staarde hij naar buiten. Moest je dat wijf daar zien lopen. Een dikke winterjas, handschoenen, sjaal... terwijl hij hier binnen zat te creperen van de hitte. Geschift waren ze. Allemaal. Wacht maar! Na het avondeten reed hij direct naar Godelieveke. Hij wilde wel eens weten waarom die twee van daarstraks vrijaf hadden gekregen. Hij...

'Groen.'

'Zei je iets?'

'Het is groen.'

Waarom haalde ze haar hand niet weg? Waarom zat ze hem voortdurend aan te kijken? Hij werd er ziek van.

De wagen schokte en viel stil. Ook dat nog.

'Papa, waarom wou je eigenlijk naar de zoo? Je houdt niet eens van dieren!'

'Zal ik het stuur overnemen, André?'

'Het enige wat jullie moeten doen, is stilzitten en zwijgen! Wie ik nu nog hoor, stapt uit en gaat te voet naar huis! Begrepen?'

Zo te zien, waren ze behoorlijk geschrokken. Muisstil was het opeens. Eindelijk rust. Het enige wat bewoog, was die hand. Brandend, schroeiend, heet als de hel. Ze deed het erom, daarvan was hij overtuigd. Ze zat hem al de hele tijd te jennen. Dat verhaal over die spinnen bijvoorbeeld. Of ze wisten dat de wijfjes hun partner opvraten na het paren?

'Amaai!' had Saar gegiecheld. 'Dat ziet er slecht uit voor papa!'

Stef die niet wist waarover ze het hadden, had er bijgezeten voor spek en bonen.

'Wat is paren?'

En in plaats van die jongen in zijn onschuld te laten was Katrien hem godbetert seksuele voorlichting gaan geven!

'Dat is een ander woord voor vrijen,' had ze gezegd. 'Vrijen, dat ken je toch? Zoentjes geven en lief zijn voor mekaar en...'

'Bij ons op school noemen ze het neuken.'

'Stef, ik verbied je...'

'Laat hem toch, André.'

Ze had verdomme zitten lachen! En dan had ze ook nog het lef gehad om haar hand op zijn dij te leggen!

Haar vingers hadden geen moment stilgelegen. Steeds hoger kropen ze. En dat waar de kinderen bij waren! Ze was van plan hem af te maken, hij zag het aan haar glimlach. Veel te lief. Absoluut onbetrouwbaar. Wilde ze hem soms castreren! Zijn ballen voelden aan alsof ze op een gloeiende kachelplaat lagen. Hij kreunde.

'Gaat het niet, André?'

Jij godverdomse vuile teef, dacht hij.

Voilà! Het soupeetje dat ze hem meesmuilend had voorgesteld, kon ze in haar reet stoppen. Nooit eerder had een telefoontje van Gaston hem zo'n plezier gedaan. Dat er gevochten was bij Godelieve en dat het stuk crapuul gedreigd had terug te komen om de boel kort en klein te slaan.

'Zou jij naar ginder kunnen rijden om een oogje in het zeil te houden?'

Voor de schijn had hij een beetje tegengesputterd. Of Gaston soms niet wist dat het zaterdag was, en dat zijn wijfje hem net een heel aangename avond had beloofd.

'Ik ben er zeker van dat de meisjes je even aangenaam zullen bezighouden. Wat dacht je van *carte blanche*? Zal ik Godelieve verwittigen dat je absolute voorrang verdient?'

'Wie zijn er van dienst?'

'Samantha, Angelique, Viviane en Adèle.'

Adèle! Sinds wanneer was die bij Lieveke ondergebracht?

'Zei je *carte blanche*?'

'Ja. Zolang je dat stuk crapuul niet vergeet, mag je de hele nacht van bil gaan. Op voorwaarde natuurlijk dat de meisjes niet gereserveerd zijn.'

'Je kan op mij rekenen.'

'Dacht ik wel. De groetjes aan je vrouw. Als ze het echt niet meer uithoudt, mag ze mij opbellen. Voor de goede zaak wil ik me best een keertje opofferen.'

'Doe ik. Tot maandag?'

'Tot maandag.'

Ze had verdomd zuur gekeken toen hij aankondigde dat hij onmiddellijk diende te vertrekken. Over het aanbod van Gaston had hij wijselijk gezwegen. De soep waarin ze stond te roeren had er behoorlijk heet uitgezien en ze zou niet geaarzeld hebben hem die pan naar zijn hoofd te smijten. Kutwijf! Hij was blij dat hij vanavond zijn zinnen kon verzetten. Hoe langer hij erover nadacht, hoe minder het gesprek van deze namiddag hem beviel. Al met al was het een meevaller dat Nadine en Alexandra niet van dienst waren. Nu kreeg hij tenminste de kans om zich met Adèle bezig te houden. Die had nog een flinke schrobbering van hem tegoed. Als zijn pens haar niet beviel, moest ze zich maar op haar buik draaien. Een kontje dat erom smeekte opgewarmd te worden, daar had hij nu écht zin in. Wedden dat ze op haar blote knieën zou smeken om gewóón geneukt te worden! Hij zou het lekker lang rekken. Lekker lang. Dat was zijn specialiteit. Met de nadruk op lang. Nee, geen minnaar, had Katrien gezegd. Had het accent niet op geen moeten liggen? Nee, géén minnaar. Wat had ze dan wél? Een vriend? Een lief? Een plaatsvervanger? Was ze soms van plan hem te dumpen? Wist ze niet dat ze daarmee haar doodvonnis tekende? Zag ze niet in dat hij haar liever de keel afsneed dan haar te moeten afstaan aan iemand anders? Begreep ze niet dat hij al die andere wijven neukte om haar in ere te houden? Zijn lieve, lieve Katrientje! Morgen zou hij haar vertellen hoeveel hij van haar hield.

Jean-Pierre
januari '95

'Ik heb het er nog over gehad met Joseph. Hij is het volledig met me eens. Wat denk jij?'
 'Ik weet het niet.'
 'Hoe zou je ook! Je hebt geen woord gehoord van wat ik heb gezegd!'
 'Toch wel, lieve. Natuurlijk wel. Je zei dat Joseph er precies hetzelfde over dacht.'
 'Waarover?'
 'Moet ik dat nu allemaal herhalen? Ik ben toch geen papegaai!'
 'Wáárover?'
 Joseph... Was dat niet die zak waarmee ze 's woensdags ging lunchen? Mister Midas die alles wat hij aanraakte in goud veranderde? Een huis vol kunst en een kluis vol juwelen?
 'Wel... eh... die affaire van...'
 'Is dit een doelbewuste poging om de spanning op te drijven?'
 'Laat me toch even nadenken.'
 'Je hoeft niet na te denken. Je hoort te luisteren wanneer ik je iets vertel.'
 'Die affaire van die expositie,' gokte hij. Recht in de roos. Hij zag het aan haar gezicht. 'Zie je nu wel dat ik luisterde! Ik ben alleen niet zo'n ochtendmens als jij. Dat zou je na al die jaren toch wel mogen weten.'
 'Je lijkt wel een zombie, zoals je daar zit. Wat is er eigenlijk met jou aan de hand, Pierre?'
 'Niets lieve, helemaal niets. Het is de leeftijd. Zullen we deze namiddag naar *Amarant* gaan? Mozart zal me goed doen.'
 Ze draaide al weer bij. Er zat minstens een halve centimeter echte

boter op haar broodje. Deed ze alleen wanneer ze zich in haar nopjes voelde.

Drie uur, had hij geantwoord op de vraag hoe laat hij was thuisgekomen. Het was kwart voor zes geweest, en hoewel hij zich had voorgenomen wakker te blijven om op zijn gemak de gebeurtenissen van afgelopen nacht te overdenken, was hij als een blok in slaap gevallen. Wat een lumineus idee van hem om haar dat concert voor te stellen. Zij hield ervan en hij zou tenminste de gelegenheid krijgen om zijn gedachten op een rijtje te zetten. Daar...

'Wat zei je, lieve?'

'Je hebt het deze keer wel heel erg te pakken, nietwaar Pierre? Ben je er zeker van dat je om drie uur thuis was? Ik zei dat we volgende maand zeker die Rose-tentoonstelling moeten gaan zien. Een buitenkansje.'

'Jouw wil is wet, lieve.'

Ze kon er voorwaar om lachen.

Die spanning in zijn buik, die versnelde hartslag, de dwaze glimlach die zijn mondhoeken optrok... geen twijfel mogelijk, hij was verliefd. God, dat hij zoiets nog mocht meemaken! Wel jammer dat hij niet wist op wie. Het was niet te geloven hoeveel ze op elkaar leken. Het zouden zusters kunnen zijn. Hetzelfde slanke figuurtje, die grote mond, het roestbruine haar...

'Weet je dat ik weken naar jou heb gezocht?' had hij gevraagd.

'Heb je haar ontslagen?'

Dat zij hem ook nog herkende, had hem onnoemelijk veel deugd gedaan.

'Ja, maar ze heeft wraak genomen. Ze heeft de hele firma schaakmat gezet.'

'Daar ben ik blij om.'

'Ik ook. Ik ben trots op haar.'

Ze had gemerkt dat hij het meende.

'Daar moeten we op drinken.'

'Champagne?'

'Voor minder doe ik het niet!'

In plaats van te bellen, was hij naar beneden gegaan.

'De hele nacht,' had hij gezegd. En dat de prijs er niet toe deed, op voorwaarde dat ze niet gestoord zouden worden. 'Kan ik een fles champagne krijgen?'
'Welke?'
'De beste.'
'Mag ik u vragen nu meteen af te rekenen? Veertigduizend.'
Een kwart van zijn maandloon; het had een peuleschil geleken. Toen was die vent tussenbeide gekomen.
'Kamer drie is voor mij.'

'Schitterend! Lang geleden dat ik zo van Mozart heb genoten.'
'Wat?'
'Maar Pierre, wat scheelt je toch? Lang geleden dat...'

'Wat zei u?'
'Hoor je niet goed? Ik zei dat Adèle voor mij is.'
Adèle. Wat een prachtige naam. Paste perfect bij haar.
'Dat kun je niet menen, André.'
Komisch, zoals Madams getekende wenkbrauwen onder haar pony waren geschoven.
'Reken maar van wél! Ik heb daarstraks Gaston nog aan de lijn gehad.'
'Ik ook.'
'Absolute voorrang, heeft hij gezegd.'
'Op voorwaarde dat de meisjes niet gereserveerd waren.'
'Niks mee te maken.'
'Meneer was vóór. Meneer heeft betaald!'
'Ook niks mee te maken.'
Madam had er plotseling heel geagiteerd uitgezien. Met een verontschuldigend glimlachje had ze hem de rug toegedraaid en die André bij zijn elleboog genomen om hem mee te tronen naar het andere eind van de bar.
'Zoekt meneer gezelschap?'
Hij had nauwelijks opgekeken. Ooit was ze blond geweest. Meer viel er van haar niet te zeggen.
'Nee, dank u. Alles is geregeld.'

Het gesprek verderop had hem veel meer geïnteresseerd. Zoiets had hij nog nooit mee gemaakt. Als hij nu eens stilletjes... Het leek wel of die vent zijn gedachten had geraden. Met een ruk had hij zich omgedraaid.

'Waag het niet naar boven te verdwijnen, makker. Ik sleep je aan je kloten naar buiten!'

Het was doodstil geworden. In alle andere omstandigheden zou Jean-Pierre het hazenpad hebben gekozen. Die kerel was duidelijk geen partij voor hem. Zeker tien jaar jonger, minstens vijftien kilo zwaarder en, afgaande op de gebalde vuisten, aan het eind van zijn geduld.

Zijn vrouw nam zijn hand en kneep erin.

Jean-Pierre kneep terug.

De ex-blonde — hij had zelfs niet gemerkt dat ze nog steeds naast hem stond — had hem in zijn dij geknepen.

'Laat je niet doen,' had ze gefluisterd. 'Geef die klootzak zijn vet. 't Is een sadistisch varken. Als hij dat kind te pakken krijgt, zit ze voor de rest van de maand op ziekteverlof. Doe iets!'

Weifelend had hij de bar rondgekeken. Hij had de schok van zijn leven gekregen. Ze stonden aan zijn kant. Allemaal. Hij werd overspoeld door een bijna tastbare golf van sympathie. Die André moest behoorlijk wat op zijn kerfstok hebben, het gebeurde uiterst zelden dat je als vreemde eend in de bijt steun kreeg van de autochtonen. Een van de meisjes had met gestrekte duim zelfs openlijk haar voorkeur betuigd. Toch zou hij dat allemaal aan zijn laars hebben gelapt als het niet om Champagne was gegaan. De rol van held lag hem niet, ruzie ging hij zoveel mogelijk uit de weg, de gedachte dat iemand hem een opdonder zou kunnen verkopen, bezorgde hem bij voorbaat maagpijn.

'Ik stel voor dat we Gaston de knoop laten doorhakken.'

'Als je die grote muil van jou niet dicht houdt, dan timmer ik hem dicht!'

Erg overtuigend had het niet geklonken en Jean-Pierre had zich dan ook niet laten intimideren.

'Kunt u misschien op uw woorden letten, er bevinden zich dames in het gezelschap.'

Zijn opmerking was op gelach onthaald. Het tweede kneepje van Blondie was bijna een liefkozing geweest. Onder het aanmoedigend gemompel van het aanwezige publiek was Madam naar de telefoon gelopen en had een nummer ingetikt. De man had geen enkele poging gedaan om haar tegen te houden. Op een teken van haar had hij even later de hoorn overgenomen. Het verdict was duidelijk af te lezen geweest van zijn hangende schouders. Madam had erop gestaan zélf de champagnekoeler te dragen.

'Pierre, waag het niet in slaap te vallen! Als ik ook maar één snurkje van je opvang, vertel ik morgen aan iedereen die ik tegenkom dat je al vanaf je vijfentwintigste een vals gebit draagt!'

Jean-Pierre glimlachte. Hoe zou ze reageren wanneer hij haar vertelde...

'Heb je me gehoord?'

Achter hèn werd gessssst.

Hij nam haar hand en kneep erin. Gerustgesteld kneep ze terug.

Ze had de tijd goed benut. Toen hij in het kielzog van Madam de kamer binnenstapte, stond ze voor het venster in hetzelfde jurkje als vorige keer.

'Dank je,' had hij gezegd.

'Ik dacht wel dat het je zou bevallen,' had ze geantwoord.

Nadat Madam de kamer had verlaten, was hij op het bed gaan zitten. Zij was bij het raam blijven staan. Pas toen hij er zeker van was dat hij haar rug overal zou herkennen, had hij de stilte verbroken.

'Dit etablissement heeft niet genoeg klasse voor jou.'

'Mis je het salonnetje?'

'Ik mis de sfeer die ervan uitgaat. Hier word je bijna verplicht direct in bed te duiken. Daar hou ik niet van.'

'Je bent een uitzondering. Voor de meeste mannen is dat het enige wat telt. Hier in deze buurt zou een zithoek een absoluut onrendabele investering zijn.'

'Je bent vast een goede leerling.'

'Wat bedoel je?'
'Je studeert toch economie.'
'Dat heb je waarschijnlijk van Marie-Thérèse?'
'Klopt het niet?'
'Toch wel. Ik ben tweedejaars.'
De voor de hand liggende vraag waarom ze nu precies op deze manier haar studies bekostigde, had hij niet gesteld.
'Wie is André?'
'André?'
'Beneden was er een vent die met mij op de vuist wou gaan omdat ik hem vóór was geweest.'
'Hoe zag hij eruit?'
'Tussen de veertig en de vijftig, dunnend haar, stuurse oogopslag, bierbuik, vuile tong.'
'Wat! Wou hij...'
'Ken je hem?'
'En of ik hem ken! De afgezant van Gaston. Denkt dat hij zich alles kan permitteren!'
'Hij schijnt nogal op jou gesteld te zijn.'
'Op mij gesteld! Hij zou mijn bloed kunnen drinken. Eerstens omdat ik op zijn vrouw lijk, dat weet ik van een van mijn vorige bazinnen, en tweedens omdat ik tijdens de testrit tegen zijn schenen heb geschopt.'
'Testrit?'
'Laat ons ergens anders over praten. Het is dégoûtant.'
'Mij doe je ook aan iemand denken. Het klinkt afgezaagd, ik weet het.'
'Je vrouw?'
'Nee. Je lijkt op Katherine, de vrouw die zich niet liet ontslaan.'
'Wat een toeval. De vrouw van André heet ook Katrien.'

'Mag ik even?'
'Wat?'
Toilet, mimeerde hij.
Met een geërgerde frons trok ze haar benen in en liet hem passeren.

In de toiletten was het heerlijk koel, bijna koud. Het werd tijd dat hij een beetje geregelder ging leven. Af en toe had hij van die verdachte steken in zijn borst, en met zijn ademhaling liep het ook geregeld verkeerd. Soms kreeg hij geen lucht en andere keren had hij het gevoel louter uit lucht te bestaan. Jean-Pierre haalde diep adem. Het was geen toeval. Het kon geen toeval zijn. Was die kerel hem van meet af aan niet bekend voorgekomen? Morgen zou hij een bezoekje brengen aan de personeelsdienst. Hij durfde er zijn hoofd om te verwedden dat de man van Katherine ook André heette. Hij was wel magerder geweest, die ene en enige keer dat hij samen met haar naar het personeelsfeest was gekomen. Niet zo opgeblazen. God in de hemel, was dat kind werkelijk getrouwd met zo'n verlopen sujet! Wist ze dat hij... Hij moest haar beschermen. En Adèle moest hij ook beschermen. Het was ontoelaatbaar dat... Nee, het was te gek om waar te zijn! Het kon niet! Hij was bezig zijn verstand te verliezen. Die verliefdheid had zijn hersenen aangetast. Was dat applaus? Het klonk in elk geval als applaus. Haastig ritste Jean-Pierre zijn broek dicht en keerde terug naar de zaal.

Hij had het aan haar overgelaten om de fles te openen en de glazen vol te schenken.

'Op Katrien,' had ze gezegd.

'Op jou.'

'Je voelt je niet lekker, hè?'

'Nee. Ik vind het hier vreselijk. Het lijkt wel een hoerentent.'

Ze had zo hard moeten lachen dat ze zich verslikte. Voor de hoestbui die daarop volgde, had hij met plezier zijn hele maandsalaris op tafel gelegd. Tegen de tijd dat ze was uitgehoest, was haar jurkje zo ver omhooggeklommen dat hij had kunnen vaststellen dat ze zich zijn voorkeuren nog precies herinnerde. Onder het bruine niemendalletje was ze helemaal naakt geweest.

'Dit is in elk geval een hoerenjúrk.'

Tenzij ze zo geslepen was dat ze zelfs haar blozen wist te beheersen, was haar gêne niet gespeeld geweest. Terwijl ze zich fatsoeneerde had hij zich discreet afgewend.

'Jij bent geen hoer.'

'Wat ben ik dan wel volgens jou?'
'Een meisje van plezier? Een geisha? Een courtisane?'
'Een geisha? Vermaak op niveau. Toen ik hieraan begon had ik het me zo voorgesteld. De werkelijkheid valt nogal tegen. De klanten willen geen niveau. Ze willen zelfs geen seks, niet in de betekenis die ik eraan geef. Ze willen alleen maar neuken.'
'Je had bij Marie-Thérèse moeten blijven.'
'Je hebt gelijk. *Tropical* beviel mij ook het best. Dat heeft met de ligging te maken, denk ik. Het is me opgevallen dat het er in de etablissementen buiten het centrum veel gemoedelijker aan toegaat. Ze hebben er ook een totaal andere clientèle. Veel beschaafder. Toch zijn ook daar mannen zoals jij in de minderheid. Ben je écht naar mij op zoek gegaan?'
'Hoe zou ik anders hier verzeild zijn geraakt?'

'Wat verlang je eigenlijk van mij! Eerst val je bijna in slaap, dan verpletter je mijn tenen omdat je zo nodig moet, en daarna sta je hier als een drugsverslaafde voor je uit te staren! Je kunt moeilijk verwachten dat ik je daarvoor om de hals val.'
'Moet je daar nu zo nijdig om worden?'
Deze keer liet ze niet toe dat hij haar hand greep.

'Wat verlang je van mij?'
Háár vraag was niet retorisch geweest.
'De hemel. Verlossing.'
'Seks.'
'Misschien. Niet noodzakelijk. Zouden we toestemming kunnen krijgen om uit eten te gaan?'
'Uit eten?'
'Ik wil graag eens tegenover jou aan tafel zitten. In een echt restaurant. Ik moet je iets opbiechten en daarna wil ik naar je kunnen kijken in een omgeving die beter bij je past dan dit hier. Zou dat lukken?'
'Hangt ervan af. Hoeveel heb je betaald?'
'Veertig.'
'Je bent erin geluisd.'

'Wat bedoel je?'

'Om middernacht word ik vervangen door Jacqueline. Jij hebt tot twee uur betaald.'

'Goed zo. Dat maakt elke toestemming overbodig. Laat ons gaan.'

'Mag ik me eerst omkleden?'

'Niet als je mijn geisha wil zijn.'

Terwijl hij achter haar de trap afliep, hadden zijn ogen haar kontje niet losgelaten.

'Ik heb zin in een wafel. Wat dacht je van de Caruso?'

'Jouw wens is mijn bevel, lieve.'

'Bewaar die kuren maar voor je secretaresses.'

Ze zou vandaag niet meer bijdraaien.

Ook nadat de ober de bestelling had opgenomen, bleef ze verdiept in de kaart. Jean-Pierre vroeg zich af hoe ze zou reageren wanneer hij haar zou voorstellen om in het toilet haar ondergoed te gaan uittrekken. En hoe hij zou reageren wanneer het onvoorstelbare zou geschieden en zij tegenover hem zou zitten zonder dat verstevigende harnas dat alles op zijn plaats en in de plooi hield. Voor een vrouw van halverwege de vijftig mocht ze best gezien worden, maar in vergelijking met de stralende jeugd van zijn meisjes...

'Je zult me wel een ouwe bok vinden,' had hij het gesprek geopend nadat ze hun keuze hadden gemaakt (kreeftensoep en lamsbout voor hem, seizoensla en oesters voor haar). 'Ik ben al aan mijn derde gebit toe.'

'Slechte tandarts.'

Het was belachelijk, maar wanneer hij alles op een rijtje zette, was hij er bijna zeker van dat het deze repliek was geweest die zijn hormonen in werking had gezet. Het was een antwoord dat uit de mond van Notelaers had kunnen komen.

'Ik heb je bedrogen. Terwijl jij... toen jij even niet keek, heb ik een slokje genomen.'

'Was dat de biecht?'

'Ja.'

'Dan zullen we nu klinken op de absolutie.'

Hij was op slag bloedheet geworden en dat was er tijdens de maaltijd niet op verbeterd. Tegen de tijd dat ze met een verzaligd gezicht haar laatste oester naar binnen had geslurpt, had hij noodgedwongen op het puntje van zijn stoel gezeten. Had ze het gemerkt? Vast wel. Ze had een beetje met hem geflirt. Hun gesprek was heerlijk dubbelzinnig en pikant geweest. Hij had geen moment het gevoel gehad dat hij een klant was. Ze had hem behandeld als een gewone man, als een vriend. Ook nadat haar dienst was afgelopen was ze de perfecte geisha gebleven.

'Zullen we te voet gaan?'
'Pierre, ben je nu helemaal gek geworden! Het vriest!'
'Een beetje frisse lucht...'
'Bewaar dat maar voor de goedgelovigen!'
'Heb je er iets op tegen dat ik een taxi voor je bel en zelf te voet ga?'
'We leven in een vrij land. Zolang je maar niet denkt dat ik je zal verplegen wanneer je morgen in bed ligt met een longontsteking! Met al je kuren! We waren beter met de auto gegaan. Zou je me misschien eens kunnen uitleggen waarom die vandaag op stal moest blijven? Heb je soms een ongeluk gehad vannacht?'
'Nee, lieve. Geen ongeluk.'

Jean-Pierre koos de weg van de minste weerstand en nam plaats op de achterbank. Toen hij aanstalten maakte naar haar toe te schuiven, klapte ze met een resoluut gebaar de armleuning neer.

'Kan ik je een lift geven?'
'Zou je me kunnen afzetten bij het station?'
'Natuurlijk. Ik wil je ook thuisbrengen. Of is dat tegen de regels?'
'Tegen mijn regels.'
'Ik begrijp het.'

Het was een korte rit geweest. Ze had hem niet aangekeken. Ze had niets gezegd. Hij had geen enkele poging gedaan haar aan te raken. Ook niet toen de parking aan de voorkant vol bleek te zijn en hij zich verplicht zag een plaatsje te gaan zoeken in de schaduw van de pakhuizen aan de achterzijde.

'Sinister hier,' had hij opgemerkt. 'Ik loop even met je mee.'

Toen hij was uitgestapt om het portier voor haar open te maken, was zij blijven zitten.

Jean-Pierre leunde achterover en sloot zijn ogen. Zo had hij gisteravond ook gelegen, terwijl zij... Hij kon het nog steeds niet geloven.

'Pierre, ben je ziek?'

'Nee. Moe.'

'Ben je moe?' had hij gevraagd toen ze geen aanstalten maakte om uit te stappen.

'Ik begrijp het niet,' had ze gezegd. 'Ik begrijp er niets van. Dit gaat mijn verstand te boven. Wil je werkelijk niets terug voor die veertigduizend frank?'

'Ik heb de absolutie gekregen.'

'Dan is het nu tijd voor de penitentie. Wat dacht je van de achterbank?'

Soms was de waarheid ongeloofwaardiger dan fictie.

'Ik hoef niet te eten, mijn maag is een beetje van streek. Ik ga de auto wassen.'

'Je gaat wát?'

'De auto wassen. Het nuttige aan het aangename paren. Ik heb nood aan een beetje beweging.'

Het was lang geleden dat hij haar zo van streek had gezien.

'Jij gaat nu, op een zondagavond, bij een temperatuur onder het vriespunt de auto wassen?!'

'Waarom niet?'

'Je hebt in geen jaren zelf de auto gewassen.'

'Ik heb ook in geen jaren nood gehad aan beweging.'

'Dat verklaart natuurlijk alles. Ik ga naar de film.'

Jean-Pierre glimlachte. Het beloofde toch nog een rustige avond te worden.

'Nee,' had hij geantwoord.

Een oude bok die een groen blaadje afslaat. Niemand zou het geloven, zelfs Croonens niet. En-toch-was-het-de-waarheid-niets-dan-de-waarheid-zo-helpe-mij-God! Die zou het trouwens zelf niet geloven. Daarvoor was zijn naam in de loop van de nacht net iets te veel misbruikt geworden. In godsherejezusnaam! Hij had nooit vermoed dat zoiets kon bestaan!

'Nee,' had ze gerepliceerd. 'Niet omdat ik me verplicht voel. Ik wil het. Ik hou van buitenbeentjes. Je bent er verdomme bijna in geslaagd me te ontroeren. Twee jaar geleden ben ik thuis weggegaan. Via-via-via hoorde ik dat mijn ouders er kapot van waren, dat ze hemel en aarde wilden verzetten om mij terug te krijgen, maar geen van beiden is ooit naar me toegekomen. Niettegenstaande al hun inspanningen hadden ze me niet gevonden, vertelden ze aan een van mijn via-via's. Jij hebt me wel gevonden. En weet je waarom? Omdat je het wilde. Het lijkt bijna...'

'Bijna wat?'

'Verzin zelf maar iets. En sla je armen om me heen, ik heb het koud.'

Ze had helemaal niet koud aangevoeld. Ook niet onder haar jas, ook niet onder het jurkje.

'Ik kan je niet meer accepteren als klant. Begrijp je dat?' had ze gefluisterd na de eerste keer.

Natuurlijk begreep hij het.

De achterbank had het zwaar te verduren gehad.

Jean-Pierre bedekte de sporen met een dikke laag tapijtschuim en begon te schrobben.

De Smeerlap
dossier XXX

Liefde in het echt bestaat niet. Het is een verzinsel van romanciers, het is hun specialiteit. Mijn bibliotheek puilt uit van de liefdeshistories.

Ik heb nog nooit een schrijver ontmoet — blijkbaar is literatuur lonender dan misdaad — en daar ben ik blij om, het lijkt me een gevaarlijk volkje. Een schrijver houdt zo'n beetje het midden tussen een illusionist en een demagoog: hij fantaseert buiten alle causale samenhang, verkoopt zijn fantasieën als werkelijkheid en spoort de goegemeente aan om volgens zijn illusoir model te gaan leven. En de sukkels laten zich gewillig meeslepen. Sinds jaar en dag houdt de helft van de wereldbevolking zich onledig met het najagen van waandenkbeelden.

Liefde in het echt bestaat niet omdat het overbodig is. Het is perfect mogelijk gezond en gelukkig oud te worden zonder dat plagiaatgevoel. Daar ben ik zelf het levende bewijs van. Ik word gerespecteerd door mijn collega's, gevreesd door mijn klanten, verwend door mijn nachtvlinders. Ik woon in een kast van een huis, heb meer dan voldoende geld op de bank en heb sedert mijn dertiende — toen ik werd aangereden door een auto en het er even naar uitzag dat ik als eunuch door het leven zou moeten gaan — niet meer gehuild. Eerlijkheidshalve moet ik hier aan toevoegen dat ik ook niet vaak heb gelachen, maar dat heb ik nooit als een gemis ervaren.

Liefde in het echt kán niet bestaan, want in de bijna vijftig jaar dat ik meedraai in het circuit heb ik er nog nooit een glimp van opgevangen. Met de uitwassen ervan — of beter gezegd: met de uitwassen van de zoektocht ernaar — werd ik wel geconfronteerd. Dagelijks. Moord en doodslag, jaloezie, slagen en verwondingen, kindermishandeling, verkrachtingen, snot en tranen.

Ik heb nooit begrepen waarom iedereen zo wanhopig op zoek is naar een verschijnsel dat zelfs op papier louter en alleen gekenmerkt wordt door negatieve bijwerkingen: blindheid, doofheid, stomheid, hartkloppingen, maagkrampen en een totale vernietiging van objectiviteit en redelijkheid. Het leek me dan ook onvoorstelbaar dat Katje zich als de eerste de beste boerentrien in de val had laten lokken. Daar was ze mijns inziens veel te verstandig voor. Een overschatting die me de kop zou kosten. Was ik na haar weekenduitstapje direct in de aanval gegaan, dan had ik haar dwaze idylle hoogstwaarschijnlijk in de kiem kunnen smoren, wat haar én mezelf veel miserie zou hebben bespaard. Nu verspilde ik een paar kostbare dagen met vissen naar acceptabele redenen voor haar gewijzigd gedrag, frustrerende dagen van omzichtige aanpak. Een eeuwigheid van verveling. Tegen de tijd dat ik tot het inzicht kwam dat mijn Katje zich wérkelijk had laten verneuken, was het te laat. Het zaad was uitgegroeid tot een giftige zwam die haar binnen de kortste keren zou overwoekeren. Ik borg mijn fluwelen handschoenen in de kast en ging aan de slag.

Katje is niet de enige die ik ooit een strafblad heb bespaard. In de loop der jaren heb ik meermaals verdachten uit de penarie geholpen. Ik vind het prettig wanneer mensen bij mij in het krijt staan, vooral wanneer het gaat om lui met een sleutelpositie. Mijn carrière staat of valt met de mogelijkheid gesloten deuren te openen. Het trio dat ik op pad stuurde om informatie in te winnen over Katjes hartendief stond zwaar bij mij in de schuld, ze deden alledrie behoorlijk hun best mij ter wille te zijn. Toch duurde het een hele poos voor ze met iets bruikbaars op de proppen kwamen. Aanvankelijk zag het er naar uit dat die Hooghenboom het leven van een koorknaap had geleid. Het had trouwens al heel wat voeten in de aarde gehad zijn familienaam te pakken te krijgen. Hoe inschikkelijk Katje zich ook gedroeg, hoe ze me ook overstelpte met verhalen en anekdotes, wanneer het om haar vriendje draaide, klapte ze dicht. Het heeft Serge Verpoest (werkzaam bij de administratie der directe belastingen, terecht beschuldigd van omkoperij en dank zij mijn toedoen nog altijd een vrij burger) bijna een week gekost om met behulp van de schaarse gegevens die ik uit Katjes brieven had gehaald Lieve Nick te identificeren. Het zou nog veel langer duren vooraleer ik erin zou slagen om met de door mijn equipe verzamelde ingrediënten een verdelgingscocktail te fabriceren waartegen die voortwoekerende liefdeszwam niet bestand was. Had ik de desastreuze gevolgen van die arbeid kunnen voorzien, dan had ik mijn tijd wel nuttiger besteed.

Ik loop op de zaken vooruit. Daarenboven heeft het geen enkele zin om de negativist uit te hangen. Wat ik kwijt ben geraakt, weegt niet op tegen hetgeen ik heb gekregen. Ik zou zelfs blij moeten zijn met mijn verlies. Uit ervaring weet ik dat het enkel de bezitlozen zijn die nooit geconfronteerd worden met diefstal. Dat ik vóór Katje nooit iets ben verloren, bewijst alleen dat er niets te verliezen wás. Nu kan ik tenminste nog teruggrijpen naar het dossier onder mijn matras. Elke duik hierin levert me gegarandeerd... ik weet het, ik verval in herhaling.

'Waar ben je bang voor?'
Het was de middag nadat ik de zachte aanpak had afgezworen en ik was niet van plan me met een kluitje in het riet te laten sturen.
'Bang? Wat bedoelt u?'
'De vraag lijkt me duidelijk genoeg. Waar ben je bang voor? Wat jaagt je schrik aan? Welke monsters bevolken je dromen?'
Ik was best tevreden met mezelf. Van dromen ging een zekere poëzie uit. Daar was een vrouw als zij, een vrouw met kunstenaarsbloed, vast gevoelig voor.
'Beesten.'
(Ik neem haar mee naar de dierentuin. Het is nachtdonker. Met rammelende sleutelbos loop ik naar de leeuwenkooi. Ze klampt zich aan me vast.)
'Welke beesten?'
'Niets speciaals. Allemaal.'
('Niet doen,' zegt ze. Ik loop verder. Opgelucht haalt ze adem. 'Eerst de kleintjes,' lach ik terwijl ik met een hamer de reptielenbakken te lijf ga. Ze gilt. Er springt een knoopje van haar blouse.)

'Welke beesten?'

'De snelle, de glibberige, de giftige, de bijtende, de springende, de lelijke... Ik zei het toch: allemaal.'

'Waarom?'

'Omdat ze snel, glibberig, giftig, bijtgraag, springvaardig of lelijk zijn. Tevreden?'

'Ben je bang voor vliegen?'

'Dat weet ik niet, ik heb nog nooit gevlogen.'

'Hou me niet voor de gek. Je weet best wat ik wil zeggen.'

'Ah! U bedoelt vliegenbeesten!'

Dat toontje van haar... Het maakte me tegelijkertijd razend en bloedheet. (Ik rammel haar dooreen tot haar kleren als stof van haar lichaam vallen. Dan werp ik me op haar.)

'Die bedoel ik, ja.'

'Soms.'

'Wanneer?'

'Als ze met velen zijn. Als u ooit *The Birds* heeft gezien, weet u wat ik wil zeggen.'

Ik wist wat ze wou zeggen. (Omdat ze tegenstribbelt en pertinent blijft weigeren om zich te laten nemen zoals het hoort, besluit ik haar een lesje te geven. Ik keten haar en open de vogelkooien. Met honderden strijken ze op haar neer en hullen haar in een verenkleed. Pas als ze ophoudt met schreeuwen, jaag ik hen weg en maak haar los. Ik hoef niets meer te vragen. Bevend valt ze op haar knieën en knoopt mijn gulp open.)

'Wat doe je met spinnen?'

'Die zuig ik op. Doe ik met alle insekten.'

Heel even was ik van mijn apropos gebracht. Had ik haar goed verstaan? Had ze mijn gedachten geraden en suggereerde ze dat... Ik kan me niet herinneren ooit gebloosd te hebben, maar dat penibele moment kreeg ik het toch eventjes warm. Die beelden! Die heerlijke, duivelse beelden! (Haar mond vormt een perfecte O, haar ogen verwijden zich, samen met haar tong en mijn vlees zuigt ze haar wangen naar binnen.)

'Allemaal?'

'Ja. Regelrecht de stofzuiger in.'

Was het geen wonder? Al die vragen en antwoorden die perfect op elkaar aansloten terwijl we het allebei over iets totaal anders hadden? Met moeite onderdrukte ik een glimlach. Katje en ik waren voor elkaar geschapen.

'Waarom trap je ze niet dood?'

'Ik mag er niet aan denken. Dat gekraak, de vieze smurrie die je achteraf van je schoen moet schrapen, het risico dat je mis trapt en het beest tot razernij drijft...'

Op zulke momenten begreep ik waarom ze haar avonden al schilderend doorbracht. Wat kon een vrouw met zoveel fantasie anders beginnen? Wie had er ooit van een razende spin gehoord? Hoe kwam ze ertoe om dieren gevoelens toe te dichten? Waren alle vrouwen zo? Katje riep zoveel vragen bij me wakker dat ik aan een mensenleven niet voldoende zou hebben gehad om ze te stellen.

Ik ben mezelf niet meer. Hoewel ik gezworen heb het verleden te laten rusten, hoewel ik Katje heb afgeschreven, kan ik het niet laten me telkens weer af te vragen waar ik in de fout ben gegaan. Waarom is het me niet gelukt haar vast te houden? Ik deed het onmogelijke om alles van haar te weten te komen. Waar ze was opgegroeid, wat haar interesseerde, wie haar vrienden waren, wat ze haatte, waarvan ze hield, hoe ze haar werk organiseerde... Urenlang heb ik geprobeerd om haar te bewijzen dat haar leven gefundeerd was op bedrog en smeerlapperij. Ik heb mijn uiterste best gedaan om haar te tonen hoe onzinnig het was een fantasiewereld te creëren wanneer er een échte wereld voorhanden was, en toch is ze haar eigen weg gegaan. Waarom? Was het omdat ik me niet liet vertederen door de onzin die ze bij tijd en wijle uitkraamde?

'U lijdt aan beroepsmisvorming,' antwoordde ze toen ik een paar dagen later de verdachte inhoud van haar handtas nog eens ter sprake bracht. 'Hebt u dan helemaal geen fantasie? Ziet u dan niet dat het een overlevingsset is?'

Ik moet niet in de stemming geweest zijn die dag, want hoewel de nonsens waarmee ze kwam aandraven mijn dossier geen enkele meerwaarde verleenden, liet ik haar uitspreken.

'Stel dat ik verdwaal in een bos en dat ik dreig te verhongeren, dan kan ik met die zaklamp een konijn verblinden, met het gas kan ik het arme dier verdoven, het mes kan ik gebruiken om het beest te liquideren en te villen en met de aansteker kan ik een vuurtje maken om het vlees te roosteren. Ik zou ook gegijzeld kunnen worden door een bankovervaller. Schering en inslag tegenwoordig. Gisteren stond er weer zo'n affaire in de krant. 'Echtgenote van filiaalhouder opgesloten in washok!' Hebt u mijn mes goed bekeken? Daarmee moet ik toch wel in staat zijn om een deur open te krijgen! En dan heb ik het nog niet gehad over gewone ongelukken. Breek ik mijn been tijdens het skiën en kom ik terecht in een sneeuwstorm, dan hoef ik tenminste niet te wachten op zo'n Sint-Bernard. Ik heb altijd een noodrantsoen bij me. En dat heeft niks te maken met misdadigheid. Het is gewoon een kwestie van vooruitzien.'

Had ze nu echt verwacht dat ik zo'n krankzinnige uitleg au sérieux zou nemen? Of had ik haar verhaal moeten afdoen als een grap? Dat zou ik niet eens hebben gekund. Ik voelde me niet in stemming om te lachen. Het kostte me verduiveld veel moeite om kalm te blijven. Het liefst van al had ik haar een flink pak slaag gegeven. (Ik trek haar naar me toe en leg haar over de knie. 'Schreeuw maar,' zeg ik. 'Schreeuwen en tegenspartelen, daar hou ik van.' Ze zwijgt. Ik til haar rok op en stroop haar broekje af. Er bestaat niets mooiers dan blozende billetjes.)

'Dat volstaat!'

Ze schrok ervan.

'Wat...'

'Dat soort onzin kan ik missen als kiespijn. Wat zou je ervan denken wanneer ik je spelletje meespeelde en deed alsof ik je geloofde?'

'Wat bedoelt u?'

'Wat zou je ervan denken wanneer ik dat geraaskal doorbriefde aan de bevoegde instanties?'

'Ik begrijp niet...'

'Denk je dat er ook maar één persoon te vinden is die een stel kinderen zou toevertrouwen aan een vrouw die zich gedraagt alsof het leven een detectiveroman is?'

'Wat weet u van romans af?'

'Ik heb er meer dan achtduizend gelezen.'

'Dan hoort u te weten dat...'

'Laat me uitspreken! Aan een korte samenvatting van de categorie avontuur en spanning heb ik absoluut geen behoefte. Van jou verwacht ik de waarheid. Geen boekenverhaaltjes. Begrepen?'

'En hoe komen die schrijvers aan hun verhalen, denkt u? Veronderstelt u soms dat ze die gewoon verzinnen? Dan wordt het hoog tijd dat ú een beetje realistischer wordt. Hebt u zich al eens afgevraagd waar ik de inspiratie voor mijn schilderijen vandaan haal?'

'Dat is me wel duidelijk na die uitleg van daarnet.'

'U snapt er niets van. Zelfs de grootste fantast is niet in staat iets te verzinnen wat niet bestaat. Alles wat ooit is geschreven, verfilmd of geschilderd, is gebeurd of zal gebeuren.'

Ik was ontzet. De stelligheid waarmee ze sprak, bracht me zodanig van de wijs dat ik me achteraf zelfs niet meer herinnerde hoe ik het gesprek een andere wending had gegeven. Ik was er nauw aan toe haar naar huis te sturen met de mededeling dat ik haar nooit meer wilde zien.

Sedertdien heb ik veel nagedacht. Het heeft me geen goed gedaan. Mijn leven zal nooit meer worden wat het vroeger is geweest. Omdat ik nog liever ter plekke zou doodvallen dan te aanvaarden dat al die neergeschreven, gepenseelde of verfilmde poespas gebaseerd is op realiteit, ben ik verplicht om toe te geven dat Katje ziek was en dat ik mijn kostbare tijd heb gespendeerd aan iemand die het niet verdiende. Ik ben tot de ontdekking gekomen dat er twee soorten van mensen bestaan: zij die gewoon zien en zij die te veel of verkeerd zien. Katje behoorde tot de laatste categorie. Ik heb het uitgetest.

'Vertel me wat je ziet,' vroeg ik haar net na nieuwjaar terwijl ik haar een naaktfoto toeschoof uit een van mijn pornodossiers. Zelf had ik hem omschreven als 'aantrekkelijke naakte vrouw in uitdagende pose' en meer viel er ook niet over te zeggen, dacht ik.

Zij dacht er duidelijk anders over. Aan de hand van die ene foto construeerde ze binnen de vijf minuten een heel leven. Afkomst, sociale omstandigheden, precieze leeftijd (hoewel het mens op de foto er in mijn ogen minstens tien jaar ouder uitzag dan ze was), gevoelens, voorkeuren... Je kon het zo gek niet bedenken of Katje verwoordde het. Toen ze weg was, heb ik haar beschrijving vergeleken met de dossiergegevens. Ik kom er eerlijk voor uit dat ik even moest slikken toen ik constateerde dat ze er niet zo ver naast bleek te zitten. Het was een griezelige ervaring. Achteraf bekeken is dat fotospelletje een van de doorslaggevende argumenten geweest om haar te confronteren met de waarheid over André. Ik wilde haar duidelijk maken dat ze niettegenstaande haar zienersogen op sommige vlakken zo blind was als een mol. Ik wilde aantonen dat haar gave zich uiteindelijk tegen haar zou keren omdat ze enkel zag wat ze wilde zien. Dat is me trouwens gelukt. Nadat ik haar had laten kennismaken met de échte André is haar zucht naar valse romantiek — het woord drukt niet precies uit wat ik bedoel, maar ik ken er geen beter — fel afgenomen. Waarom heb ik de toestand dan op de spits willen drijven door haar ook nog Lieve Nick af te nemen?

Het moet nu maar eens uit zijn met al die waaroms en al dat gepieker. Geen van de fouten die ik maakte, had vermeden kunnen worden om de simpele reden dat het geen fouten wáren! Ik was normaal, Katje was dat duidelijk niet. Om botsingen met haar te vermijden, had ik me moeten gedragen alsof ik even gek was als zij en dat was meer dan van een redelijk denkend wezen verwacht kon worden. Ik ben al veel te ver gegaan. Met haar onschuldige smoeltje is ze er bijna in geslaagd me te beheksen. Sinds ze me in de jij-jij-positie heeft gemanoeuvreerd, heb ik de grond razendsnel onder mijn voeten voelen wegzinken.

Na de eerste ontmoeting in *De Ton* ging ik niet meer terug naar kantoor. Zonder de minste gewetenswroeging zocht ik een dokter op om me arbeidsongeschikt te laten verklaren. Lage rugpijn is een prachtkwaal, ze valt nauwelijks te behandelen. Dozen vol medicamenten heb ik in de vuilnisbak gegooid. Uiteindelijk zou Sector Drie het een kleine maand zonder mij moeten stellen. De beterschapskaarten van mijn chef en collega's vlogen ongelezen de papiermand in. Boodschappen liet ik aan huis bezorgen. Het eerste pakketje dat werd afgeleverd, was een antwoordapparaat zodat ik niemand tegen mijn zin te woord hoefde te staan. Ik ging enkel de straat op om Katje te ontmoeten, de rest van mijn tijd besteedde ik aan het voorbereiden van die afspraken. Ik bestudeerde de etiquette, haalde een oude cursus gesprekstraining van onder het stof, herlas verschillende romans om me de burgermentaliteit eigen te maken en verhoogde stelselmatig de druk op mijn informanten die belast waren met Hooghenboom. Het mocht niet baten. Al mijn inspanningen ten spijt, kreeg ik het niet voor elkaar een natuurlijk overwicht te behalen. Dieper en dieper zonk ik. Er zijn dagen geweest dat ik er serieus over nadacht bloemen voor haar te kopen, meer dan eens heb ik me afgevraagd of ik het zou wagen haar te begroeten met een handkus. Ik dank God en al zijn Heiligen dat ik die verleidingen heb weten te weerstaan.

(1) Liefde in het echt bestaat niet. Ik ben een rechercheur. Ik geloof in de wet, ik geloof in de waarheid. (2) Liefde in het echt bestaat niet. Ik geloof in rechtvaardigheid, ik geloof in straf. (3) Liefde in het echt bestaat niet. Elke dag zal ik het tien keer schrijven. (4) Liefde in het echt bestaat niet. Dat ben ik aan mezelf verplicht. Om het nooit meer te vergeten..(5) Liefde in het echt bestaat niet.

Kwam het doordat zij er zo stralend uitzag? Was het haar parfum dat me naar het hoofd steeg? Waren het haar verhalen die me bedwelmden? Of kwam het omdat ze soms naar mij lachte alsof ze het meende? Ik weet het niet. Ik wil het niet weten. (6) Liefde in het echt bestaat niet. Binnen in mij zit een steen die er vroeger niet zat. Op een dag werd ik wakker met de zon in mijn ogen. Ik haalde Katjes dossier vanonder mijn matras en begon te lezen. In het felle licht leken haar verhalen werkelijker dan mijn leven. Zelfs die verhalen waarvan ik honderd procent zeker wist dat ze verzonnen moesten zijn. Achter het behang zag ik Katje als zeventienjarige op haar fiets springen, ik voelde de ijskoude stormwind, sloot mijn ogen toen die wind haar van de fiets tilde en in de gracht wierp, snoof verachtelijk bij het zien van de jongen die haar recht hielp en zijn jas over haar schouders legde. Met een vloek keilde ik het dossier door de kamer en stond op. Toen voelde ik die steen. Het was tien voor negen. Tijd voor harde actie. (6-bis)Liefde in het echt mocht niet bestaan.

Een zichzelf respecterend rechercheur mag geen zwakheid kennen. (7) Liefde in het echt bestaat niet. Ik kon niet toestaan dat ze me ontsnapte omdat ze geloofde in iets wat niet bestond. (8) Liefde in het echt bestaat niet. Dat ik zelf ging geloven in iets onbestaands was helemaal uit den boze! (9) Liefde in het echt bestaat niet. Ik zou het haar bewijzen. Alle ingrediënten voor de cocktail waren voorradig. Het enige wat ik hoefde te doen, was shaken en serveren. (10) Liefde in het echt bestaat niet.

'Ik zou graag iets willen weten,' begon ik. 'De eerste keer dat we hier in *De Ton* afspraken, had je het over een oneerbaar voorstel. Ik ben al vaker van plan geweest om erover te beginnen, maar het schoot me altijd te binnen op het verkeerde moment. Kwam dat voorstel van...' Ik aarzelde. Zou ik het wagen zijn naam te vernoemen? '...van je vriend?' speelde ik op veilig.

'Wat een stomme vraag. Die hoeft me toch geen oneerbare voorstellen te doen!'

Plots woog die steen honderd kilo. Gelukkig vormde de wetenschap dat ik op het punt stond om dat smerig stuk intrigant aan de kaak te stellen een aardig tegenwicht. Zoniet was ik gegarandeerd door de vloer gezakt. Ik besloot om de onthulling nog eventjes uit te stellen. Hoe langer ik kon blijven kijken naar haar spottend, veelbetekenend glimlachje, hoe mooier het zou zijn om die glans te zien verdoffen. Aanvankelijk was ik ervan overtuigd geweest dat Rudy haar had benaderd. Achteraf was ik daaraan gaan twijfelen. Katje was zijn type niet. Rudy viel voor kortgerokte, goedgevleesde dellen die hem kirrend complimenteerden met zijn gespierde borstkas.

'Was het Rudy?' vroeg ik toch maar voor alle zekerheid.

'Rudy? Welke Rudy?'

'Degene die patiënt niet kon spellen.'

'Je collega? Waar zou ik die tegen het lijf moeten gelopen zijn!'

'Jouw collega dan?'

Zijn naam ontsnapte mij, hoewel ik hem ergens had genoteerd. Katje had het een paar keer over hem gehad en omdat ik de indruk had gekregen dat hij achter haar aanzat, was hij toegevoegd aan de lijst van eventueel te checken personen, een lijst waar ook haar baas, dokter Van Steen en een of andere advocaat op voorkwamen.

'Nee. Waarom?'

'Omdat ik degenen die jou belagen, met plezier een lesje zal leren.'

'Mij belagen! Heb je gisteren misschien Shakespeare gelezen? Maak er toch niet zo'n melodrama van. Ik zat op de trein en...'

'Waarnaar toe?'

'Daar heb je niks mee te maken. Naar Nergenshuizen. Ik zat dus op de trein en er kwam een vent tegenover mij zitten die me aansprak, me vertelde hoe mooi hij me vond en me voorstelde om samen met hem het nest in te duiken. Dat was het.'

'Die brutale aap!'

'Waarom? Hij kwam er tenminste eerlijk voor uit dat hij alleen geïnteresseerd was in seks. Hij probeerde me niets op de mouw te spelden. Van jou kan dat niet gezegd worden. Als je op de vuist wil gaan met mijn belagers, begin dan maar met jezelf een schop voor je kont te geven.'

Daarmee was ze te ver gegaan. Dat ze me beschouwde als een aasgier, een lijkenpikker en een zielenzuiger deerde me niet, maar dat ze me op één lijn stelde met het crapuul dat haar wilde vernietigen, was onacceptabel. Het leek wel of die steen met de seconde zwaarder werd. Duizend kilo woog hij. Zulk gewicht kon ik niet langer meedragen.

'Ik heb medelijden met jou.'

'Nergens voor nodig.'

'Hoe moet je ooit gelukkig worden als je er niet in slaagt om de goeden van de slechten te onderscheiden?'

'Ik bén gelukkig.'

'Neem nu die Nick van jou...'

'Laat Nick erbuiten.'

'Wist je dat zijn eerste vrouw onder zeer verdachte omstandigheden is gestorven?'

'Laat hem erbuiten,' zei ik.

Het verzoek werd ontkracht door de toon waarop het werd uitgesproken. Ze wilde niet dat ik zou zwijgen. Haar nieuwsgierigheid was gewekt.

'Wist je dat hij beschuldigd is van moord? Nee, je hoeft me niet te antwoorden, je gezicht spreekt boekdelen. Wat zeg je? Verleden tijd? Zou kunnen. Mensen veranderen soms. Toch vind ik het merkwaardig dat hij je niets heeft verteld. En wist je dat hij financieel aan de grond zat toen hij je ontmoette? Of beter gezegd, vóór hij je ontmoette. Eigenlijk hoor ik te zeggen: vóór hij die ontmoeting arrangeerde. Begrijp je me niet? Vreesde ik al voor. Hij heeft je dus ook niet verklapt dat hij voor je aanbeden mecenas werkt? Je merkt het, de wonderen zijn de wereld nog niet uit. Hoe ik dat allemaal weet? Het is mijn job alles te weten. Mag ik je een goede raad geven? Vraag hem eens waarom gladde Gerard hem maandelijks vijftigduizend frank betaalt. En welke tegenprestatie hij daarvoor moet leveren? Eventueel kun je ook eens informeren naar dat voorschot van tweehonderdduizend frank. Of zo'n cadeau niet een tikje ongebruikelijk is? En bewaar die misprijzende blik maar voor hem. Of kan het je niet schelen dat hij je in opdracht van Gerard heeft versierd? Oh, ik begrijp het, je gelooft me niet. Wil je bewijzen? Kijk, een kopie van het arbeidscontract.'

De tranen die ik had verwacht (voor het eerst proef ik smeltend vrouwenvlees) bleven uit, maar terwijl ze het contract bestudeerde, werd ze zo bleek dat ik even durfde te hopen dat ze flauw ging vallen. (Net op tijd vang ik haar op. Ik maak de knoopjes van haar blouse los en druk mijn mond op de hare. langzaam krijgt ze weer kleur. Even later slaat ze de ogen op en glimlacht me toe.) Ze bleek harder dan ze eruit zag. (Hoewel ze het inwendig uitgilt van pijn, slaagt ze erin haar gezicht in de plooi te houden.)

Ze heeft geen afscheid genomen. Ik heb haar nooit meer teruggezien. Vrouwen zijn onbetrouwbare krengen. Je doet al het mogelijke om hun leven in goede banen te leiden, je verandert jezelf in een man waarvan je denkt dat hij aan hun eisen voldoet en in plaats van je te bedanken, laten ze je zitten. Liefde in het echt bestaat niet.

De stap van de ingebeelde ziekte naar een heuse kwaal is bitter klein. Een dikke week lag ik in bed. Daarna heb ik mijn rechercheurspak aangetrokken en ben ik weer naar kantoor gegaan. De enige juiste beslissing. Katje is dood en mevrouw Notelaers zou ik niet meer herkennen. Gezichten komen en gaan, vlees is goedkoop. Liefde in het echt bestaat niet.

Katherine
februari '95

Worrying is like a rocking-chair. It keeps you moving but it brings you nowhere. Deze keer was ze regelrecht naar huis gereden. Wat dácht die zielenzuiger eigenlijk? Dat ze Nick aan de kant zou zetten? Waarom zou ze? Omdat hij had verzwegen dat hij voor Gerard werkte? En wat dan nog? Haar geheim woog minstens even zwaar als het zijne. Hoe zou hij reageren als de ene of de andere klootzak haar lunchafspraakjes ging overbrieven? Zou hij háár in de steek laten? Tuurlijk niet. Hij hield van haar, en zij van hem.

'Omdat het Lichtmis is,' had ze die donderdagmorgen tegen hem gezegd.
'Wát is het?'
'Lichtmis. Dan is er geeneen vrouwke zo arm of ze maakt haar panneke warm! Vierden jullie dat niet? Mijn arme, ketterse lief, wat heb jij een boel feestjes gemist!'
'En daarom heb je vrijaf genomen!? Jij bent écht een rare, wist je dat?'
'Nee, slimmeke! Ik zei zomaar iets. Zal ik een andere reden verzinnen? Omdat Sarah vannacht vrouw is geworden. Wat vind je dáár van? Of omdat Stefan gisteren twee melktanden is kwijtgeraakt. Omdat er een vleugje lente in de lucht hangt. Dat is ook een goeie, nee?'
'En de beste?'
'Ik had gewoon geen zin om te werken vandaag. Ik wil schilderen.'
'Zal ik je komen helpen?'
'Breng me niet in de verleiding, lieverd. Je weet het, die ontta-

kelde zolder werkt me op de zenuwen.'

Een leugen was dat niet geweest. Die kale zolder máákte haar nerveus, maar niet zo sterk dat ze er een zalige vrijpartij voor wilde missen. Het was die afspraak in *De Ton* die haar verhinderd had om in te gaan op zijn voorstel.

'Nog iets gehoord van Gerard?' had hij gevraagd.

'Geen woord. Die rukt zich vast de haren uit het hoofd.'

'Zou best kunnen.'

Was dat het antwoord van iemand die werd betaald om haar te versieren? Ze geloofde er niets van. Dat contract was gewoon nep. Hoe was het mogelijk dat ze daardoor even van de wijs was gebracht? Ze wíst toch hoe handig die smeerlap was. Ze had verdomme met haar eigen ogen gezien wat hij met haar brieven had gedaan. Wat een vreselijk creatuur was die man. Ze wou hem nooit meer, nooooiiiiit meer zien!

'Als je wilt, mag je deze namiddag komen kijken hoe het werk is opgeschoten.'

'Ik vreesde al dat je het nooit zou voorstellen.'

'Drie uur?'

'Daaromtrent.'

'Ik zie je graag.'

'Ik zie jou graag.'

Hij had het gemeend. Ze was er zeker van. Op haar leeftijd was ze best in staat leugen van waarheid te onderscheiden. Wat die aasgier ook mocht beweren: de goeden en de slechten leken niet op elkaar.

Waarom hield ze zich dan al vier dagen bezig met het bewijzen van het tegendeel? Waarom zat ze hier als een levend lijk voor zich uit te staren? Omdat ze sedert donderdag nauwelijks geslapen had. Omdat er een knellende band om haar maag zat. Omdat haar gedachten pertinent weigerden om de weg te volgen die ze voor hen had uitgestippeld.

Worrying is like a rocking-chair... Ze was voor de ezel gaan zitten alsof dat gesprek in *De Ton* niet had plaatsgevonden. Hoofd in de nek, handen ontspannen op de dijen. Achteraf had het geleken alsof ze zich niet had bewogen. Het zoveelste bewijs dat schijn bedroog. Nooit eerder had ze zo snel en accuraat gewerkt. Zelfs over de naam had ze niet moeten nadenken. *'Verzamelde leugens!'* Het had er gestaan nog vooraleer ze het had bedacht.

... *It keeps you moving, but it brings you nowhere.* Ze hoorde thuis in een psychiatrische instelling. Mooie spreuken debiteren en tegelijkertijd al het mogelijke doen om ze te ontkrachten. Het leek wel of ze ervan hield om in het vagevuur weg te kwijnen. Puur masochisme! Waarom had ze donderdag haar auto in de garage gezet? Had ze werkelijk de intentie gehad om hem te wassen of had ze haar aanwezigheid niet willen verraden? Waarom was ze gaan douchen op het moment dat Nick zou arriveren? Om de bel niet te horen of om hem te kunnen verwelkomen met natte, achteruit gekamde haren en een weinig verhullende kamerjas? Knettergek werd ze hiervan. Ze had die bel écht niet gehoord. Hád hij wel gebeld? En had het niet van verrassend weinig volharding getuigd om het zo vlug op te geven en terug naar huis te rijden? Waarom had hij daarna niets meer van zich laten horen? Ze was nogal uithuizig geweest de laatste dagen en nadat ze op het werk per ongeluk de telefoon van het bureau had gestoten, was ze ook daar onbereikbaar geweest, maar had hij wel gepróbéérd om haar te bereiken?

Rocking-chair, rocking-chair... Vandaag had ze weer vrijaf genomen. De telefoon deed het prima. Behalve het feit dat hij weigerde over te gaan, deed dat verrekte ding het prima. Ze had het gecontroleerd. Niets aan de hand. Helemaal niets aan de hand. *Rocking-chair, rocking-chair...* Ze zou de krant lezen. Daar was ze in dagen niet aan toegekomen.

'BIGAMIST VOOR VIJF JAAR ACHTER TRALIES!' Moest je dat zien! Je hield het eenvoudig niet voor mogelijk! Die vent had er jarenlang twee vrouwen op nagehouden en geen van beiden had ook maar iets in de gaten gehad. 'De affaire kwam aan het licht bij een routinecontrole van de rijkswacht.' Vast een onbekende tweelingbroer van André. En die vrouwen waren doordrukken van haarzelf. Even blind, even makkelijk om de tuin te leiden. Hoewel... Als ze ervan uitging dat die Smeerlap geprobeerd had om Nick erin te luizen, hoorde ze dan ook niet te veronderstellen dat André onterecht was beschuldigd? Waarom had hij zich dan zo verdacht gedragen? Of had zij met haar vertroebelde blik zijn gedrag verkeerd geïnterpreteerd? Was het niet normaal dat hij de deur uitging wanneer zij zich op zolder opsloot? Stel dat ze met Nick getrouwd was... Nog zo iets. Die gekkerd hád haar ten huwelijk gevraagd. Welke versierder-om-den-brode zou zoiets stoms doen? Had ze 'ja' gezegd, dan zou ze mevrouw Hooghenboom geworden zijn. Hooghenboom-Notelaers. Wat een prachtige combinatie! Niet afdwalen. Realistisch blijven. Stel dat ze met Nick was getrouwd, zou ze dan verwachten dat hij overal als een schoothondje achter haar aantrippelde? Stomme vraag. Er zou geen enkel probleem zijn. De tijd die zij al schilderend doorbracht, zou hij vullen met studiowerk. Kreeg één van beiden genoeg van het alleen zijn, dan zou de ander dat onmiddellijk aanvoelen. Zeker weten. Terwijl zij haar penselen uitspoelde, zou hij zijn foto's te drogen hangen en ze zouden zo perfect op elkaar zijn ingesteld dat ze gelijktijdig op de overloop zouden staan. Tachtig procent van de getrouwde stellen deden het uitsluitend in het nachtdonkere bed, maar daar zouden zij geen geduld voor hebben. Ze zouden vrijen te midden van... Wat een hitte! Sarah had waarschijnlijk weer met de thermostaat geknoeid. Niet dromen. Bij de pinken blijven. Wat nam ze André kwalijk? Dat hij geen binnenhuispassie had? Ze nam hem niets kwalijk. De laatste veertien dagen had hij zich heel schappelijk gedragen. Hij was bijna gezellig geweest. Wás dat zo? Of was ze onder Nicks invloed toleranter geworden? Was ze vlugger tevreden dan vroeger? Natuurlijk was ze dat. Waarom zou ze zich nog langer aan André ergeren? Ze hield niet meer van hem. Ze had hem niet meer nodig. De verveling die hij uitstraalde, de stiltes, de stormen, zijn beweterige machogedoe, zijn onstilbare honger naar aanbidding... Ze had er niets meer mee te maken. Eigenlijk was zij een verschrikkelijk kreng. Neem nu gewoon de manier waarop ze Nick de laatste dagen had ontweken. Die arme schat zou vreselijk ongerust zijn. Hoe had ze nu zo stom kunnen zijn om zich door die lijkenpikker aan het twijfelen te laten brengen? Die vent was geschift! Zolang hij achter zijn bureau de touwtjes in handen had gehouden, was het nauwelijks opgevallen, maar in *De Ton* had hij het niet meer kunnen camoufleren. Of zag ze dat ook weer verkeerd? Misschien was haar visie op hem wel veranderd toen ze had ingezien dat hij haar niets kon maken. Angst en objectiviteit hadden het niet erg voor elkaar. Niks visie! Die man was niet normaal. Ze had het geweten zodra ze zijn terrein hadden verruild voor het hare. In zijn kantoor had hij zich thuis gevoeld. Zijn imitatie van doortrapt rechercheur was zo perfect geweest dat ze hem had herkend zonder hem zelfs maar te kennen. Hij had haar werkelijk de stuipen op het lijf gejaagd. Geen ogenblik had ze zijn macht in twijfel getrokken. Net zo min als ze zou twijfelen aan de macht van een rechter in toga. In *De Ton* had hij zijn pose moeten afleggen en was hij op de dool geraakt. De ene keer had hij haar benaderd met bijna charmante zwierigheid, de keer daarop met puriteinse afstandelijkheid om weer een dag later te vervallen in de stijl van vrienden onder elkaar. Nooit was hij zichzelf geweest. Bestond hij wel? Zijn woorden hadden altijd geklonken alsof ze door iemand anders waren bedacht. Waar had hij op aangestuurd? Hij wilde haar hebben, dat was duidelijk. Hij wilde haar isoleren van haar omgeving om... Waarom? Was hij soms verliefd op haar? Wat zou zij doen wanneer ze te weten kwam dat de man waarop ze stapelgek was, door zijn vrouw werd bedrogen? Zou zij... Nee. Zo gemeen was ze niet. Toch kon ze zich best voorstellen dat... Een mooie manier om liefde te uiten! Ze waren allemaal hetzelfde. Jean-Pierre zette haar aan de deur om haar vervolgens te overladen met bloemen, André bekende na een nachtje stappen dat hij haar liever zou vermoorden dan haar af te staan aan een concurrent en Smeerlap liquideerde de concurrentie om zichzelf de positie van steun en toeverlaat te verschaffen. Nog een geluk dat Nick zich normaal gedroeg. Waarom belde hij niet? Waarom belde zij niet? Ze was bang. In het beste geval zou hij vragen wat er aan de hand was en zou zij hem het antwoord schuldig moeten blijven. In het slechtste geval zou hij niets vragen, wat zou betekenen dat hij wíst wat er scheelde.

Rocking-chair, rocking-chair... Dat van zijn vrouw was onzin. De kans dat haar beperkte kennissenkring twéé moordenaars telde, was zodanig klein dat ze die tweede griezelstory met een gerust hart kon afdoen als fantasie. Waarom de tweede? Waarom niet de eerste? Omdat Nick geen geweldenaar was en André wél! Voilà. Opgelost. Nu nog de rest.

Werk jij voor Gerard?

Ik heb gehoord dat je voor Gerard werkt. Klopt dat?

Waarom heb je me nooit verteld dat je voor Gerard werkt?

Is het waar dat je betaald wordt om me te versieren?

Ze werd er misselijk van. Ze kon geen enkele manier bedenken om het onderwerp aan te kaarten zonder achterdochtig te lijken. Eigen schuld. Dat kwam omdat ze achterdochtig wás. Ze hield niet van hem. Had ze wel van hem gehouden, dan zou ze aan die smeerlapperij geen aandacht hebben besteed. Deed ze ook niet. Ze wilde niet meer piekeren. *Worrying is like...* Ze kon zich beter op die krant concentreren. Na een flinke portie wereldleed zou ze vast in staat zijn haar eigen zorgen te relativeren.

'ONBEKENDE VAN GOGH ONTDEKT.' Misschien haalde zij over honderd jaar ook het nieuws. '... De overgelukkige eigenaars hadden het doek gekocht op een rommelmarkt. Toen zij het door een restaurateur wilden laten schoonmaken, ontdekte die onder het oorlogstafereel...' Wat haar betrof mochten ze haar doeken duizend keer overschilderen, maar de eerste die het waagde haar ziel te bekladden met oorlogsgeweld zou het zich beklagen. Die barbaar zou ze vanuit haar veilige hemelplaatsje bestoken met de meest afgrijselijke nachtmerries. Wel sneu voor de marktkramer. Die man werd in het artikel niet eens vermeld. Zat zich op dit moment waarschijnlijk op te vreten van ergernis. Wat een ramp. Tot je zestigste de markt moeten doen terwijl je miljonair had kunnen zijn. Daarmee vergeleken was zij... Zie je wel, het relativeringsproces was al begonnen. Waar zouden háár doeken verzeild raken? Ze had zelf die tentoonstelling moeten organiseren. Dan zou ze tenminste weten waar haar scheppingen terecht kwamen. Zou ze de kopers bezoekrecht kunnen afdwingen?

'Waar ga je heen, mama?'

'Even een stukje schepping bekijken, mijn kind.'

Onlangs was ze in het park dokter Van Steen tegen het lijf gelopen. Ze waren samen koffie gaan drinken. Of ze nog last had van haar pols, had hij gevraagd, en of ze nog schilderde? Hij had *'Soi-Disant'* een ereplaats in de living gegeven.

'Helpt het?' had ze gevraagd.

'In welke zin?'

'Krijg je ongewenst bezoek nu makkelijker de deur uit?'

'Nog altijd even scherp, juffertje Slamaarraak? Ik had nochtans de indruk gekregen dat je gekalmeerd was. Je ziet er stralend uit. Ik zal je vraag eerlijk beantwoorden. Ja, het helpt! Al krijg ik niet vaak ongewenst bezoek. Wie niet uitgenodigd is, komt er bij mij niet in. De enige uitzondering daarop is mijn belastingscontroleur en die vond je doek zo ergerniswekkend lelijk dat hij totaal vergat dat hij was gekomen om mijn boekhouding te controleren. Daar zal ik je eeuwig dankbaar voor blijven. Mijn vrienden daarentegen zijn er gek op. Ik heb al verscheidene keren de kans gehad om het te verkopen. Voor véél meer dan de prijs van een gespalkte pols.

'Mag ik eens komen kijken? Ik heb nog nooit een van mijn werken aan de muur gezien.'

Nog nooit een van mijn werken aan de muur gezien. Zo had ze het gezegd, maar het klopte niet. Bij Nick hing... Een groot zwart gat. Nee! Ja! Dát had er ontbroken! Twee keer was ze bij hem thuis geweest. Anderhalve dag pure zaligheid en toch had ze op weg naar huis altijd het gevoel gehad iets te hebben gemist. Waarom? Daarom. Flauwekul. Het was haar gewoon niet opgevallen. Maak dat de kat wijs! Even checken? Voor alle zekerheid? Niet in het halletje. Niet in de woonkamer. Niet in de keuken, de badkamer of het berghok. Durfde ze de trap oplopen? Hing het boven? Nee. Wat had hij ermee gedaan? Had hij het doorverkocht aan Gerard? Had hij het als oud vuil naar het stort gebracht of was hij het totaal vergeten en lag het ergens weg te rotten? Niet zo hysterisch. Er was vast een verklaring voor. Welke? Er bestónd geen verklaring voor. Natuurlijk wel. Hij had het een rotwerk gevonden dat zo vlug mogelijk uit zijn blikveld diende te verdwijnen. Was het dan niet riskant geweest haar bij hem thuis uit te nodigen? Pffff! Hij had vast gedacht dat zijn aanwezigheid haar blind zou maken voor de rest, hij had er verdomme niet eens zo ver naast gezeten! Smeerlap had gelijk. Nick was een oplichter. Hij hield niet van haar. Wie haar werk in de vuilnisbak gooide, kón niet van haar houden. Meneer Hooghenboom was een ordinaire gigolo die zich liet betalen om... Waarom? Geen paniek. Kalm blijven. Logisch redeneren. Goed zo! Wat had ze hem gegeven dat hij nooit zou hebben gekregen als ze niet van hem had gehouden? Alleen zichzelf.

Daar kon het hem als gigolo niet om te doen zijn geweest. Wacht even. Ze had de verkeerde vraag gesteld. Wat had Gerard gekregen? Ook niets. Tenzij haar doeken, maar die had hij betaald, duur betaald, en Nick had die verkoop niet bepaald gestimuleerd. Ze zou hem opbellen. Direct. Zoals ze nu bezig was, hielp ze zichzelf naar de duivel. Die hel-en-verdoemenis-prediker in haar binnenste hing haar de keel uit. En de smeerlap die dit in gang had gezet, zou ze met plezier een kopje kleiner maken. Bellen. Nu! Nee. Asjeblieft. Ze wilde niet bellen. Ze wilde gebeld worden. Wat zat ze hier nu te janken? Had ze niet gekregen wat ze verdiende? Nee! Toch wel. Was ze verstandig geweest, dan had ze die Smeerlap in zijn sop laten gaarkoken. Na die onthulling over André had ze hem bij zijn ballen moeten grijpen en hem door het raam moeten gooien. En wat hád ze gedaan? Ze had stomweg een nieuwe afspraak gemaakt. Waarom? Om te bewijzen dat ze hem aankon. Om te tonen dat ze niet bang was. Om hem duidelijk te maken dat zij de slimste was. Om hem te zien stuntelen en om hem te horen stotteren. Het was fijn geweest om hem leugens te vertellen. Het was zalig geweest om zelf aan de touwtjes te trekken. Om te dénken dat ze aan de touwtjes trok! Op de keper beschouwd was zij nog geschifter dan Smeerlap. Zwijg! Niets van! Ze was pervers. Toen de wereld rondom haar totaal anders bleek te zijn dan ze altijd had gedacht, toen André's dubbelleven aan het licht was gekomen, had ze tot het einde willen gaan. Ze had álles willen weten. Niets was belangrijker geweest dan de naakte waarheid. Schijnheilige trut! Waarheid was bijkomstig. Macht, daar ging het om. Macht en schuld. Ze had André's misstappen gekoesterd omdat ze haar het excuus verschaften Nick te beminnen. Macht en pretentie. Het had haar een kick gegeven dat Smeerlap haar nodig had terwijl zij hem kon missen. Na al die jaren van afhankelijkheid was het een mooie revanche geweest. Een dure revanche. Het spel was uit. Wie het zwaard misbruikt, zal zijn kop zien rollen. Bellen. Nu! Nee. Niet voordat ze tot rust was gekomen. Ze wilde niet tegen hem gaan schreeuwen. Ze wilde haar gedachten op een rijtje zetten. Op een lijstje zetten. Een doelijst. Waar kwam die nattigheid vandaan? Zat ze nu toch te janken? Dat kwam omdat ze degenereerde. Doelijsten wezen op onmacht, op twijfel, op bangbroekerij. Durvers maakten geen lijstjes. Durvers deden. Een jaar lang had ze moedig en gedachteloos gedáán en nu opeens... Ze zou de krant verder doornemen. Dat was daarnet ook nuttig gebleken. De cultuurbijlage. Waar had ze die rottige cultuurbijlage gelaten? Notelaers, kalmeer! Schenk je een kop koffie in en waag het niet om te morsen. Goed zo. Hoe zit het met de reclamefolders? Is het niet mogelijk dat de cultuur verloren is gelopen tussen de zeep? Zie je wel! Theater... film... muziek...

'VYNCKIER HAALT ROSE IN HUIS! Het enfant terrible van de schilderkunst brengt blitzbezoek aan ons land en exposeert in Kamikaze. (zie p. 21).'

Vynckier? Háár Vynckier? Gerard?

Rose... Waar had ze die naam eerder gehoord? Van Nick? Nee. Elke onbekende grootheid die hij ter sprake had gebracht, was ze in de bibliotheek gaan opzoeken. Rose kende ze niet. Ze had nooit werk van hem onder ogen gehad. Toch zei die naam haar iets. A rose is a rose is a rose... Wacht! Klein ogenblikje. Ze had het bijna. Lang geleden. Hebbes! Het was Smismans geweest.

'Het doet me een beetje aan Rose denken,' had hij gezegd.
'Rose?'
'Ken je hem niet?'
'Nooit van gehoord.'
'Een Italiaanse Amerikaan. Of omgekeerd. Dat weet ik niet precies.'
'Is dat een compliment?' had ze gevraagd.
'Reken maar.'

Ze was er niet dieper op ingegaan, evenmin had ze de behoefte gevoeld om die Rose na te checken. Daarvoor was Theo net iets te gul met zijn vergelijkingen. Als je hem moest geloven, zaten zijn klassen vol Michelangelo's, Delvauxs en Monets. Veel bijzonders zou het wel niet zijn. Nick had haar in elk geval nooit op het bestaan van Rose gewezen. Toch leuk dat Gerard in de krant stond.

'Kijk eens. Dat is nu de man die mijn zolder heeft leeggehaald.'

Ze hoorde het zich al zeggen. Sarah en Stefan zouden het geweldig vinden. Vooral Stefan vond het leuk dat ze schilderde. Wist ze van zijn meester. Een paar weken geleden hadden ze in klasverband een tentoonstelling bezocht. Tijdens de nabespreking had Stefan apetrots verteld dat zijn moeder óók schilderde en dat haar schilderijen vééééél mooier waren dan die in het museum. Het had haar helemaal warm en verlegen gemaakt toen ze hoorde hoe hij haar had opgehemeld. Ze hoopte maar dat het artikel voldoende geïllustreerd was. Benieuwd wat die zogenaamde geestverwant ervan bakte. Pagina zeventien... negentien... Ziezo.

Het comfort van het vagevuur wordt enkel gesmaakt door degenen die de hel hebben leren kennen. Voor wie kennis heeft gemaakt met regelrechte vertwijfeling is de tweestrijd die eraan voorafging het paradijs.

Voor Katherine betekende pagina eenentwintig het einde. Elk woord, iedere foto ademde verraad uit.

'Weergaloos talent (...) Originele invalshoek (...) Onnavolgbaar technisch meesterschap (...) Bezeten fantasie...'

Dat zij noch origineel, noch weergaloos, noch onnavolgbaar zou zijn, daar kon ze mee leven. Op een bepaalde manier stelde het haar zelfs gerust. Uniciteit was veel te nauw verweven met eenzaamheid. Dat Gerard met geen woord had gerept over de treffende gelijkenis tussen haar werk en dat van Rose, kon ze ook nog aanvaarden. Hij had zijn naam van gehaaid zakenman eer aangedaan. De komedie die hij had opgevoerd was hoogstaand genoeg geweest om zijn toekomstige winst te rechtvaardigen en zij hoefde zich nooit meer schuldig te voelen over het feit dat ze hem zogenaamd het vel over de oren had gehaald. Dat de foto's bij het artikel van de hand waren van een zekere Nick Hooghenboom was níet aanvaardbaar. Het veranderde twijfel in goedgelovigheid, smeerlapperij in waarheid en liefde in schaamte. Het veranderde dag in nacht en hoop in wanhoop. Het betekende het einde van een tijdperk, het einde van een leven, het einde van alles.

Bellen. Nu direct. Er is vast een verklaring voor. Reken maar! Gigolo. Gigolo. Niets van geloven. Toeval. Verbazingwekkend toeval. Zonder die Tonroddels zou ze Nick onvoorwaardelijk hebben vertrouwd, zonder dit artikel zou Smeerlap nooit de overwinning hebben behaald. Dit was precies wat hij wilde, wat ze allemáál wilden: haar in het verdomhoekje drukken. Wedden dat deze bespreking een vervalsing was. Hij had macht, die smerige spion, veel macht. Dat wist ze. Hij was een meestervervalser. Dat wist ze ook. Geef hem geen kans. Gigolo. Gigolo. Niets van geloven! Bel Nick. Nu direct. Vraag hem wat er aan de hand is. Maak het hem niet te lastig. Maak het jezelf niet te lastig. Stel geen moeilijke vragen. Vroeger is voorbij en morgen is veraf. Alleen vandaag is belangrijk. Zijn warmte. Zijn lach. Zijn ik-zie-je-graags. Waardeloos. Hij had haar belogen! Nietes! Hij had bepaalde zaken verzwegen en dat had zij ook gedaan! Zou zij het kunnen verdragen dat hij haar daarvoor in de steek liet? Nee, ze verdroeg niets meer. Ze was al veel te vaak in de steek gelaten. Ze was al veel te vaak bedrogen. Nu zou zij degene zijn die de hakbijl hanteerde. Haar portie vertrouwen in de mensheid was opgebruikt. Wat hij had gedaan, deed er niet toe. Het enige wat telde, was dat zij het niet meer verdroeg. Jean-Pierre, André, Smeerlap, Nick... Vier keer anders. Vier keer gelijk. Ze hadden maar één doel gehad: haar kapot maken en ze kon er niet meer tegen. Ze kón er niet meer tegen! Begrepen? Gottegottegot! Waaide de wind uit die hoek? Begon ze weer van voorafaan? Weer die oude ziekenhuisstory? Inderdaad. Ze was niet veranderd. Ze wou niet veranderen. Ze wilde zijn wie ze was. Ze wilde leven. Was dat soms teveel gevraagd? Leven? Op haar eentje? Nee, niet op haar eentje, niet... Ze wist het niet meer. Gatenkaas. Valkuilen. Kleverige webben. Ze had zo'n honger. Ze wilde een boterham met kaas en aardbeienconfituur. Maar niet op haar eentje. Alstublieft! Niet op haar eentje!

De telefoon deed het prima. Ze had het gecontroleerd. Op het oorverdovende gerinkel na, deed dat verrekte ding het prima.
'Hallo?'
'Dag meisje.'
'Nee.'
Wat deed die kikker in haar keel? Ze haatte kikkers. Walgelijke beesten. Het zou verboden moeten zijn dat...
'Een vergissing. Ik ben je meisje niet.'
Wat een misbaar. Die vent wist van geen ophouden. De telefoon

bloosde ervan. De vonken sprongen eraf. De hoorn was zo heet dat hij haar wangen schroeide. Niets op tegen. Het gaf haar tenminste een reden om te huilen. Zonder het blussende traanvocht zou de boel in de fik zijn gegaan.

'Ik ken je niet. Ik wil niets met jou te maken hebben.'

De telefoon deed het prima. Ze had het gecontroleerd. Op die leugenstroom na deed dat vervloekte ding het prima.

Met een lach die haar gezicht in tweeën spleet, trok Katherine het snoer uit de muur en keilde het toestel tegen de tegels.

Het was twintig over tien. Ze had zeeën van tijd. Als je slim genoeg was om de deur die voor jou in het slot was gevallen, de rug toe te draaien, dan leek het of je net was vertrokken. Dan leek het of je die deur zelf op slot had gedaan om met een gerust gemoed te beginnen aan een lange, avontuurlijke reis. Dan leek het of de weg die zich voor je uitstrekte naar de hemel leidde. Dan leek het of je voor het eerst zélf kon beslissen waarheen je wilde gaan.

Het was eeuwen geleden dat ze zich zo lekker had gevoeld.

Met twee treden tegelijk vloog Katherine naar boven.

V

Stof

(mei '96)

Nick heeft Katherine nooit meer weergezien. Zijn brieven werden ongeopend teruggestuurd, telefonische oproepen werden onderschept door een antwoordapparaat of door een van haar onwillige collega's. Tegen de tijd dat hij genoeg moed had verzameld om haar te gaan opzoeken, bleek ze verhuisd — gevlucht? — en daar was hij zo kapot van dat hij verdere pogingen om met haar in contact te komen, heeft opgegeven. Eén keer meende hij haar te herkennen op de trappen van de kiosk tegenover zijn huis, maar hij was te dronken om de straat op te gaan. Sindsdien heeft hij de drank afgezworen. Hij wacht. Haar schilderij hangt boven zijn bed. De handgemaakte lijst waarmee hij Katherine had willen verrassen, heeft hij er weer afgehaald; een Notelaers behoeft geen opsmuk. Onlangs heeft hij ontdekt dat het colablikje op zijn nachtkastje vervalt op twaalf augustus, precies twee jaar nadat hij voor het eerst haar naam hoorde. Een duidelijke vingerwijzing. Hij weet nog niet precies hoe hij het zal aanpakken, maar die dag zal hij zichzelf een laatste kans gunnen. Het wachten is bijna voorbij.

J.P. heeft vervroegd pensioen genomen en is economie gaan studeren. Zijn statuut van vrije leerling laat hem toe alleen de lessen te volgen die hem interesseren. Vanaf zijn plaatsje op de laatste rij houdt hij Adèle in de gaten. Eén keer per week gaan ze samen lunchen. Hij behandelt haar als de dochter die hij nooit heeft gehad. Dat ze het geld dat hij haar toestopt aan het Foster Parents Plan schenkt en de kost verdient als call girl, weet hij niet. Dat ze, om aan hem te ontsnappen, een beurs heeft aangevraagd voor het buitenland, weet hij evenmin. De 'Notelaers' in zijn living is een voortdurende bron van discussie. Zijn vrouw houdt er niet van. Hij heeft gedreigd haar in de steek te laten wanneer ze het waagt het doek zelfs maar te verhangen. De geruchten dat hij aan Alzheimer zou lijden, worden steeds hardnekkiger.

André is de schok van Katriens vertrek nog steeds niet te boven. Met hand en tand blijft hij zich verzetten tegen een scheiding. Wekenlang heeft hij haar achtervolgd en lastiggevallen. Pas nadat ze ermee gedreigd had een boekje open te doen over zijn verleden, is hij min of meer gekalmeerd. Zijn overgewicht is opgelopen tot vierendertig kilo. Met zijn bierbuik, dronkemansgeleuter en oncontroleerbare woedeaanvallen drijft hij 'de meisjes' geregeld tot wanhoop. Vorige maand hebben ze zelfs met een staking gedreigd. Gaston heeft hen beloofd de zaak te zullen onderzoeken.

Katherine is samen met de kinderen naar haar geboortedorp verhuisd. Ze heeft er nog geen moment spijt van gehad. Zoals ze had gevreesd, kozen de kinderen aanvankelijk de kant van hun vader. Vooral Sarah nam het haar kwalijk dat ze André in de steek had gelaten, maar nadat deze tijdens een van zijn onaangekondigde bezoeken geprobeerd had om de inboedel kort en klein te slaan, is ze stukje bij beetje bijgedraaid. Nadat hij uit eigener beweging afgezien heeft van zijn bezoekrecht is hij helemaal persona non grata geworden.

Katherine praat niet vaak over vroeger. André komt helemaal niet ter sprake. Ze mist hem niet, kan zich nog nauwelijks voorstellen dat ze jarenlang met hem getrouwd is geweest. Nick heeft ze niet zo makkelijk van zich kunnen afzetten. Hij houdt haar gezelschap in het nieuwe atelier, vrijt haar in slaap, bestuurt haar dromen. Het heeft haar heel wat zelfbeheersing gekost om zijn brieven ongelezen te retourneren. Nog moeilijker was het om de bandjes van het antwoordapparaat te wissen. Eén keer is ze in een vlaag van verstandsverbijstering op de trein gesprongen om hem te gaan opzoeken. Vanaf de trappen van de kiosk heeft ze hem voor het raam van de slaapkamer zien staan. Hij had een glas in de hand. Toen hij het licht uitknipte en de gordijnen dichtschoof, heeft ze het op een lopen gezet. Met een lijf zo pijnlijk en stram dat ze nauwelijks vooruit kwam. Hij had er zo verloren uitgezien. Ze probeert de herinnering van zich af te schilderen. Binnenkort heeft ze materiaal genoeg voor een nieuwe tentoonstelling. Zou hij komen? Wil ze dat hij komt?

Gerards hulp heeft ze niet meer nodig. Na het succes van haar eerste expositie (die Vynckier een Ferrari heeft opgeleverd) staan de galeriehouders te dringen om haar in huis te halen. Ook de pers heeft haar op een voetstuk geplaatst. En hij? Wat denkt hij van haar. Zal hij komen? Wil ze dat hij komt? Ze durft er nauwelijks bij stil te staan. Zal hij komen? Wil ze dat hij komt? Soms wou ze dat ze wist waarop ze wachtte.

Smeerlap is vorige week onder een bus terechtgekomen. Hij overleed ter plaatse. Gerechtigheid bestaat, al komt ze meestal te laat. Eergisteren, na de uitvaartplechtigheid, hebben de collega's zijn kantoor leeggemaakt en het dubbele archief naar de container gebracht. Het Notelaersdossier ligt nog steeds onder zijn matras. Bevlekt, beduimeld, nutteloos.

De Serpulae zijn in opmars. Hongerig naar groei vreten ze zich een weg naar de ondergang.